AF304514

Thomas Fitzner wurde 1960 in Bregenz (Österreich) geboren. In den 80er und 90er Jahren war er als UN-Offizier in Konfliktregionen in Nahost und Nordafrika stationiert. Danach arbeitete er zehn Jahre lang als freiberuflicher Werbetexter, Übersetzer und Dolmetscher in Spanien und später als Redakteur bei der deutschsprachigen Mallorca-Zeitung. Ab 1998 war der Autor auch als freiberuflicher Werbetexter, Journalist, Übersetzer und Dolmetscher tätig. Seit 2012 ist Fitzner im Hauptberuf bei einem internationalen Steuerbüro in Palma de Mallorca tätig. Thomas Fitzner hat bislang sieben Romane und einen Anekdotenband veröffentlicht. Er lebt in Palma de Mallorca

Thomas Fitzner

Im Schatten der Reben

Überarbeitete Neuausgabe Dezember 2023

Copyright © 2023 dp Verlag, ein Imprint der
dp DIGITAL PUBLISHERS GmbH

Made in Stuttgart with ♥
Alle Rechte vorbehalten

Im Schatten der Reben

ISBN 978-3-98778-703-4
E-Book-ISBN 978-3-98778-676-1

Copyright © 2021, dp Verlag, ein Imprint der
dp DIGITAL PUBLISHERS GmbH
Dies ist eine überarbeitete Neuausgabe des bereits 2021 bei
dp Verlag, ein Imprint der dp DIGITAL PUBLISHERS GmbH erschie-
nenen Titels Das Geheimnis von Chateau Limeray.
(ISBN: 978-3-96817-182-1).

Covergestaltung: Dream Design – Cover and Art
Umschlaggestaltung: ARTC.ore Design
Unter Verwendung von Abbildungen von
shutterstock.com: © Rostislav_Sedlacek, © Igor Lushchay, © Taiga
depositphotos.com: © schankz, © phb.cz
Lektorat: Birgit Förster
Satz: dp DIGITAL PUBLISHERS GmbH
Druck und Bindung: Books on Demand GmbH, Norderstedt

Das Werk darf – auch teilweise – nur mit
Genehmigung des Verlages wiedergegeben werden.

Sämtliche Personen und Ereignisse dieses Werks sind frei erfunden. Etwaige Ähnlichkeiten mit real existierenden Personen, ob le-
bend oder tot, wären rein zufällig.

Die Vergangenheit muss reden, und wir müssen zuhören. Vorher werden wir und sie keine Ruhe finden.
Erich Kästner

Wie kann man ein Volk regieren, das 246 Sorten Käse hat?
Charles de Gaulle

*Für Beatrice Andreu, meine Gastgeberin in jenem un-
vergesslichen Sommer in La Rochelle.*

Vorwort

Als Gott Frankreich erschuf, hatte er wahrscheinlich ein Glas Rotwein intus. Ein Studienaufenthalt in La Rochelle und Amboise mit eingeschobener Tour de France im Mietauto haben meine Liebe zu diesem Land geweckt. Unvergessen die langen Abende an der Rue de Cordeliers in La Rochelle, die köstlichen Mahlzeiten von Madame Beatrice Andreu und die anregenden Konversationen mit ihrem Freund Pierre, von Beruf Rinderzüchter, im Nebenberuf Philosoph und Asterix-Double.

Unvergessen auch die Ausflüge mit Lucia aus Brasilien, Nobuko aus Japan, Tuliki aus Finnland, Katja aus USA, mit denen ich gemeinsam in einem koketten historischen Bau in Amboise Französisch studierte und an den Wochenenden die Loire entlangfuhr, um die Chateaus, die Städte, die Dörfer, diese ganze wunderbare Landschaft zu genießen.

Der Nährboden für den Roman war gelegt. Den kreativen Blitzeinschlag lieferte viele Jahre später ein Fund im Familienarchiv: Winzige Schwarzweißfotos, die meinen Großvater als jungen Mann bei Urlauben in Paris, Biarritz, Lorient zeigen. Nicht irgendwann, sondern während des Zweiten Weltkriegs. Der passionierte Amateurfotograf hielt Eindrücke vom Alltag fest, der inmitten der Katastrophe weiter existierte – in einem eleganten Café, beim Pferderennen, bei Ausflügen mit anderen Soldaten der Wehrmacht.

Tourismus während des Krieges? Ein interessanter Gedanke. Und Ausgangspunkt einer gedanklichen Reise, die zu dieser Geschichte führte. Eine Geschichte über Europa und darüber, wie uns die Vergangenheit noch immer im Griff hat. Und natürlich auch eine Geschichte über Menschen, die trennende Gräben ziehen, und andere, die sie überwinden. Einige Wenige weigern sich, Weltgeschichte einfach hinzunehmen: Sie tun etwas Außergewöhnliches.

Auf sie hebe ich mein Glas mit diesem Roman. Thomas Fitzner

Kapitel 1

Vincent Mary liebte es, sein Publikum zu verblüffen. Wenn Führungen durch sein Weingut Domaine de Charente auf dem Tagesprogramm standen, kleidete sich der Zweiundfünfzigjährige mit Absicht wie ein einfacher Knecht. Sein grobschlächtiges Aussehen tat ein Übriges, um die Besucher davon zu überzeugen, dass sie es mit einem eher niedrig gestellten Mitarbeiter zu tun hatten: kräftige Figur, rundes rotes Gesicht mit einer Landschaft aus schwarzen und weißen Bartstoppeln, umrahmt von einem zerwühlten Haarschopf mit grauen Strähnen.

Der Ort seiner Überraschung war sorgfältig ausgewählt. Wenn er mit der Gruppe den mit feinem Kies ausgelegten Platz vor der Fassade des Schlösschens überquerte, blieb er ungefähr in der Mitte stehen und sagte wie nebenbei: „Ich bin übrigens der Eigentümer. Meiner Familie gehört dieses Anwesen seit zweihundert Jahren. Hier lang, die Herrschaften …"

Mit Genugtuung registrierte Vincent auch an jenem Tag im November, wie die etwa fünfzehn Gäste erstaunte Blicke austauschten. Es war ein Samstag, später Vormittag, der einzige wöchentliche Termin, den die Domaine de Charente zu jener Jahreszeit für das allgemeine Publikum anbot. Sein Blick blieb an einem jungen Mann hängen, der keine Reaktion zeigte. Er war schlank, hatte hellbraune Haare und ein glatt rasiertes, fein geschnittenes Gesicht. Etwas an seiner Art sagte dem Schlossherrn, dass der Besucher kein Franzose war. Schon zu Beginn der Führung im Verkostungsraum hatte Vincent gefragt, ob jemand in der Gruppe kein Französisch verstünde, eine Frage, die er in Englisch mit schwerem Akzent noch einmal wiederholt hatte. Niemand hatte sich gemeldet. Als die Verblüffung über den vermeintlichen „Knecht" abgeklungen war, fragte Vincent: „Seid Ihr alle Franzosen, oder haben wir heute auch ausländische Gäste bei uns?"

Aus dem Augenwinkel beobachtete er den jungen Mann, und tatsächlich hob der nach einem Moment des Zögerns die Hand.

„Ah! Woher, *Monsieur?*"

„*Allemagne*", antwortete der junge Mann.

„Sehr gut", erwiderte Vincent. Er überspielte den Stich im Magen, den ihm diese Antwort jedes Mal bescherte. „Ein lieber Nachbar aus Deutschland. Seien Sie willkommen. Sie verstehen mein Französisch?"

„Ja, *Monsieur.*"

„Ich werde versuchen, deutlich zu sprechen, damit Sie alles mitbekommen. Speziell später im Garten. Die Geschichte des Schlosses ist gerade für Deutsche sehr interessant."

Ihm war, als sei der Gast bei diesen Worten erbleicht, aber das konnte auch ein optischer Effekt sein, denn genau in diesem Augenblick gab eine Wolke die Sonne frei und tauchte das Anwesen und seine Umgebung in ein strahlendes Herbstlicht.

Die Domaine de Charente war bei Weitem nicht das größte, aber eines der schönsten Weingüter des Loire-

Tals. Etwa zwei Kilometer außerhalb des Tausend-Seelen-Dorfes Limeray fuhr man zuerst durch einen Wald und gelangte dann auf jenen kiesbelegten Platz, um den sich die wichtigsten Gebäude gruppierten: ein Schlösschen im Renaissance-Stil, der Stall, die alte Kutschengarage, das Wirtschaftsgebäude und etwas zurückversetzt, hinter einer Baumgruppe, das ehemalige Wohnhaus der Knechte. Hinter dem Schloss erstreckte sich ein Ziergarten, der nach Vorbild der herrlichen Gartenanlagen der bekannten Loire-Schlösser angelegt, aber deutlich kleiner war. Zu beiden Seiten dehnten sich die Weingärten aus.

In einem dieser Gärten war Simone Mary damit beschäftigt, die Rebstöcke vor dem kommenden Frost zu schützen, indem sie rund um jede Pflanze Erde anhäufelte. Simone, siebenundzwanzig Jahre alt, halblanges Haar, sportliche Figur und an Arbeitstagen ähnlich salopp gekleidet wie ihr Vater, blickte auf und erkannte aus der Ferne eine Menschengruppe in der erhöht angelegten Laube am Rand des Ziergartens. Sie wusste, dass Vincent den Besuchern gerade die von dort sichtbaren Weinfelder der Domaine zeigte, und sie konnte Wort für Wort rezitieren, was er den Leuten erzählte: „Neunzig Prozent der Arbeit, die zu einem Qualitätswein führt, findet im Weinfeld statt! Wenn Ihnen jemand erklärt, dass er aufgrund seiner Kelterkünste im Weinkeller einen Spitzenwein herbeizaubert, den es im Weinfeld noch nicht gegeben hat, haben Sie es mit einem Scharlatan zu tun." Sein Zeigerfinger stach in die Luft. „Oder noch gefährlicher: mit einem Panscher!"

Vincent neigte zu Übertreibungen. Er liebte es, Gäste und Kunden mit seinen Bemerkung zu überrumpeln oder – wenn er schlechter Laune war – auch mal mit einem doppelbödigen Scherz zu verstören. Das brauchte er wie die Luft zum Atmen.

Simone hatte vier Stunden durchgearbeitet, ihr Rücken schmerzte, und sie hielt die Zeit für gekommen, ein Weilchen auszuruhen. Oft nutzte sie diese Pause, um ihren Vater beim heikelsten Teil der Führung zu begleiten: Im Ziergarten standen die Ruinen des ehemaligen Verwalterhauses, zerstört während der deutschen Besatzungszeit im Zweiten Weltkrieg. Wenn ein Deutscher in der Gruppe war, musste er sich an diesem Punkt der Führung auf harte Momente gefasst machen.

Simone beschleunigte ihre Schritte. Ihr Vater war heute ausgesprochen schlechter Laune, weil am Vorabend „sein" Fußballclub Tours FC wieder einmal verloren hatte und bereits jetzt, lange vor dem Ende der Saison, der Abstieg aus der Zweiten Division denkbar wurde. Rasch gelangte sie zur Ruine des Verwalterhauses, und tatsächlich war dort bereits die Gruppe versammelt. Simone spürte sofort, dass die nicht eben wohlwollende Aufmerksamkeit der Besucher auf einen jungen Mann gerichtet war, der mit ernster Miene am Rand stand und kein Wort sagte. Simone hört noch, wie jemand bemerkte: „Na ja, ist alles lange her."

Worauf Vincent mit knarrender Stimme erwiderte: „Natürlich ist das lange her. Auch der Bau dieses Schlosses ist lange her, und die Erfindung der Winzerkunst ist noch länger her, und trotzdem erzähle ich darüber, weil es Teil unserer Geschichte ist." Er wandte sich an den jungen Mann: „Ich wollte Sie keinesfalls in Verlegenheit bringen, aber ich werde diese Episode auch nicht auslassen, nur weil ein Deutscher in der Gruppe ist. Das werden Sie wohl verstehen, nicht wahr?"

Der junge Mann schien zwar betroffen, doch auch entschlossen, die Situation mit Würde durchzustehen. *„Naturellement, Monsieur."*

Eine ältere Frau klopfte ihm auf die Schulter, aber es wirkte eher spöttisch.

„Nun denn, weiter im Text: Nachdem unsere ‚deutschen Freunde' das Haus des Verwalters vernichtet hatten, bereiteten sie ihre Abreise vor. Zurück an die Ostfront, wo sie hoffentlich eine nette Zeit hatten." Lachen in der Gruppe, während der deutsche Besucher mit versteinerter Miene zuhörte. „Der Kommandant dieser Soldaten, nun ja, eigentlich waren es Polizisten ... Sie wissen schon, diese Leute, die in Russland für Ordnung gesorgt haben. Nicht an Straßenkreuzungen oder als Schülerlotsen, sondern mit Erschießungen von Zivilisten, Verzeihung, mein Herr, ich erzähle hier nur die Geschichte, wie sie sich abgespielt hat ... jedenfalls: Der Kommandant organisierte eigens einen Lastwagen. Den brauchte er, denn die eigenen Fahrzeuge waren schon voll beladen, hauptsächlich mit Möbeln und Kunstwerken aus dem Schloss. Den zusätzlichen Lastwagen organisierte er von einem Händler in Amboise." Das Wort „organisierte" sprach Vincent mit ironischem Singsang aus und malte dazu Anführungszeichen in die Luft. „Dem Eigentümer wurde sogar eine Quittung ausgestellt, aber er hat den Lkw natürlich nie wiedergesehen. Dann ließ der Kommandant die gesamten Weinvorräte, die seine Männer bis dahin nicht ausgesoffen oder an ihre Familien geschickt hatten, auf den besagten Lkw laden." Vincent hob den Zeigefinger. „Ich sage immer: Gott sei Dank waren das Polizisten, die für Recht und Ordnung sorgten. Man stelle sich vor, es wären Soldaten oder gar Leute von der SS gewesen!"

Unterdrücktes Gelächter bei den Umstehenden. Einigen wurde die Tirade wegen der Anwesenheit eines Deutschen allmählich unangenehm. Ein Franzose mittleren Alters sagte immer wieder: „Lange her, *Monsieur*, lange her."

„Was sagen Sie dazu, junger Freund?", ging Vincent den Deutschen direkt an. „Lange her? Nicht darüber reden?"

Der Angesprochene schluckte, hielt aber dem Blick des Hausherrn stand. Leise sagte er: „Sie haben alles Recht der Welt, diese Geschichte zu erzählen."

Vincent nickte zufrieden. Er hatte den Besucher gegen die Wand gestellt und machte sich bereit für den Gnadenschuss. „Das ist noch nicht alles ..."

In diesem Augenblick schritt Simone ein: „Ich kann mir vorstellen, dass Sie mittlerweile alle neugierig auf unsere Weine sind. Folgen Sie mir bitte in den Verkostungsraum!" Wegen der verwirrten Blicke der Besucher fügte sie rasch hinzu: „Ich bin Simone Mary, die Tochter des Hauses. Mein Vater hat eine Menge Geschichten auf Lager. Manchmal muss ich ihn bremsen, sonst haben Sie nachher keine Zeit mehr fürs Verkosten."

„Oh, là, là", brummte Vincent. „Jetzt hast du mir aber schön die Luft rausgelassen. Was sollen die Leute denken? Dass du hier die Hosen anhast?"

Simone zeigte ihr charmantestes Lächeln. „Auf die Idee könnte nun wirklich niemand kommen. Aber sieh mal auf die Uhr, Papa! Wir müssen noch mit André über die neuen Etiketten sprechen, er wird in zwanzig Minuten hier sein und wartet nur ungern.“

Vincent starrte sie an und machte eine Was-soll-das-Geste. Er wusste genauso gut wie sie, dass der Termin pure Erfindung war. Mit dem Grafiker hatten sie erst kommende Woche eine Verabredung. Simone antwortete mit einer Was-soll-ich-denn-tun-Grimasse.

Als die Besucher im Verkostungsraum an den Gläsern nippten und zwischendurch Salzkekse mit Käsestückchen zu sich nahmen, raunte Simone ihrem Vater zu: „Gratuliere, du hast es wieder geschafft, einen Kunden zu vergrämen. Der kauft in seinem Leben keinen Wein von der Domaine de Charente.“

Vincent winkte ab. „Mir doch egal.“

„Und was kann der junge Kerl dafür, dass sich hier vor vielen Jahrzehnten ein paar Leute aus seinem Land danebenbenommen haben? Du warst unhöflich. Würdest du in Vietnam oder Algerien bei einer Führung gerne hören, wie sich die Franzosen dort aufgeführt haben?“

„Mein Schatz, du redest mal wieder hektoliterweise Unsinn“, polterte Vincent. „Glaubst du wirklich, die Reiseführer in Vietnam oder Algerien halten damit hinter dem Berg? Und wenn sie es tun, dann nur, weil sie um ihr Trinkgeld fürchten. Das ist kein edles Motiv. Ich bin wenigstens authentisch. *Voilà!*“

„Wirst du wenigstens ein wenig mit dem Deutschen plaudern, damit er nicht meint, du hättest etwas gegen ihn persönlich?“

Vincent machte große Augen. „*Ma chère*, wenn er das glaubt, ist ihm wirklich nicht zu helfen!“

Simone warf die Arme in die Luft und stieß einen Laut der Frustration aus. Alter Dickkopf, dachte sie und wandte sich einem Ehepaar zu, das Auskünfte über den weißen Dessertwein erbat, der seit jener Zeit unter dem Namen „Larmes de Limeray" angeboten wurde, „Tränen aus Limeray" – auch das in Erinnerung an „damals".

Dabei beobachtete sie verstohlen den Deutschen. Er nippte ohne Begeisterung an einigen Gläsern, verzehrte gedankenverloren ein paar Kekse und ging dann Richtung Ausgang, wo ein Tisch mit dem Gästebuch wartete. Eine Weile verharrte er davor, offenbar unschlüssig, dann ergriff er einen Kugelschreiber und trug etwas ein. Schließlich wandte er sich dem Ausgang zu. Nach ein paar Schritten blieb er abrupt stehen und drehte sich um. Dabei kreuzten sich ihre Blicke. Simone nickte ihm freundlich zu und hob grüßend die Hand. Der Deutsche blieb ernst, nickte kurz, hob seine Hand in einer verhaltenen Geste und verließ den Raum.

Simone fühlte sich unwohl. Sie war drauf und dran, einem Impuls zu folgen und ihm nachzueilen, um sich für das Verhalten ihres Vaters zu entschuldigen. Doch in diesem Augenblick stieß einer der Besucher aus Versehen ein Glas vom Tisch, das mit lautem Klirren auf dem Steinboden zerschellte. Dem Schuldigen, ein älterer Herr, war die Unachtsamkeit so peinlich, dass Simone ihn beruhigen musste. Als die Situation bereinigt war, eilte sie zum Ausgang, sah aber nur noch einen weißen Pkw in der Ausfahrt Richtung Wäldchen verschwinden.

Ich muss mit Vater ein ernstes Wort sprechen, dachte sie. Die Erinnerung pflegen – das durfte man. Aber so konnte man nicht mit Menschen umgehen, die für das damalige Geschehen keine Verantwortung trugen.

Simone kehrte in den Verkostungsraum zurück und warf einen Blick in das Gästebuch. Der Deutsche hatte seinen Namen hinterlassen: Johann König. Darunter standen eine Handy-Nummer und die Bemerkung:

Charmantes Schloss. Vorsicht vor dem Schlossgespenst!

Nun musste die Französin schmunzeln. Schlossgespenst. Nicht schlecht.

Kapitel 2

„Jetzt mach nicht so ein Gesicht!", herrschte Vincent seine Tochter an.

Sie saßen an einem kleinen Esstisch in der Küche. Dort fanden sie sich für das Frühstück und die Mahlzeiten untertags ein, für ein schnell zubereitetes Gericht, bevor sie weiterarbeiteten. Simone löffelte an einer Bouillabaisse, die vom Vortag übrig geblieben war. Die Szene mit dem Deutschen ging ihr nicht aus dem Kopf. Und warum hatte er seine Handynummer hinterlassen? Das konnte ja nur einen Grund haben: Er wollte angerufen werden. Aber was bedeutete das nun wieder? Erwartete er eine Entschuldigung? Oder wollte er als möglicher Käufer hofiert werden?

Vincent winkte mit seinem Löffel. „Hallo, *Mademoiselle!* Könnten Sie Ihr Funkgerät bitte auf Empfang stellen?"

„Ich höre ja zu", sagte Simone. „Ich soll freundlicher zu Laurie sein, wenn sie wieder zu Besuch kommt und sich in eine Ecke setzt und den Mund nur aufmacht, um zu fragen, ob sie in der Küche helfen darf."

„Du schüchterst sie ein", sagte Vincent. „Wenn du nicht dabei bist, verhält sie sich ganz anders."

„So ein Quatsch", erwiderte Simone. Sie brach ein Stück von dem Weißbrot ab, das zwischen ihnen auf dem Tisch lag. Daneben stand eine Karaffe mit Wasser.

Wein war zu Mittag verboten, darauf hatten sie sich geeinigt. Zwar widersprach das der französischen Lebensart, der Vincent mit Leib und Seele verschrieben war, doch hatte er den Argumenten seiner Tochter auf Dauer nicht widersprechen können. Es stimmte, dass er über viele Jahre hinweg zu viel getrunken hatte. Dafür gab es auch einen Grund, den man nicht „gut" nennen konnte, höchstens nachvollziehbar. Seit dem Unfalltod seiner Frau Lucienne, als Simone gerade fünf Jahre alt gewesen war, hatte der Witwer es mit Müh und Not geschafft, nicht vollends in den Alkoholismus abzustürzen. Er trank noch heute viel, doch die Tragödie vor mehr als zweieinhalb Jahrzehnten war auf Dauer kein ausreichend guter Grund, um sich „ins Grab zu saufen und die Tochter mit dem Betrieb alleinzulassen", wie Simone es bei einer unschönen Diskussion ausgedrückt hatte.

Es war nur wenige Monate her, dass Vincent erstmals seit Luciennes Tod mit einer anderen Frau im Schloss erschienen war, der wenige Jahre jüngeren Laurie Duval aus Amboise. Doch die Chemie zwischen ihr und Simone war von Anfang an problematisch gewesen.

Die junge Winzerin zuckte die Achseln und reckte den Kopf wie zum Angriff vor. „Warum sollte sie von mir eingeschüchtert sein? Ich bin zwanzig Jahre jünger!"

Vincent machte wieder seine typische Kreisbewegung mit dem Suppenlöffel. „Du drückst dich immer so intellektuell aus. Laurie ist ,nur' die Inhaberin eines Friseursalons. In ihrem ganzen Leben ist sie nicht so viel herumgekommen wie du junges Huhn. Verstehst du das denn nicht?"

„Jetzt mal ehrlich." Unbewusst imitierte Simone die Gebärden ihres Vaters und zeigte mit dem Löffel auf ihn. „Dir ist nie der Gedanke gekommen, dass sie gerne die Dame des Hauses in einem Château sein möchte?"

Vincent warf seinen Löffel auf den Tisch. „*Nom de Dieu*, junge Frau! Bleiben wir mal auf dem Boden! Ich behalte ja auch für mich, was mir gelegentlich durch den Kopf geht, wenn ich an deinen aktuellen Verehrer denke."

Nun warf auch Simone ihren Löffel auf den Tisch. Das Löffel-Hinwerfen war das traditionelle Signal zwischen Vater und Tochter, dass sie voneinander genervt waren.

„Das ist eine billige Retourkutsche!", schnappte sie. „Und was heißt hier ‚aktuell'? Wie viele Verehrer habe ich denn schon ‚verbraucht'?"

„Noch dazu ein Immobilienmakler!" Vincent warf die Arme in die Höhe. „Der hat doch ein Auge auf die Domaine de Charente geworfen. Wenn ich mich nur an seinen letzten Besuch erinnere – dieser Maurice hat unser Zuhause förmlich vermessen mit seinem Maklerblick."

„Papa!" Simone sprang auf. „Das ist nicht fair! Und du könntest dir wenigstens seinen Namen merken. Er heißt nicht Maurice, sondern Marcel."

„Entschuldige, werde ich mir aufschreiben. Was ich damit sagen wollte", Vincent legte seinen Zeigefinger auf sie an. „Wir sollten einen Burgfrieden schließen. Du bist nett zu Laurie, und ich bin nett zu Marcel ... so heißt er doch, oder?"

„Was heißt hier: Du bist nett? War ich nicht nett?"

„Du hast sie mit intellektuellen Fragen in Verlegenheit gebracht."

Simone setzte sich wieder hin. „Na gut, dann werde ich in Zukunft weniger intellektuell sein. Ich weiß zwar nicht, wie das geht, aber das kriegen wir hin. Apropos in Verlegenheit bringen: Dein Theater mit dem Deutschen bei der Führung heute war auch nicht beste Etikette. Möglicherweise haben wir einen Kunden verloren, nur weil du wieder einmal den Mund nicht halten konntest."

„He, junge Frau, ein wenig Respekt bitte ich mir aus."

„Ich bin total respektvoll." Sie nahm den Löffel wieder auf, rührte die Bouillabaisse um und fixierte ihren Vater. „Der Deutsche hat übrigens seine Telefonnummer hinterlassen."

„Ah!", rief Vincent aus. „Perfekt! Dann ruf ihn doch an, und lade ihn zu einem persönlichen Termin ein. Kannst ihn auf deine Art betreuen und ihm die *Bidule* mit Wein vollladen. Keine Sorge, ich werde nicht hier sein. Ich will dir ja nicht das Geschäft des Jahrzehnts vermasseln. Vielleicht lasse ich mir von Laurie die Haare schneiden."

„Schon wieder!? Papa, du brauchst doch keinen Vorwand, um Laurie zu besuchen."

Der Vater ließ die Schultern sinken. „*Boeuf!* Wo hast du heute deinen Humor gelassen? Das war ein Scherz! Was ich damit sagen wollte: Wenn du den Fritz zu einem Verkaufsgespräch einladen willst, werde ich nicht im Weg stehen. Entweder verkrieche ich mich im Keller oder besuche Laurie. Das wollte ich damit sagen. *Voilà,* muss man hier alles in Klartext übersetzen? Für eine Intellektuelle bist du zeitweise schwer von Begriff, meine Kleine."

Simone überlegte, ob sie den Suppenteller vom Tisch kippen und eine Szene machen sollte. Aber sie schaffte es, ihr Temperament zu bändigen. Und kam zum Schluss, dass ihr Vater sich auf seine Weise für die Episode mit dem Deutschen entschuldigt hatte. Auf seine sehr, sehr eigene Weise.

„*Eh, bien*, Burgfrieden", sagte sie. „Du vertraust meinem Instinkt, und ich vertraue deinem. Wir lassen ab jetzt unsere ‚Verehrer‘ aus dem Spiel. Einverstanden?"

Vincent hob den Zeigefinger. „Ab und zu werde ich trotzdem meine Meinung sagen. Klar, aber höflich. Darf ich das?"

„Wann hast du dir je etwas von mir verbieten lassen?" Simone stand auf und stellte den Teller auf der Anrichte ab. „Natürlich darfst du. Ich mache später sauber. Jetzt rufe ich den Deutschen an. Hast du das Gästebuch schon weggeräumt?"

„Ja, es liegt auf der Kommode im ..."

In diesem Moment klingelte das Festnetz-Telefon.

„Warte, gleich gibt er den Anruf ans Handy weiter", sagte Vincent und legte sein Samsung bereit.

„Ich gehe schon ran", sagte Simone und griff nach dem Hörer. „*Oui?*"

„Mein Name ist Johann König", sagte eine Männerstimme mit dem Hauch eines deutschen Akzents. „Spreche ich mit einem Mitglied der Familie der Domaine de Charente?"

„Ich bin die Tochter des Hauses, *bonjour*." Simone deckte den Hörer ab und flüsterte mit großen Augen:

„Du wirst es nicht glauben – das ist der Deutsche von heute Vormittag!"

„Der Fritz? *Oh, là, là!*" Vincent stand auf. „Dann kannst du ja Frieden schließen mit den Preußen und ein paar Flaschen loswerden. Ich gehe zurück zur Arbeit."

„Hallo?", kam es aus dem Hörer.

„Verzeihung", erwiderte Simone. „Ich musste nur meinem Vater etwas sagen. Monsieur König, Sie kommen mir zuvor, ich wollte Sie schon längst anrufen. Sie hatten ja Ihre Telefonnummer hinterlassen."

„Ah, ja, was für ein Unsinn, meine Nummer zu hinterlassen!", sagte der Deutsche. „Was mussten Sie nur von mir denken! Dann auch noch das ‚Schlossgespenst'! Das ist der Grund meines Anrufs. Ich wollte mich für meinen Eintrag im Gästebuch entschuldigen. Idiotisch von mir, ich bitte vielmals um Verzeihung. Kann man das wieder entfernen?"

„Könnte man, aber das würde ich ungern tun", sagte Simone. „Das ist die lustigste Eintragung seit Wochen. Monsieur König, Sie haben keinen Grund, sich zu entschuldigen." Sie vollführte eine scheuchende Geste, weil ihr Vater den Kopf zur Tür reinsteckte und mit einer Geisterbahn-Grimasse zu verstehen gab, wie er die Situation sah.

„Verschwinde schon, raus mit dir!", fauchte Simone.

„*Pardon?*", kam es aus dem Telefon.

Simone bemerkte, dass sie vergessen hatte, den Hörer abzudecken. „*Excusez-moi,* ich musste gerade den Hund aus der Küche verjagen."

Der Vater hörte das. Aus dem Flur erschallte eine Hitparade der populärsten Flüche aus dem Agrarsektor des Loire-Tals.

„Situation geklärt?", fragte der Anrufer zögernd.

Simone lauschte. Sie hörte eine Tür knallen. „Geklärt", antwortete sie. „Wie gesagt: Ich wollte Sie anrufen, weil ich der Meinung bin, dass Sie unhöflich behandelt worden sind. Dafür will ich mich in aller Form entschuldigen. Man kann über die Geschichte denken, was man will, aber das ist nun wirklich lange her. Ich würde davon ausgehen, dass in Ihrer Wohnung kein Hitler-Porträt hängt."

König lachte auf. „Das ist allerdings wahr. Ich habe kein Problem damit, noch einmal zu Ihrem Château zu kommen. Eigentlich hatte ich mich für Ihre Weine interessiert. Würden Sie mir einen Termin geben? Ich kann auch gerne bis zum nächsten öffentlichen Besuchstag warten, ich möchte Ihnen ja keine Umstände verursachen. Dann probiere ich es halt nächste Woche noch einmal."

„Wo haben Sie sich denn einquartiert?"

„In einer Pension in Amboise. Von hier unternehme ich Ausflüge. Ich bin ja mit dem Auto gekommen. Das ist wirklich eine wundervolle Gegend."

„Sie sind sehr freundlich. Warten Sie mal ..." Simone überlegte fieberhaft. Dann gab sie einem Impuls nach. „Ich habe eine andere Idee: Heute Nachmittag habe ich etwas in Amboise zu erledigen. Wenn Sie einverstanden sind, lade ich Sie auf einen Kaffee ein. Da können wir in aller Ruhe das Gespräch führen, das Sie wahrscheinlich schon im Verkostungsraum führen wollten. Es sei denn, Sie wollten gerne noch einmal verkosten."

„Das ist sehr liebenswürdig. Ich habe mir schon eine Meinung gebildet, aber wie gesagt: Ich hätte wirklich kein Problem damit, noch einmal …“

„Sechzehn Uhr, Café Melzi?“

„Na gut. Wenn Sie ohnehin nach Amboise kommen.“

„Das mache ich. Bis später, *Monsieur*.“

„Bis später, *Mademoiselle*. Nur eines noch …“

Simone runzelte die Stirn. „Ja?“

„Ihr Hund … der hat schon ein beeindruckendes Vokabular.“

„Ah, dann haben Sie den Part noch mitbekommen.“ Simone fuhr sich mit der Hand durchs Haar. „Sie wissen ja, wie das ist mit Schlossgespenstern – die können von einem Moment auf den anderen die Gestalt wechseln.“

Der Deutsche lachte laut. „Gut pariert! Dann bis sechzehn Uhr.“

Simone nickte. „Ohne Gespenst, ich verspreche es.“

„Ich freue mich drauf“, sagte der Anrufer. „Bis dann.“

In diesem Moment schob sich Vincent zur Tür herein.

„Du hast gelauscht?“, fauchte Simone.

Ihr Vater hob den Zeigefinger. „Das mit dem Hund war nicht die feine Art, missratenes Stück von Tochter! Und was hast du heute Nachmittag in Amboise verloren?“

„Gar nichts, alter Voyeur. Das habe ich erfunden, um einen Kunden zurückzuholen, den du verjagt hast. Meine Güte, dieser Monsieur König muss ja meinen, dass er in einen Asterix-Band geraten ist. Vielleicht kann ich ihn davon überzeugen, dass in Frankreich auch zivilisierte Menschen leben.“

„Warum machst du das?", schnappte Vincent. „Gefällt er dir etwa, der kleine Teutone? Schon die Nase voll von Maurice?"

„Marcel!", rief Simone aus. „Er heißt Marcel! Du nervst, mein Gott! Nein, ich habe einfach das Gefühl, dass wir einen guten Verkauf machen können. Vielleicht täusche ich mich ja, dann kannst du dir gerne einen Spaß machen und mich die nächsten zweihundert Jahre daran erinnern. Freu dich drauf! Aber unabhängig davon ... wenn wieder einmal ein Deutscher dabei ist, könntest du es zur Abwechslung mal mit Takt versuchen." Sie machte eine kurze Pause, des Effektes halber, und setzte hinzu: „Weißt du, was das ist – Takt?"

„Ja", brüllte Vincent. „Das ist, wenn man seinen Vater respektiert und nicht einen Hund nennt." Mit diesen Worten stürmte er davon.

„Nein, also wirklich!", Simone bedeckte ihr Gesicht, ließ sich auf einem Stuhl nieder und murmelte: „Er braucht dringend eine Frau. Das kann von mir aus die taubstumme Friseurin sein, vollkommen egal."

Sie sah auf die Uhr. In der Küche war noch einiges zu tun, und ein wenig konnte sie noch im Weingarten arbeiten, bevor sie zu ihrem Rendezvous in Amboise aufbrechen musste.

Kapitel 3

Simone nahm auch in der kalten Jahreszeit oft das Fahrrad, wenn sie nach Amboise fuhr. Die hübsche Stadt an der Loire lag nur etwa fünf Kilometer entfernt mit dem historischen Zentrum auf der anderen Seite des Flusses. Obwohl Simone die Dunkelheit normalerweise mied, in die sie auf dem Rückweg unweigerlich geraten würde, und mittlerweile bedrohliche Wolken aufgezogen waren, entschied sie sich für ihr Bike.

Ein kalter Wind blies durch das Loire-Tal und erschwerte die Fahrt. Gute zwanzig Minuten benötigte sie für die kurze Strecke. Dann kettete sie ihr Rad an den Fahrradständer beim Café Melzi, ein alternativ wirkendes Lokal in einem ehemaligen Fischgeschäft in Angelschnur-Entfernung vom Loire-Ufer, dort, wo sich der historische Stadtkern ausbreitete, bewacht von einer etwas höher gelegenen Burg. Schon von draußen sah sie den jungen Deutschen. Er saß an einem Tisch nahe der Fensterfront und schien vom Ambiente einigermaßen verblüfft.

„Bonjour, Monsieur König!", grüßte Simone und gab ihm die Hand, bevor sie die Wollmütze und ihre dick gefütterte Fahrradjacke abnahm.

König erhob sich. *„Bonjour, Mademoiselle."*

„Sie wirken erstaunt", bemerkte sie beim Hinsetzen.

Er zeigte auf die Einrichtung. Ein großer Teil war noch mit den weiß-blauen Kacheln verkleidet, die typisch für Fischläden waren. An den Wänden hingen Fischerei-Utensilien und dazwischen Schwarz-Weiß-Aktfotos und Replikas von Renaissance-Porträts. Nichts davon passte zusammen oder ins Ambiente. Die Mischung hatte etwas Psychodelisches an sich.

„Dieses Café ist ziemlich verrückt", sagte König. „Ich dachte zuerst, das sei ein abgefahrener Sushi-Laden."

„Würden Sie lieber woanders hingehen?"

„Auf keinen Fall! Ich bin Ihnen dankbar, allein hätte ich das nie entdeckt. Ihr Stammlokal?"

Simone nickte. „Ich bin gerne hier. Der Betreiber ist ein alter Schulfreund. Hallo, Abou!"

Ein schwarzhaariger Kerl mit weißer Schürze, auf der ein Renaissance-Porträt prangte, trat an den Tisch. Er hob die Rechte zu einem Abklatsch-Gruß. „Simone, schön dich zu sehen!" Die Hände knallten aufeinander, dann eine Umarmung und endloses Abklopfen. Schließlich schüttelte Abou auch dem Deutschen die Hand. „Kaffee, Tee, Bier, Wein? Wollt ihr auch was zum Kauen? Unser heutiger Fischsalat ist Michelin-Stern-verdächtig!" Er machte dazu die markante Exquisit-Geste eines Chefs: Daumen und Zeigefinger zusammen, die drei anderen Finger abgespreizt, Mund geschürzt, Rücken durchgedrückt – eher eine Parodie, aber es kam überzeugend rüber.

„Michelin, eh?" Simone grinste frech. „Das sagst du jedes Mal."

„Weil es stimmt! Man hat uns nur noch nicht entdeckt." Abou wandte sich mit einem riesigen Lächeln, das ein makelloses Gebiss entblößte, an König. „Du bist bestimmt Gastronomie-Kritiker! So wie du dich hier umgesehen hast, machen das nur Kritiker." Er imitierte den erstaunten Blick, mit dem der Deutsche das Interieur gemustert hatte, und klopfte sich lachend auf den Schenkel und dann König auf die Schulter. Der lächelte tapfer.

Sie bestellten beide einen Kaffee. Als Abou davongestoben war, blinzelte Simone verlegen und sagte: „Ich muss mich schon wieder entschuldigen. Erst die Szene im Château und jetzt macht sich auch noch der Wirt über Sie lustig. Kein glorreicher Tag für den französischen Tourismus."

König schüttelte den Kopf. „Machen Sie sich keine Sorgen." Er lächelte, aber es wirkte irgendwie gezwungen und überzeugte sie nicht. Entweder war der Deutsche von Natur aus so ernst, oder er fühlte sich nicht wohl hier. Simone erlitt eine seltene Small-Talk-Blockade. Momentan fiel ihr kein banales Gesprächsthema ein, um das Eis zu brechen. Sie wollte aber auch nicht mit der Tür ins Haus fallen und direkt zum Thema kommen. In ihrer Tasche hatte sie ein Werbegeschenk mitgebracht, eine Flasche „Larmes de Limeray". Aber die wollte sie erst herausholen, wenn der Moment günstig schien. Auch deshalb hatte sie das Lokal ihres Freundes Abou gewählt: Hier würde ihr der Wirt ein Glas bringen, sollte König darauf bestehen, dass sie den mitgebrachten Wein gemeinsam tranken. Woanders würden sie dann rausgeschmissen. Der gemeinsame Trunk, das wusste Simone, war der sichere Weg zu einem Verkauf.

Einen Moment wussten sie beide nicht, was sie sagen sollten, und blickten im Lokal herum. In ihrer Ratlosigkeit wollte Simone schon eine klassische Bemerkung übers Wetter machen, obwohl sie genau diese Art von Scheinkonversation verabscheute, als König fragte: „Merkwürdiger Name, Café Melzi. Klingt nicht sehr französisch."

„Melzi war ein guter Freund von Leonardo da Vinci."

König blickte verwirrt. „Und was hat da Vinci mit Amboise zu tun?"

Nun war Simone verblüfft. Ihre Augen verengten sich, und sie legte ihren Zeigefinger auf ihn an, als hielt sie eine Pistole in der Hand. „Sagen Sie mal, was für eine Art Tourist sind Sie eigentlich? Amboise! Da Vinci!"

Er hob beide Hände. „Haben Sie Nachsicht! Ich bin erst gestern angekommen und muss mich noch orientieren. Erleuchten Sie mich bitte!"

Sie verschränkte die Arme. Eigentlich hatte sie beschlossen, dass sie den Deutschen sympathisch fand, weil er sich nach der Szene im Château ein wenig Sympathie verdiente. Aber was er nun verzapfte, hatte weder Hand noch Fuß. „Sie kommen als Tourist nach Amboise und wissen nicht, dass Leonardo da Vinci in Amboise die letzten Jahre seines Lebens verbracht hat und hier gestorben ist? Darf ich fragen, warum Sie *in Wahrheit* hierhergekommen sind?"

Er schien um eine Antwort verlegen und verzog den Mund. „Sie sind aber streng. Muss man hier eine Prüfung ablegen, bevor man die Stadt besuchen darf?"

„Nein, aber das interessiert mich jetzt." Sie stützte die Ellenbogen auf den Tisch und machte ein Verhör-Gesicht. Eine Stimme in ihrem Inneren sagte: Du bist genau wie dein Vater, kannst die *Gueule* nicht halten und bist drauf und dran, einen möglichen Kunden zu vergrämen. Verdammte Gene! Doch sie konnte nicht anders, sie musste wissen, wie zusammenpasste, was der Deutsche von sich gab. Immerhin war sie bei saukaltem Wetter nach Amboise geradelt und lud ihn auf einen Kaffee ein. Und sie versuchte, nett zu sein. Sie hatte ein Recht auf Erklärungen. Ihre Miene verhärtete sich. „Raus mit der Sprache! Was ist der wahre Grund Ihres Besuchs?"

„Na gut." Er wies auf das iPhone, das vor ihm auf dem Tisch lag. „Ich wollte es schon zu Beginn sagen – bitte fassen Sie es nicht als Unhöflichkeit auf, wenn ich während unseres Gesprächs einen Anruf entgegennehmen muss. Eigentlich ist mein Aufenthalt in Amboise nur ein halber Urlaub. Ich habe einen Haufen Arbeit mitgebracht. Aber ich musste aus persönlichen Gründen unbedingt ein paar Tage weg und bin der spontanen Empfehlung eines Freundes gefolgt. Deshalb Amboise."

„Im November", sagte Simone langsam.

Der Deutsche nickte. „Genau. Im November. Das Loire-Tal ist zu jeder Jahreszeit ein schönes Reiseziel. Oder sind Sie da anderer Meinung?" Er wartete auf ihre Reaktion, doch sie reagierte nicht und blickte ihn nur fragend an. So setzte er hinzu: „Ich will die Schlösser abklappern. Da ist die Jahreszeit egal."

Simone wedelte mit dem Zeigefinger. „Nicht ganz, *Monsieur.* Die Schlösser haben sehr schöne Gärten, und die wären im Frühling oder September bedeutend charmanter. Mit bunten Blättern und so. Nicht sehr überzeugend, Ihre Geschichte." Sie zwinkerte ihm zu, um zu signalisieren, dass sie ihn jetzt ein bisschen auf die Schippe nahm, doch König stieg darauf nicht ein, seine Miene blieb ernst, beinahe bedrückt. *Mon Dieu*, dachte Simone, was für ein steifer Typ. Ihr Vater hatte womöglich recht mit seinen Vorurteilen – der Besucher war ein waschechter Fritz. Steif, humorlos und schwer zu durchschauen.

Daher beschloss sie, zum Spaß einen Gang höherzuschalten. Der Weinverkauf war ihr mittlerweile egal. „Und diese persönlichen Gründe, wegen denen Sie blitzartig das Land verlassen mussten – war das Mord oder so was?"

Nun endlich entfuhr dem Deutschen ein Lacher. Dann noch einer. Schließlich konnte er sich kaum halten und deckte sich mit der Hand den Mund zu. Wie eine Japanerin!, dachte Simone amüsiert.

„Nein", sagte König. „Ich bin kein Mörder. Meine Berufswahl ging in eine ganz andere Richtung. Ich bin Architekt."

Simone bemühte sich um eine ernste Miene. „Das eine schließt das andere ja nicht aus. Manche morden als Hobby."

Der Deutsche schüttelte lachend den Kopf. „Sie sind ja unmöglich!"

Sie zuckte die Achseln. „Französin."

Abou brachte beiden eine Tasse Kaffee, legte König beiläufig seine kräftige Hand auf die Schulter und sagte: „Wenn sie dich belästigt, gibst du Bescheid. Im Melzi dulden wir kein *harcèlement sexuel.*"

Simone fuhr mit der Rechten durch die Luft. „Verschwinde!"

„Apropos Melzi", sagte König. „Sie haben mir noch nicht erzählt, was Melzi mit da Vinci zu tun hatte."

„Netter Versuch, vom Thema abzulenken", konterte Simone. „Wir sind mit Ihren Erklärungen noch nicht fertig." Sie klopfte zum Takt ihrer Worte auf den Tisch. „Warum kommt ein Architekt im November nach Amboise, obwohl er keine Ahnung von der Bedeutung dieser Stadt für da Vinci hat? Ein Architekt!"

In diesem Moment dudelte Königs iPhone los.

„Das machen Sie mit Absicht!", schimpfte Simone, bevor er das Handy ergriff.

„*Pardon*", stammelte König, erhob sich und verließ mit raschen Schritten das Lokal.

Sie mochte es, wie der Deutsche reagiert hatte. Wenn ihr Marcel einen Anruf erhielt, blieb er sitzen und ließ die ganze Tischgesellschaft an seiner lautstark geführten Konversation teilhaben, bei der wie nebenbei unglaubliche Summen genannt wurden, die für unglaubliche Immobilien bezahlt werden sollten. Nachdenklich blickte sie nach draußen. König war wie ausgewechselt, er wirkte nicht mehr zurückhaltend, sondern fuchtelte wild herum und redete mit lebhaftem Mienenspiel auf den Anrufer ein. Dieses Temperament plötzlich! Etwas schien König aufzuregen. Möglicherweise war *das* der Grund, warum er hinausgegangen war. Nicht Höflichkeit.

Als das Telefongespräch beendet war, blieb König eine Weile vor dem Lokal stehen. Wahrscheinlich, um sich zu beruhigen. Dann kam er wieder herein und setzte sich mit einem Seufzer an den Tisch.

„Oje", sagte Simone. „Ist die Leiche schon entdeckt worden?"

Er fand das offenbar gar nicht komisch, denn so, wie er sie ansah, erinnerte er an einen geprügelten Hund. „Ich bin Ihnen eine Erklärung schuldig. Vielleicht ist Ihnen schon aufgefallen, dass meine Stimmung nicht gerade auf ihrem Höhepunkt ist."

„Hm", machte sie. „Das könnte auch an der Performance meines Vaters liegen oder daran, dass Sie vielleicht eher der melancholische Typ sind."

König schüttelte den Kopf. „Nein, mir ist etwas wirklich Idiotisches passiert. Wahrscheinlich war ich von der langen Fahrt müde, aber Quatsch ... alles Ausreden. Man lässt einen Mac nicht im Auto, wenn man an einer Tankstelle kurz etwas einkaufen geht."

Simone spitzte den Mund. „Oh."

„Tja, dann war er weg, der Mac. Ein richtig guter, teurer Apple. Und das Dumme ist: Der gehörte der Firma. Den hat mir mein Chef extra mitgegeben. Als Bedingung dafür, dass ich spontan ein paar Tage freinehmen konnte, obwohl gerade ein wichtiger Auftrag hereingekommen war."

„Lassen Sie mich raten: Sie müssen einen Wolkenkratzer planen."

„Das ist nicht lustig!", wies König sie zurecht, aber es war klar, dass er das nicht gänzlich ernst meinte. Endlich taute er ein wenig auf, der arme „Fritz", der gleich zu Beginn seines Frankreich-Urlaubs beklaut wurde, sich dann im Weingarten der Familie Mary für Sünden der Vergangenheit an den Pranger gestellt sah und über den sich Simone, quasi als Kirsche auf der Torte, nun auch noch lustig machte. „Nein“, erklärte er, „unsere Abteilung plant Einfamilienhäuser.“ König zeichnete mit den Händen ein Haus mit Giebeldach in die Luft. „Ganz normale, simple, biedere Einfamilienhäuser für normale, simple, biedere Menschen.“

„Muss auch jemand machen“, kommentierte Simone. Sie konnte nicht anders. Sie verspürte eine unbändige Lust, diesen steifen Fritz aus der Reserve zu locken. Im Gegenzug dafür wollte sie ihm helfen. „Und jetzt hat Ihr Chef angerufen und will bis morgen früh die Pläne für das Einfamilienhaus.“

König schnitt eine Leidensgrimasse. „So ähnlich. Nein, er besteht darauf, dass ich umgehend einen Laptop kaufe. Dann muss ich mich irgendwo in einer WLAN-Zone eine ganze Weile hinsetzen und unsere speziellen Programme herunterladen, damit ich überhaupt arbeiten kann.“ Er grinste linkisch. „Mir steht ein romantischer Abend bevor. Aber in dieser Situation“, er wedelte in ihre Richtung, „bin ich für Ihre Einladung doppelt dankbar. Sie retten mich vor einer Depression.“

„Gern“, erwiderte Simone betont sachlich und nahm einen Schluck Kaffee. „Was ich nicht verstehe: Ich dachte, diese Macs sind unbrauchbar, wenn man sie klaut. Habe ich gelesen. Wir haben ja keine Macs bei uns, viel zu teuer für arme Weinbauern, das können sich nur Anwälte, Architekten und Drogenhändler leisten. Sind angeblich abgesichert wie die Mona Lisa. Stimmt also nicht?“

Nun wirkte König richtig unglücklich. Er nickte bedächtig. „Stimmt absolut. Aber das lässt sich deaktivieren.“

Simone versuchte nun, möglichst mitfühlend zu wirken, ohne dass es spöttisch rüberkam. Sie war nicht sicher, ob sie damit erfolgreich war. Vorsichtig fragte sie: „Und warum würde man das tun – den Diebstahlschutz deaktivieren?"

König seufzte, sein Blick hatte etwas Waidwundes an sich. „Zum Beispiel, wenn man vor dem amerikanischen Geheimdienst mehr Angst hat als vor gemeinen Dieben. Wenn man seine Daten nicht so gerne hergibt." Er spielte mit seinem iPhone herum und fügte hinzu: „Aber man lässt so ein Gerät nicht im Auto. Manchmal könnte ich mich ..." König entblößte die Zähne und machte eine theatralische Geste, um anzudeuten, was er sich könnte.

Unterdessen hatte Simone ihr Handy hervorgeholt, ein bedeutend preisgünstigeres Samsung, und tippte den Namen Marcel Gauthier an. Sie machte eine Geste in Richtung des Deutschen, er möge einen Moment Geduld haben. „Marcel, du musst mir einen Gefallen tun. Ich brauche dringend einen gebrauchten Mac, nicht zu teuer. Ist für einen Freund, der sehr kurzfristig eine Arbeit abliefern muss ... ja, einen Mac. Kannst du deinen Kumpel fragen, diesen merkwürdigen Informatiker, der uns mal geholfen hat, als mein Vater aus Versehen die Festplatte formatiert hatte? Vielleicht hat der zufällig so was auf Lager."

„Simone", kam die Samtstimme ihres Verehrers. „Ich freue mich unendlich, deine Stimme zu hören! Natürlich wird Antoine dir helfen, wenn ich ein Wort für dich einlege. Er macht dir auch bestimmt einen Sonderpreis. Kommst du vorbei?"

„Ja, aber nur kurz. Hat er einen?"

„Warte einen Moment." Sie hörte Marcel mit seinem anderen Handy sprechen. Ihr Verehrer hatte zwei iPhones der neuesten Generation. Vor ein paar Wochen hatte sie sich ein ganzes Abendessen lang anhören dürfen, was man mit denen alles machen kann. Immobilienmakler, dachte sie, wären der Liste der Handy-Aristokraten hinzuzufügen.

„Antoine hat einen auf Lager", meldete Marcel sich. „Sag mal, sehen wir uns morgen? Wir haben schon lange kein Glas Wein mehr miteinander genippt."

„Hast du denn Zeit?"

„Für dich habe ich immer Zeit, *mon poussin!*"

Simone überlegte. Dann sagte sie: „*D'accord, mon agriculteur.* Dann bis morgen."

Sie konnte nicht widerstehen. Wenn Marcel sie mit Küken ansprach, nannte sie ihn einen Bauern. Das nahm dem Austausch zwar einiges von seiner Zärtlichkeit, aber das altmodische Kosewort *poussin* schrie nach einer modernen Antwort. Dieses klebrige *Poussin*-Gemauschel musste sie ihrem Marcel noch austreiben.

Simone legte ihr Handy auf den Tisch und blinzelte König an. „Geklärt, ich habe für Sie einen gebrauchten Mac aufgetrieben, nicht allzu teuer, können wir direkt abholen." Sie winkelte beide Arme ab, Handflächen nach oben. „Natürlich nur, wenn Sie wollen."

Dem Deutschen klappte der Mund auf. „*Mademoiselle*, was soll ich dazu sagen?"

„Am besten: Ja gerne. Aber nicht *Mademoiselle*." Sie bot ihm die Hand an. „Ich bin Simone. *Enchantée!*"

Er gab ihr die Hand und zögerte kurz, bevor er sagte: „Äh, Johann. Oder Hans."

Sie legte den Kopf schräg. „Johann oder Hans?"

Mit einer hilflosen Geste erwiderte er: „Ganz wie Sie wollen."

Nun verengten sich Simones Augen erneut. „Herr Architekt, Sie können einer Unschuld vom Lande wie mir viel erzählen, aber so richtig rund ist Ihre Geschichte nicht. Sie werden doch um Gottes willen wissen, ob man Sie Johann oder Hans nennt? Oder wird das in Deutschland anders gehandhabt als hier?"

König wusste offenbar nicht, was er darauf antworten sollte, weshalb Simone beschloss, ihm eine Pause zu gönnen und praktisch zu werden. „Egal, jetzt müssen wir noch klären, wie wir das organisieren. Haben Sie heute Abend etwas vor?"

Der Deutsche hob die Schultern und machte eine kreisförmige Bewegung mit dem Zeigefinger. „Romantischer Abend mit meiner Freundin WLAN."

„Genau!", rief Simone aus. Sie stockte kurz, weil sie nicht ganz sicher war, dass ihre Idee gut war, und weil sie sich vorstellen konnte, was ihr Vater dazu sagen würde. Doch wieder beschloss sie, ihrem Bauchgefühl nachzugeben. „Wir haben WLAN im Schloss."

König starrte sie verständnislos an.

Simone ließ ihre Hände in der Luft herumtanzen. „Simone und Hans holen Mac. Hans braucht WLAN. Domaine de Charente hat WLAN. Also isst Hans mit uns zu Abend, während sein Mac die Programme runterlädt, und morgen kann Hans den ganzen Tag Einfamilienhäuser planen." Wieder blinzelte sie auf ihre markante Art. „Hans kann mir folgen?"

„Ja, schon, aber ...", stammelte König.

„Ja, schon, aber", äffte sie ihn nach und sah auf die Uhr. „Am besten fahren wir mit Ihrem Auto. Es wird allmählich spät und am Abend mit dem Rad nach Tours im November – nicht mein Ding. Sie haben doch ein Auto?"

„Äh, ja. Wenn es noch nicht geklaut worden ist." König winkte ab. „*Pardon*, blöder Witz."

„Dann sollten wir rasch hingehen, bevor es geklaut wird. Halt!" Simone hielt seine Hand fest, die nach der Brieftasche greifen wollte. „Die bleibt, wo sie ist, sonst wird sie auch noch geklaut. Geht auf mich." Sie wandte sich um und rief: „Abou, die Rechnung! Tut mir leid, aber wir haben es plötzlich sehr eilig."

Kapitel 4

Das Fahrrad stellte sie bei Abou unter, es war nicht das erste Mal. Angekettet oder nicht – die Chancen, ihr Gefährt wiederzusehen, waren gering, wenn es über Nacht vor dem Café Melzi blieb.

Das Telefongespräch mit ihrem Vater lief genau so ab, wie sie befürchtet hatte. „Für den Fritz kochen!?", brüllte er. „Bist du wahnsinnig geworden? Ich hatte damit gerechnet, dass du rasch etwas aufwärmst, und stattdessen soll ich jetzt auf die Schnelle ein Staatsbankett aus dem Ärmel schütteln?"

Königs Auto stand in einer Straße in einem Außenbezirk von Tours. Der Deutsche war in einem Informatikladen verschwunden, der wirkte, als hätte dort vor dreißig Jahren zum letzten Mal jemand eingekauft und wäre seither nie wieder gesehen worden. Simone nutzte den Moment, um das Abendessen im Château zu organisieren. Gut, dass sie damit gewartet hatte, dem Deutschen wäre das Mithören bestimmt peinlich gewesen. „Papa, mach jetzt bitte kein Drama, und vertrau mir! Ich bin sicher, das wird ein netter Abend und ein guter Verkauf."

„Ich muss noch die Fässer prüfen und einen Thermostat austauschen, und was weiß ich, was ich noch finden werden, was repariert werden muss", jammerte Vincent.

„Kann das nicht Bernardo machen?" Bernardo, ihr
einziger Vollzeit-Angestellter, Sohn spanischer Ein-
wanderer, ein grundguter und fleißiger Mensch, der
mit seinem noblen Charakter zwei linke Hände kom-
pensierte.

„Bernardo?", orgelte Vincent. „Du bist ja wahnsinnig.
Der kann einen Château Mouton Rothschild nicht von
Reinigungsessig unterscheiden. Komm mir nicht mit
Bernardo, *putain!*"

„Papa, ich flehe dich an!"

„Eine Omelette kann ich machen, *voilà*. Reicht doch,
oder?"

Simone blies Luft aus. Dann kam ihr eine Idee. „Lass
uns eine Wette abschließen: Wenn die Aktion keinen
Super-Verkauf bewirkt, mache ich einen Monat lang
die Köchin für dich und Laurie."

Stille in der Leitung. Dann: „Ich kann sie einladen, so
oft ich will?"

„Das Angebot steht. *Alors?*"

„Zwanzig Uhr. Keine Sekunde später. Und *Mademoiselle* macht kein Gesicht, wenn ich nach dem letzten
Bissen verschwinde. Mit dem Fritz wirst *du* Konversation machen. Ich bin kaputt vom heutigen Tag und
werde fernsehen."

Ermüdet steckte Simone das Handy in ihre Tasche
und sah hinüber zum Laden dieses „Antoine". Wenige
Minuten später kam der Deutsche mit einer eleganten
Computertasche heraus, die er hinten im Wagen ver-
staute. Danach setzte er sich wortlos ans Lenkrad und
ließ den Motor an.

„Haben Sie bekommen, was Sie brauchen?", fragte Simone. Sie war etwas irritiert. Immerhin hatte sie für

ihn, einen Fremden, gerade ein nicht eben kleines Problem gelöst.

König nickte höflich und lächelte, doch es wirkte forciert. „Ja, das ist perfekt", sagte er ohne sonderliche Emotion in der Stimme und blickte sie für einen sehr kurzen Moment an. „Vielen Dank!"

Ich habe mich getäuscht, dachte Simone. Papa hatte recht, ihre Idee war hirnrissig. Nun würden sie im Château einen Abend lang einen Deutschen bei Laune halten, der den Eindruck vermittelte, als fühlte er sich hier, in Frankreich, einfach nicht wohl. Oder war er einer dieser unausstehlichen Typen, die sich konsequenterweise auch selbst nicht ausstehen können?

Es machte keinen Unterschied. Sie musste nur den Abend überstehen und die Folgen tragen. Denn die Chancen, ihrem Vater einen Monat lang als Küchensklavin für seine Tête-à-Têtes mit der Friseurin dienen zu müssen, erschienen ihr von Minute zu Minute höher.

„Na dann", sagte sie.

Unterwegs führten sie eine banale Konversation. König unternahm spürbare Anstrengungen, freundlich zu sein, doch wirkten diese allzu pflichtschuldig. Simone überlegte, ob die bevorstehende Begegnung mit ihrem Vater auf seine Laune schlug. Sie sondierte das Thema, indem sie ein paar Witze über das „Schlossgespenst" machte. Doch das Einzige, was sie damit erreichte, war eine neuerliche Salve von Entschuldigungen über die „doofe Eintragung im Gästebuch". Dann beschloss Simone, komplett das Thema zu wechseln, und erzählte von den Radtouren, die sie manchmal mit ihrer Freundin Bea unternahm, meistens entlang der Loire, und wie sie überall, auch beim Studium in den USA, ihre Umgebung hauptsächlich mit dem Fahrrad erkundet hatte. König zeigte höfliche Aufmerksamkeit, stellte aber kaum Fragen. Nicht einmal das Stichwort „Studium in den USA", normalerweise ein zuverlässiger Starter für einschlafende Konversationen, löste sonderliches Interesse bei ihm aus. Dabei wäre der Umstand, dass eine Winzertochter aus Frankreich ausgerechnet in den USA Weinbau studierte, wohl ein paar Fragen wert gewesen.

Der Wagen rollte auf dem Kies des Vorplatzes aus und kam zum Stehen. Nach einem Moment bleiernen Schweigens sagte Simone: „Ich habe Sie gar nicht gefragt, ob wir beim Essen auf etwas achten müssen. Sind Sie vielleicht Vegetarier oder allergisch gegen Erbsen?"

Er schüttelte den Kopf. Dann blickte er sie an und sagte nachdenklich: „Schon verrückt. Ich dachte nicht, dass ich heute noch einmal hierherkommen würde."

„Verrückt?", fragte Simone.

Nun lächelte der Deutsche, und sie hatte den Eindruck, dass er mit seinen Gedanken endlich wieder hier war. „Das meine ich positiv."

Simone stieg aus. „Dann schauen wir mal, wo sich das Schlossgespenst herumtreibt."

König griff sich an den Kopf. „Bitte vergessen wir das. Ich wollte originell sein, und das geht meistens schief."

Sie richteten ihre Schritte auf den privaten Teil des Schlösschens linker Hand, wo eine unscheinbare Tür zum gemeinsamen Wohnbereich führte, den Vincent und seine Tochter miteinander teilten. Als Simone die

Türklinke ergriff, stoppte sie. „Und der Computer, *Monsieur* Hans?"

„Ach!", rief der aus. „Ich bin heute so was von zerstreut. Einen Moment!"

Simone schüttelte den Kopf und wartete geduldig, bis König seinen frisch erstandenen Gebraucht-Mac aus dem Auto geholt hatte. Als er dann wieder bei ihr stand und ein zerknirschtes Gesicht machte, konnte sie sich eine Bemerkung nicht verkneifen. „*Franchement*, Hans, das überrascht mich jetzt nicht wirklich, dass man Ihnen den Computer geklaut hat."

Er wusste darauf nichts zu sagen und blickte nur verlegen zu Boden.

„Bevor ich es vergesse", fügte Simone an. „Persönlicher Tipp für die Konversation mit meinem Vater: Fragen Sie ihn nicht nach meiner Mutter, sie ist sehr jung gestorben, mit einem ungeborenen Kind im Leib, und das Thema löst starke Emotionen aus."

„Oh, Gott!", entfuhr es König. „Das tut mir sehr leid."

Simone winkte ab. „Ich wollte es nur gesagt haben. Damit Sie wissen, wo die Tretminen liegen in unserem Haus. Ah, und das Thema Fußball würde ich ebenfalls meiden, weil es seinem Club momentan nicht so gut geht."

König nickte. „Verstanden, danke für die Warnung." Dann spielte ein Lächeln um seinen Mund. „Aber Zweiter Weltkrieg ist okay?"

Sie antwortete mit einer scherzhaften Geste, als wollte sie ihm eine Ohrfeige verpassen, und wies auf die Tür: „*Allez*, hereinspaziert!"

Simone hatte das Gefühl, dass mit dem Gast eine Verwandlung vor sich ging. Er schien sich zu bewegen wie der Besucher einer Porzellanausstellung, beinahe in Zeitlupe, als hätte er panische Angst davor, etwas umzustoßen. Keine spontane Bewegung, kein unüberlegtes Wort. Das war nicht er, spürte sie. Es war nicht direkt unangenehm, aber doch merkwürdig. Eine Anspannung lag in der Luft, und sie hätte gerne gewusst, woher die kam.

Andererseits musste sie auch ihre eigenen Motive prüfen. Am Ende wollten Vincent und sie einen guten Verkauf machen, und Verkäufer sind nun mal freundlich zu möglichen Kunden. Intelligente Kunden wiederum wussten, dass der Aufwand, den ein Verkäufer betrieb, in einem vernünftigen Verhältnis zum Erfolg stehen musste. König sollte klar sein, dass man von ihm mehr erwartete als den Höflichkeitskauf von zwei, drei Flaschen Wein wie bei den Besuchern ihrer Château-Tour.

Wiederum andererseits: Sie hatte sich förmlich aufgedrängt und ihm gar keine Gelegenheit gegeben, ihre Dienste abzulehnen.

Aber warum hatte er dann seine Telefonnummer im Gästebuch hinterlassen? Das tat nur ein potenzieller Käufer mit ernsten Absichten.

Mit diesem Gedankenpüree im Kopf führte Simone den Gast durch einen schlicht eingerichteten Eingangsraum. Nur die Höhe des Raumes und die prächtigen Deckenfriese verrieten, dass man sich in einem Château befand. Sie gelangten zum Esszimmer, wo Simone dem Gast eine Kommode zeigte, auf der er seinen Computer aufstellen und ans Stromnetz anstecken konnte. Sie gab ihm die Zugangsdaten für das WLAN des Schlösschens und entschuldigte sich für einen Moment, um in die Küche zu gehen, aus der lautes Geklapper zu hören war.

Ihr Vater war emsig zu Werke und schaute sie nicht einmal an. „Wir hatten zwanzig Uhr vereinbart. Ihr seid zehn Minuten verspätet. Das Hühnchen ist beinahe verwest. Dafür sind die Leute früher erschossen worden. Ein Glück, dass ich so sanftmütig bin." Dann hielt er inne und gab ihr einen flüchtigen Kuss. „Alles in Ordnung?"

„Alles in Ordnung", sagte sie und warf einen Blick auf den Küchentisch, wo die kalten Gänge bereitstanden und die Flaschen Wein, die er dazu kredenzen würde. *„Pas vrai!"*, rief sie aus. „Du hast dir ja richtig Mühe gegeben."

Er warf ihr einen langen Blick zu. „Das ist meine Vorgabe, falls du die Wette verlierst."

„Alter Trickser", erwiderte sie. „Komm, ich stelle dir unseren Gast vor." Dann senkte sie ihre Stimme: „Bitte sei nett!"

„Quand même!", maulte er zurück und wischte sich die Hände an der Schürze ab, während seine Tochter ihn Richtung Esszimmer vor sich herschob.

Als sie dort ankamen, saß König am Computer. Er stand sofort auf und gab Vincent mit einer sehr akzentuierten Verbeugung die Hand – ein Zentimeter mehr und es wäre eine Parodie daraus geworden.

„Ah, le boche!", röhrte Vincent und schüttelte mit seiner Pranke die im Vergleich eher zarte Hand des Architekten.

Simone wollte am liebsten im Boden versinken. Mittlerweile war klar, dass König exzellent Französisch sprach und daher mit Sicherheit wusste, dass *boche* ein eher grobes Schimpfwort für „Deutscher" war. „Papa!", rief sie und hob eine Faust.

„*Je plaisante*", Vincent grinste. „Ich scherze, sonst wird mir langweilig. Seien Sie herzlich willkommen. Simone hat mir erzählt, Sie wollen uns die gesamte Jahresproduktion abkaufen. Darum kriegen Sie jetzt ein tolles Abendessen."

„Ah, hat sie das?", gab König zurück. Immerhin schien er belustigt und spielte mit. Gott sei Dank, dachte Simone. Der Humor ihres Vaters brachte nicht jeden zum Lachen. Sie konnte sich an ein Züricher Ehepaar erinnern, das wütend abgereist war, nachdem Vincent zur Bezahlung von zwei Kisten Wein eine Überweisung auf ein anonymes Schweizer Konto vorgeschlagen hatte.

„Mein Vater lügt mal wieder", sagte Simone und wies auf den Tisch. „Gar nichts habe ich erzählt. Bitte setzen wir uns, bevor er auf weitere dumme Gedanken kommt."

Vincent blieb in der Tür zur Küche stehen und schnappte: „Wenn du mit dem Verleumden fertig bist, könntest du deinem Vater vielleicht helfen." Richtung König schüttelte er den Kopf und rief aus: „Töchter!"

Wenn Simone Mary später an dieses Abendessen zurückdachte, war ihr, als fügten sich schon damals alle Puzzleteile an ihren Platz. Sie war nur zu nahe an den Details, um das große Bild zu erkennen. Die Widersprüche in Königs Erzählungen und Verhalten verschwanden nicht, wurden aber von jener wohligen Laune verdrängt, die ein gutes französisches Abendessen zwangsläufig erzeugt.

Zumal Vincent auftischte, als stünde die Ehre der Nation auf dem Spiel. Als Aperitif stellte er König einen Guignolet vor die Nase, ein Kirschlikör, gefolgt von einer Entenleber-Creme, zubereitet mit Gelee aus Birnen-Cidre. Sogar Simone war erstaunt. Auf ihre Frage, wo er denn das Gelee herhabe, zuckte ihr Vater nur die Achseln und sagte: „Geschenk von meiner nicht intellektuellen Freundin, eine ihrer vielen Spezialitäten." Dazu hob er mehrmals vielsagend die Augenbrauen, und Simone verschränkte die Arme und sagte nur: „*Eh bien*", in jenem Tonfall, mit dem man eingesteht, dass eine nicht übermäßig geschätzte Person vielleicht doch ihre Qualitäten hat.

Zum Einstieg drängten sie König zu einer Erklärung, warum er so gut Französisch sprach. Standard-Small-Talk, doch das Gespräch erwies sich als aufschlussreich. Der Gast berichtete in kurzen Worten, dass er eines Tages beschlossen hatte, seine mageren Schulkenntnisse auszuweiten und sich einen Sommer in einer Privatschule in Paris zu gönnen, beherbergt von einer französischen Familie. Doch Vincent ließ ihn nicht vom Haken. Nachdem er den zweiten Gang aufgetischt hatte – einen Artischockensalat mit Garnelen, zu dem Simone ebenfalls eine Frage stellen wollte, aber dann doch den Mund hielt –, schenkte Vincent allen einen jungen Rotwein der Domaine ein und fragte gedehnt: „Sehr schön, aber bei allem Respekt vor Ihrem Sprachtalent – das erklärt nicht, warum Sie beinahe sprechen, als hätten Sie jahrelang hier gelebt." Dann blickte er König lange an, freundlich, aber fordernd.

Vincent hatte zu viele Jahre auf dem Buckel, um sich täuschen zu lassen. Hinter Königs Geschichte steckte mehr. Und Simone dachte: Wieder so eine Erklärung, die nur einen Teil erklärt, und auch sie setzte ihr Verhör-Gesicht auf.

Keiner rührte den Artischockensalat an. Unter dem Eindruck des geballten Interesses seiner beiden Gastgeber ließ König die Schultern sacken. „Also gut. Aber ich warne Sie: Das ist eine sehr persönliche Geschichte.“

„Schön“, sagte Vincent zufrieden und begann zu essen, in der Art eines Kinobesuchers, der Werbung und Trailer abwartet und die mitgebrachten Snacks erst aufmacht, wenn der Hauptfilm losgeht. „Wir hören.“

König legte die Hände zusammen und schwieg eine Weile. Offenbar meditierte er darüber, wie weit er ins Detail gehen wollte. Dann räusperte er sich. „*D'accord.* Am Ursprung stand Liebeskummer.“

„Der steht am Ursprung nahezu aller Probleme“, warf Vincent ein und handelte sich einen wütenden Blick von Simone ein.

Man sah König an, dass er nicht gerne an jene Zeit zurückdachte, die seinem Frankreich-Erlebnis vorausging. Duales Studium in Bautechnik und Architektur in München, weil dort Verwandte lebten, bei denen er zu Beginn unterkriechen konnte. Er verliebte sich Hals über Kopf in eine Studentin, die im Studium zwei Jahre voraus war und an Lebenserfahrung wohl ein Jahrzehnt. Träume einer gemeinsamen Zukunft, merkte er rasch, existierten nur in seinem Kopf, nicht in ihrem. Als sie ihn sitzen ließ – in „etwas uneleganter Weise“, weil sie eine Affäre mit einem bekannten Münchner Architekten begann –, stürzte er ab. Emotional am Ende, suchte er nach einem Extrem-Erlebnis, nach einer neuen Existenz, die nichts mit der aktuellen zu tun hatte. Dabei kam ihm die nach eigenen Worten dümmste Idee seines Lebens: Fremdenlegion.

Er wusste, dass er dafür gar nicht gebaut war, aber genau das reizte ihn. Wenn er schon in der Hölle schmoren musste, dann sollte das zumindest auch interessant sein, nicht nur deprimierend. Also räumte er an einem Sonntag die Studentenbude, setzte sich auf sein Moped und knatterte nach Paris.

In dem Vorort, wo sich die Rekturierungskaserne der Fremdenlegion befand, kam er jedoch erst am Montagnachmittag an. Weil er von der Fahrt so erschöpft war, fürchtete er, vom Rekrutierungsoffizier wegen seines Zustands sofort rausgeschmissen zu werden, also suchte er eine preiswerte Unterkunft. Nach langem Herumkurven stieß er auf ein schlichtes *chambre d'hôte* etwas außerhalb der Großstadtregion. Der Eigentümer hieß Jean und war ein etwa fünfzigjähriger, beleibter und entsprechend gemütlicher Typ. Jean erkannte sofort, dass mit seinem Gast etwas nicht in Ordnung war, und setzte sich am nächsten Tag beim Frühstück zu ihm an den Tisch.

Es wurde ein surrealistisches Gespräch, weil König damals noch sehr schlecht Französisch sprach. Doch irgendwie verstanden sie einander. Einen ganzen Vormittag lang redete Jean auf König ein und warnte ihn davor, wegen einer momentanen Stimmung sein Leben auf den Kopf zu stellen. Damit tue er sich selbst nichts Gutes und auch nicht der Legion, die er, der Franzose, aufs Höchste respektierte. Königs Plan, sagte Jean, sei das „Rezept für eine Lebenskatastrophe".

Und dann gab er dem Deutschen einen der besten Ratschläge, den dieser je erhalten hatte: Gute Momente gehen vorbei, aber die schlimmen eben auch. Kein Grund, einen Blödsinn anzustellen, den du ein Leben lang bereuen wirst. Lass ein paar Tage vergehen, schlaf noch einmal drüber, geh spazieren, schau dir das Leben und die Leute an, und wenn du dann immer noch zur Legion willst: *Vas-y!* Als zusätzlichen Anreiz gewährte Jean einen Rabatt: fünf Tage zum Preis von vier, Frühstück inbegriffen. Einzige Bedingung: Legion erst am Schluss, wenn es denn die Legion sein musste.

König willigte ein. Er ruhte sich ein paar Tage lang aus, und die Freundlichkeit seines Gastgebers bewirkte, dass er sich tatsächlich immer besser fühlte. Am Ende packte der Deutsche seine Sachen. Wegen seiner miserablen Sprachkenntnisse wusste er nicht, wie er Jean danken sollte. Geschätzte siebzig Mal sagte er *Merci,* bis sein Gastgeber schon beinahe genervt schien, dann setzte sich König auf sein Moped und fuhr wieder zurück nach München.

Er stürzte sich in die Arbeit, und als er seine erste Stelle antrat, sparte er so lange, bis er genügend Geld für den besagten Sommer in Paris hatte. Er wollte den guten Geist von damals wieder aufsuchen und in gepflegtem Französisch mit ihm konversieren können. Der erste Teil des Plans ging auf. Dank seiner Vorkenntnisse und weil er Gefallen an der Sprache fand, erreichte König rasch ein gutes Niveau. Doch den Wirt von damals sah er nie wieder. Die Visitenkarte mit der Adresse hatte der Deutsche jahrelang wie einen Schatz bewahrt. Doch an der Stelle des charmanten älteren Hauses fand er ein Büro der France Télécom vor. Trotzdem reiste König immer wieder nach Frankreich und verbrachte viele Sommerwochen an Orten wie

Bordeaux und Marseille oder in Dörfern der Bretagne und Normandie.

„Deshalb", sagte König, „spreche ich Französisch." Er fuhr mit dem Zeigefinger über den Tisch. „Diese Geschichte kennen nur meine engsten Freunde."

„Wir fühlen uns geehrt", sagte Vincent und zeigte auf Königs Teller. „Essen Sie schon, ich bereite so lange die Hauptspeise vor."

„Eines interessiert mich noch", sagte Simone. „Wie hieß das Mädchen, das Sie beinahe zu einer französischen Killermaschine gemacht hätte?"

König machte eine gequälte Miene.

„Das schmerzt noch immer?", fragte sie ungläubig. „Nach all den Jahren?"

„Nein, das ist es nicht." Er wirkte peinlich berührt. „Der Name war …" Er fuchtelte mit den Händen, wie um sich zu überwinden.

„Nein", sagte Simone, die nun verstand.

„Doch. Sie hieß Simone." König zeigte mit vorwurfsvollem Blick auf sie. „Das kommt vom vielen Nachfragen!"

Sie winkte ab und erhob sich. „Finde ich eher lustig. Bitte um Verzeihung, wenn ich Sie einen Moment allein lasse – ich glaube, mein Vater braucht mich." Aus der Küche war verhaltenes Fluchen zu hören. „Und vergessen Sie nicht den Computer. Der will doch ab und zu gestreichelt werden, *n'est-ce pas?*"

Er nickte. „Ja, mache ich. Danke. Übrigens …" Er zeigte auf den Salat. „Traumhaft gut. Ihr Vater ist ein Chef von Gottes Gnaden."

„Wenn ihm danach ist, kann er ungeahnte Qualitäten zeigen", erwiderte sie und eilte los, weil das Fluchen nun nicht mehr ganz so verhalten klang. „*Vous m'excusez*, das hört sich nach einer mittleren Katastrophe an!"

Die „Katastrophe" war ein vom allzu energischen Aufwärmen beinahe angesengtes Hühnchen, das Vincent nach der Rettung mit einer exquisiten Senfsoße und Reis kredenzte. „Dazu", sagte er und hob eine Flasche, „passt ein Charente Noir aus dem Jahr 2010."

Simone schreckte auf, hielt sich aber im Griff. Diesen Rotwein holte ihr Vater nur bei speziellen Gelegenheiten aus dem Keller. 2010 war eines der Spitzenjahre gewesen. Wenn sie sich recht erinnerte, hatten sie davon nur noch etwa ein Dutzend Flaschen im Keller.

„Na gut", sagte sie und wandte sich an König. „Der muss Ihnen schmecken, es bleibt Ihnen gar nichts anderes übrig."

Vincent entkorkte den Wein, schnüffelte daran, machte ein verzücktes Gesicht und bat König um sein Glas. „Sie probieren, wir hören demütig Ihr Urteil."

Der Gast wurde sichtbar nervös. Bestimmt wollte er die Winzer nicht enttäuschen, sich aber auch nicht mit einem Kenner-Theater lächerlich machen.

Simone legte ihm die Hand auf die Schulter. „Keinen Stress, trinken Sie einfach einen Schluck, und dann sagen Sie alle Worte, die Ihnen als Synonym für ‚großartig' einfallen."

Vincent funkelte seine Tochter an. „Lass den Mann in Ruhe, ich bin an seinem ehrlichen Urteil interessiert."

König warf Simone einen dankbaren Blick zu. Er verstand, dass sie die Situation entschärft hatte. Bedächtig nahm er einen Schluck, schmatzte in verhaltener Kenner-Art ein wenig nach und sagte: „Wirklich ein besonderer Tropfen. Selten etwas Besseres gekostet. Ich fühle mich sehr geehrt." Dann atmete er tief durch und fügte hinzu: „Leute, ehrlich – das ist fantastisch. Dieser Abend kommt mir wie ein Traum vor."

„Darauf trinken wir", sagte Vincent und hob sein Glas. „Auf unseren Gast!"

„Auf die Domaine de Charente", erwiderte König.

„Auf die Architektur!", sagte Simone.

Die beiden blickten sie verdattert an. „Was soll das jetzt?", fragte Vincent.

„Ah", rief König aus und wandte sich an Simone. „Da fällt mir ein: Sie sind mir auch eine Antwort schuldig geblieben."

Die junge Winzerin hob die Augenbrauen. „Ach ja?"

König klopfte auf den Tisch. „Melzi."

In der folgenden Viertelstunde flogen zwischen König und Simone Anekdoten über Kunst und Architektur hin und her. Melzi, erzählte Simone, war der Freund von Leonardo da Vinci gewesen und sein Universalerbe. Da Vinci wiederum hätte im Loire-Tal auch architektonisch seine Spuren hinterlassen. Sie sprachen über die Renaissance und die Schlösser der Loire, bis König an die Decke des Raumes zeigte und fragte, was denn diese Darstellungen von Fischen in den Fresken bedeuteten.

Dies war Vincents Moment. Die Domaine de Charente sei nicht von einem Adeligen gegründet worden, sondern von einem cleveren Fischhändler namens Rodolphe Charente. Der hatte sein Netz über weite Teile der Loire ausgeworfen und versorgte nicht nur den

Markt in Tours, sondern auch die Adeligen. Besonders begehrt war Lachs, der vom Atlantik den tausend Kilometer langen Fluss hinaufschwamm, um sich zu vermehren. „Da oben", sagte Vincent und zeigte auf die Darstellungen von springenden Fischen, „das ist der Lachs, der Rodolphe Charente reich machte. Und damit ...", er zeigte auf einen Dreizack, „... hat man ihn gefangen."

Bis zur Revolution war der Konsum dieser Delikatesse allein den Adeligen vorbehalten. Rodolphe Charente wachte darüber, obwohl Gerüchte besagten, dass der Mann zu clever war, um sich immer streng an die Gesetze zu halten. Daher wurde er mehr als reich und konnte es bald mit der Kaufkraft des Adels aufnehmen. Und weil ihm seine Auftraggeber gelegentlich auf die Nerven gingen, beschloss er, diese zu ärgern, indem er sein eher schlichtes Haus in Amboise gegen einen Bauernhof bei Limeray tauschte und sich auf dessen Grundstück, am Rand eines Waldes, ein Schlösschen im Stil des französischen Adels baute.

Die Nachfahren hatten es schwer. Nach der politischen Revolution kam die industrielle, die Loire wurde zum Transportweg für Holz, Sperren wurden errichtet, und die Freigabe der Fischerei führte dazu, dass es bald nur noch wenig zu fischen gab. Auch waren die Nachfahren nicht ganz so clever wie Rodolphe Charente und verarmten. Als Vincents Vorfahren das Schlösschen kauften, war es bereits verwahrlost. Doch die neuen Eigentümer entdeckten, dass sich das *Terroir* für den Weinbau eignete. Eine neue Blütezeit begann, die nur von zwei Ereignissen unterbrochen wurde: der Reblausplage, die dem Weinbau in ganz Frankreich den Garaus machte, und ... nun ja, dem Zweiten Weltkrieg.

Genau an dieser Stelle wurde es leise im Esszimmer. Nach einer unbehaglichen Pause erhob sich Vincent und sagte: „Aber die Familie Mary hat sich nicht unterkriegen lassen. Jetzt gibt es Nachspeise. Ein Nougat!"

König wandte sich mit großen Augen an Simone. „Nougat?"

„Keine Angst", sagte sie. „Mein Vater wird kein Nutella anschleppen. Nougat heißt eine typische Torte aus Tours. Sind Sie ein Süßer?"

Der Deutsche wurde ein wenig rot. „Zwischendurch ja."

Simone betrachtete ihn nachdenklich, während er über seine Schwester Ingrid erzählte, die Schokolade verschlingen konnte, so viel sie wollte, und kein Gramm Fett ansetzte. Merkwürdig, wie offen er sich plötzlich gab. Wahrscheinlich hatte auch der Wein seine Wirkung getan. Aber so ganz war die Anspannung nicht weggefallen. Manchmal hatte sie den Eindruck, dass er sich an etwas zu erinnern schien und dann für eine Weile den direkten Blickkontakt mied. Es waren immer nur Momente. Und dann war noch sein beinahe unhöfliches Verhalten nach dem Besuch in Antoines Laden zu erklären. Simone wurde aus ihm nicht schlau.

„Eine Sekunde!", unterbrach sie ihn mitten in einem Vortrag über Nürnberger Lebkuchen. „Diese Reise nach Amboise aus persönlichen Gründen – das ist aber nichts Dramatisches, *n'est-ce pas?*"

König starrte sie beinahe erschrocken an. Er schien verstört, doch genau in diesem Augenblick polterte Vincent herein und verkündete mit durchdringender Marktschreier-Stimme: *„Voilà, Messieurs, Mesdames, Nougat de Tours!"*

Simone fand interessant, dass König den turbulenten Auftritt ihres Vaters nutzte, um die Frage unter den Tisch fallen zu lassen. Die Konversation kehrte wieder zum Weinbau, zu den Schlössern, zu den nervigen Adeligen zurück. Dazu ein langer Diskurs über die finanzielle Herausforderung, die das Instandhalten eines Gebäudes mit beinahe fünfhundert Quadratmetern sehr hoch gelegener Dachflächen mit sich brachte. Zwischendurch fragte Simone ihren Gast, ob er denn alle Programme habe herunterladen können, und als König wie beiläufig sagte: „Schon lange", blickte sie auf die Uhr und erschrak. Es war bereits gegen elf. Da der Abend seinem natürlichen Schlusswort entgegenzusteuern schien, beschloss sie, noch zu bleiben.

Doch dann brachte Vincent noch eine Flasche „Larmes de Limeray" und schenkte König großzügig ein. Der trank sein Glas erstaunlich schnell leer, was möglicherweise nicht nur der Qualität dieses Dessertweins zuzuschreiben war. Vincent wollte nicht nachstehen und nahm ebenfalls einen gewaltigen Schluck. Die Stimmung wurde immer beschwingter. Dann allerdings, nach einer etwas längeren Pause, die für Simones Geschmack nach einem freundlichen „Gute Nacht alle miteinander" rief, fixierte Vincent den Gast und sagte: „Darf ich Ihnen die Geschichte dieses Weines erzählen?"

Simone schreckte auf. „Papa!"

Doch König schien gefasst. „Ja, bitte.“

„Sie hat mit der Episode zu tun, die ich heute bei der Führung nur oberflächlich angeschnitten habe.“ Vincents Mund verzog sich zu einem Lächeln, in dem eine Spur Bitterkeit und ein höfliches Fragezeichen zu lesen waren. Er wollte dem Gast noch eine Chance geben, diesen Part zu vermeiden.

König hingegen wirkte, als habe er darauf den ganzen Abend gewartet. Trotz des vielen Weins brachte er einen klaren, direkten Blick zustande. „Bitte erzählen Sie.“

Simone ächzte laut und blickte neuerlich auf die Uhr. Einerseits fand sie es riskant, den Deutschen mit ihrem Vater allein zu lassen, der jetzt anfangen würde, über den Zweiten Weltkrieg zu erzählen. Aber sie brauchte Schlaf. Unschlüssig betrachtete sie ihr Glas, das sie schon eine Stunde lang gegen die hartnäckigen Nachschenk-Versuche ihres Vaters verteidigt hatte.

„Simone“, sagte König dann mit einer Stimme, die sie so noch nicht kannte, beruhigend und selbstbewusst, mit natürlicher Autorität. „Machen Sie sich keine Sorgen, das geht in Ordnung.“

Sie blickte ihn erstaunt an. Er schien erraten zu haben, was in ihr vorging.

„*Eh bien*“, sagte sie und erhob sich. „*Monsieur* Hans, danke für Ihren Besuch, aber bitte haben Sie Verständnis, ich muss jetzt ins Bett, sonst bin ich morgen eine lebende Leiche und erschrecke die Rebläuse.“

Sie gaben einander förmlich die Hand, obwohl eigentlich Wangenküsse angebracht gewesen wären. Danach herrschte Schweigen, bis Simone den Raum verlassen hatte. Erst als sie nach einer abgekürzten Prozedur im

Badezimmer ins Bett sank und ihr schon die Augen zufielen, durchlitt sie das traditionelle Kurz-vor-dem-Einschlafen-Erlebnis: Ihr ging ein praktisches Problem durch den Kopf, für das sie im Moment keine Lösung wusste.

Es hatte mit König zu tun.

Kapitel 5

Was im Speisezimmer danach geschah, erfuhr Simone später von ihrem Vater. Der versicherte, König habe reges Interesse gezeigt und immer wieder nach Details gefragt. Darum sei es so spät geworden. Und nicht weil er, Vincent, den „armen Fritz" erbarmungslos unter den Tisch gequatscht hätte. Schon lange habe er nicht mehr so ausführlich über diese dunkle Periode in der Geschichte des Weinguts und der Familie gesprochen, über die er dank der Erzählungen seines Vaters sehr genau Bescheid wusste.

Im Mittelpunkt standen zwei Personen: Leutnant Horst Jaeger von der Wehrmacht und eine junge Französin namens Miriam Thal. Zu Jaeger fand Vincent durchweg klare Worte. Er war der Bösewicht der Geschichte, eine Figur wie aus einem schlechten Film, wenn man der Überlieferung Glauben schenkten mochte. Was Miriam Thal betraf, befielen Vincent hingegen immer wieder Zweifel. Das hatte mit den Erzählungen seines Vaters zu tun. Dessen Stimme war hasserfüllt und dessen Worte waren klar gewesen, wenn es um den Leutnant ging. Sprach er jedoch über Miriam Thal, wurde er leise und man spürte Bedauern darüber, was mit dieser Frau geschehen war. Vincent vermutete, dass sein Vater, obwohl ein treuer Gatte, in Miriam ein wenig verliebt gewesen war. *„Elle était tellement belle"* war ein Satz, den er aus dem Mund seines Vaters so oft gehört und der sich deshalb in seinem Gedächtnis festgesetzt hatte. Er überlagerte alles, was Vincent sonst über Miriam Thal wusste. Eine so schöne Frau.

Aber eben auch eine *femme tondue.* So nannten die Franzosen eine Frau, die sich während der Besatzungszeit mit einem Deutschen eingelassen hatte. Und Miriam Thal hatte ausgerechnet mit einem Mann einer sehr speziellen Gruppe von Gästen ein allzu nahes Verhältnis gepflegt.

Und teuer dafür bezahlen müssen.

Viel gab es zu erzählen über diese Episode. Die Besucher der Weingut-Tour bekamen immer nur eine stark gekürzte Version zu hören. Vincent beschränkte den Weltkriegs-Vortrag auf jene paar Minuten, die sie vor den Ruinen des ehemaligen Verwalterhauses standen. Eigentlich begann die Leidensgeschichte der Domaine de Charente und des Dörfchens Limeray schon lange vor dem „Urlaub" der Wehrmachtspolizisten. Am Ursprung stand ein kleiner Sieg der Franzosen während des Frankreich-Feldzugs.

Damals, im Juni 1940, als die Erfinder des Blitzkriegs wieder einem Triumph entgegeneilten, versuchte die französische Armee verzweifelt, den Vormarsch der sieggewohnten Wehrmacht zu stoppen. Die Loire, der längste Fluss des Landes, der im Süden seinen Ursprung nahm, zuerst nach Norden verlief und dann Richtung Westen schwenkte, bot sich als natürliche Barriere an. Für einen Moment wurde Limeray zu einem wichtigen Schauplatz der Schlacht. Hier sammelten sich deutsche Truppen, um die Loire zu überqueren. Beim Dorf bezog deutsche Artillerie Stellung. Doch die

Franzosen hatten ebenfalls Kanonen. Die standen bei Amboise und feuerten über den Fluss. Zwei „Glückstreffer" führten zu einer Katastrophe für die Wehrmacht: Eine Granate traf einen Tanklaster voller Brennstoff, eine weitere einen Munitionstransport. Die davon ausgelösten Explosionen waren so gewaltig, dass die Bauern von Limeray noch Monate später auf ihren Feldern in vielen hundert Metern Entfernung die Knochen, Uniformfetzen und Stiefel deutscher Soldaten fanden. Kein Einziger überlebte das Inferno, die gesamte Nachschub-Einheit wurde ausgelöscht.

Dieser kleine Sieg der Franzosen konnte die Wehrmacht nicht stoppen. Am Ende gelangten die Truppen ans andere Ufer, und der Rest der Geschichte ist bekannt: Gut die Hälfte Frankreichs, darunter die Region um Amboise, kam unter deutsche Militärverwaltung; die andere Hälfte wurde vom nazifreundlichen Vichy-Regime kontrolliert.

Doch die Wehrmacht erinnerte sich an die Katastrophe von Limeray. Zur Bestrafung wurden mehrere Landhäuser wie auch die Domaine de Charente als Unterkünfte für Erholungsurlaube von Truppenteilen beschlagnahmt.

Bis 1943 quartierten sich immer wieder Wehrmachtsoldaten in der Region ein. Manchmal wurden ganze Divisionen von den Kriegsgebieten und mit Fortgang des Krieges vor allem von der Ostfront nach Frankreich gekarrt, um sich dort zu erholen und nach dem sogenannten „Auffrischen" – dem Ersatz der Gefallenen und Verwundeten – wieder in die Schlacht geschickt zu werden. Bis 1943 hatte es die Domaine de Charente vor allem mit „normalen Soldaten" zu tun.

Die sangen laut, gelegentlich benahm sich einer daneben, aber im Großen und Ganzen waren sie diszipliniert und einigermaßen auszuhalten. Das Zusammenleben der Franzosen mit ihren ungebetenen Besuchern nahm sogar den Charakter einer gewissen Normalität an.

Doch dann, Ende Juni 1943, kamen in Limeray besondere Gäste an: eine Kompanie des Polizeibataillons 344. Erst mit der Zeit und vollständig erst nach dem Krieg erfuhren die Bewohner, was es mit dieser Einheit auf sich hatte. Das Bataillon gehörte zu den Polizeitruppen, die der Wehrmacht unterstellt waren und hinter der Front „für Ordnung sorgten". Dazu gehörte auch die Bekämpfung von Partisanen. Dieser irreguläre Krieg führte an sich schon zu besonderen Brutalitäten, vor allem mit „Vergeltungsaktionen" gegen Zivilisten, die im Verdacht standen, die Partisanen zu unterstützen.

Doch neben dem „normalen Tagesgeschäft" war den Polizeibataillonen in Russland noch eine weitere Mission übertragen worden. Sie standen nie im Gefecht gegen militärische Feinde. In einem anderen Krieg hingegen wirkten sie an vorderster Front: im Krieg gegen die Juden.

Simons Großvater Claude Mary war zu diesem Zeitpunkt der einzige Sohn, der seinen Eltern geblieben war. Er war noch zu jung für den Militärdienst, knapp vierzehn. Seine älteren Brüder waren eingezogen worden. Sie konnten aus Frankreich fliehen, doch fanden sie fern ihrer Heimat ein Ende, über das Vincent ungern sprach, am liebsten gar nicht, weshalb er seinen Gast davon verschonte: Die beiden Mary-Brüder schlossen sich den freien französischen Truppen unter

Charles de Gaulle an und fielen im Kampf gegen andere Franzosen, bei der Invasion des Libanon, damals kontrolliert vom Vichy-Regime. Dass sich im Zweiten Weltkrieg französische Soldaten gegenseitig bekämpften, war in den Jahrzehnten nach dem Krieg eines der großen Tabu-Themen. Die Franzosen machten einen Bogen darum. Zumal es ausreichend Tragödien gab, unter denen man wählen konnte, wenn man schon über etwas Schreckliches reden musste.

Der junge Claude spürte von Anfang an, dass die rund vierzig Ankömmlinge anders waren als die vom Krieg ausgezehrten und vielfach traumatisierten Soldaten, die sich vorher im Schloss einquartiert hatten. Während die anderen Gäste die von der deutschen Verwaltung verfügte Hausordnung respektiert hatten, führten diese Leute ihr eigenes Regime ein. An ihrer Spitze ein Leutnant namens Horst Jaeger. Er legte sich gleich bei der Ankunft mit dem relativ freundlichen Unteroffizier an, der den Betrieb der Urlaubsunterkünfte beaufsichtigte, und verlangte für seine Männer mehr Zimmer. Claude meinte sich zu erinnern, dass der Leutnant an einem Punkt der Auseinandersetzung sogar seine Pistole zog. Die Familie Mary verstand rasch, dass mit dem Offizier nicht zu spaßen war, und leistete nicht einmal symbolischen Widerstand. Zu aggressiv und gefährlich erschien ihnen dieser Mann.

Die Pistolen! Jaegers Männer gingen immer bewaffnet aus. Sie waren ja eigentlich Polizisten. Und immer hatte Jaeger mindestens zwei seiner Untergebenen als Bewacher eingeteilt, die durch das Schloss, die Nebengebäude und entlang der Grenzen der Ländereien des Weinguts patrouillierten.

Dass genau das ein wichtiger Punkt der Geschichte war, ahnten Jahrzehnte später weder Vincent Mary und seine Tochter noch Hans König, der zurückhaltende deutsche Besucher.

Im Weingut gab es damals nur eine Person, vor der die ungebetenen Gäste einen widerwilligen Respekt entwickelten: Adeline Mary, eine Großtante von Claude, die aus ärmlichen Verhältnissen stammte und nach der Zerstörung ihrer Heimatstadt in der Domaine Zuflucht gesucht hatte. Ihren Mangel an Bildung glich sie mit einer starken Persönlichkeit aus. Sogar mit Horst Jaeger legte sie sich zuweilen an und musste von den anderen Familienmitgliedern gebändigt werden. Bald hatte sie ihren Spitznamen weg: „Adeline, die wütende Mary".

Nicht nur auf sie, auch auf den jungen Claude hatten die Wehrmachtspolizisten ein waches Auge. Sie spürten, dass er sie beobachtete, und scheuchten ihn immer wieder davon. Doch Claude konnte nicht anders, die Gäste waren sein Unterhaltungsprogramm. Immer wieder gab es etwas Interessantes zu sehen. So bemerkte er rasch, dass ein Mitglied dieser Truppe ein Außenseiter war. Die anderen hänselten ihn und spielten ihm teilweise hässliche Streiche. Auch Leutnant Jaeger schien den Mann nicht zu mögen und teilte ihn oft zum Streifendienst ein. Erst nach dem Krieg erfuhr Claude, dass die Deutschen guten Grund hatten, es mit der Entspannung nicht zu übertreiben: Der britische Geheimdienst unterhielt rege Kontakte zur Résistance in der Region von Amboise.

Aber davon wusste damals in der Familie Mary niemand etwas. Trotz aller Vorsichtsmaßnahmen herrschte ausgelassene Stimmung unter den Deutschen. Wenn es heiß wurde an jenen Sommertagen, drehte der Außenseiter seine Runden mit Gewehr und Helm, während seine Kameraden im Brunnenbecken des Ziergartens planschten und sich oft über ihn lustig machten, sobald er ins Blickfeld kam.

Claude kannte damals die Namen von all diesen Männern, aber sein Sohn Vincent konnte sich nur an zwei erinnern, weil der Vater sie oft erwähnt hatte: der besagte Leutnant Horst Jaeger und der Außenseiter, ein Unteroffizier namens Michael Faunwald.

Claude verstand die wörtliche Bedeutung des Namens, denn „Wald" gehört zu den bekannten deutschen Begriffen, und Faune hießen im Französischen gleich. Der Halbwüchsige fragte sich oft, wie man mit einem so schönen Familiennamen bei einer Truppe wie dem Polizeibataillon 344 landen konnte. Er klang eher wie der Künstlername eines Magiers oder Poeten. So überraschte es Claude nicht, dass dieser Unteroffizier aus einem besonderen Grund in den Mittelpunkt des Interesses rückte.

Irgendwann fiel das Auge des Leutnants Jaeger auf Miriam Thal, die schöne Witwe des Verwalters, die nun allein in dessen Haus wohnte und trotz Konkurrenz durch die wütende Adeline die Geschäfte der Domaine organisierte. Unter allen möglichen Vorwänden suchte Jaeger sie auf und wurde dabei auch zudringlich. Doch Miriam zeigte ihm standhaft die kalte Schulter. Also verfiel der Leutnant auf eine perfide Idee: Er deklarierte das Verwalterhaus zur Kneipe.

Miriam musste ihre Wohnräume in den Keller des Gebäudes verlegen, während oben eine Umgestaltung stattfand. Und zum Betreiber der Kneipe ernannte Jaeger ausgerechnet den Unteroffizier Faunwald. Der hatte sich nie an den gemeinsamen Besäufnissen beteiligt und war auch deshalb bei seinen Kameraden unbeliebt. Nun musste er nächtelang an der neu gezimmerten Bar stehen und seinen Leuten Wein ausschenken, der natürlich direkt aus dem Lager der Domaine bezogen wurde.

Die Kneipe diente nicht nur den im Schloss einquartierten Polizisten. Oft lud Jaeger die Offiziere und Unteroffiziere des Polizeibataillons und anderer Truppen, die in der Region untergebracht waren, zu einem „Kameradschaftsabend" ein, bei dem es bis in die frühen Morgenstunden rundging.

Jaeger war unendlich stolz auf seine Idee. Nachdem das Verwalterhaus weit genug vom Schlösschen entfernt lag, mussten sich die Besucher keinen Zwang antun. Auch fühlten sich die Deutschen hier sicher, weil sie unter sich waren, bewacht von Männern eines Polizeibataillons. Jaeger ließ sogar ein Schild herstellen, zuerst aus Holz, später aus Emaille. Darauf prangte der Name der Kneipe: „Abfüllstation Frankreich Mitte".

Diesen Namen hatten die ersten Deutschen erfunden, die in der Domaine ihren Urlaub verbracht und sich aus den Weinvorräten bedient hatten. Überall im besetzten Frankreich jagten die neuen Herren diesem moralfördernden Getränk nach, und überall arbeiteten die Winzer, Händler, Hoteliers und Transporteure mit allen Tricks, um die Deutschen von ihrem Nationalheiligtum fernzuhalten. Ein weitgehend unbekanntes Kapitel der Kriegsgeschichte. Warum ausgerechnet die Domaine de Charente den Spitznamen „Abfüllstation

Frankreich Mitte" erhalten hatte, wusste niemand. Wein gab es woanders auch. Doch als Jaeger auf der Suche nach einem Namen für seine Kneipe war, musste er nicht lange nachdenken.

Und prompt ging es rund im neuen Treffpunkt.

Claude konnte Miriam die schlaflosen Nächte ansehen, die sie im Kellerraum unter der Soldatenkneipe verbringen musste. Laute Gesänge, stampfende Stiefel und das gelegentliche Klirren zerbrechender Gläser – an Schlaf war nicht zu denken. Bei den Offiziersabenden musste sie an der Bar mithelfen, unabhängig von ihren täglichen Pflichten, bis der letzte Gast die „Abfüllstation" verlassen hatte.

Doch in einem Punkt bewirkte der „geniale Plan" des Leutnants Jaeger genau das Gegenteil des Erhofften. Denn Michael Faunwald, der mit dem Kneipenjob ja eigentlich bestraft werden sollte, wirkte auf einmal verdächtig zufrieden. Bald hegte Jaeger eine konkrete Vermutung, worauf dieser Stimmungswandel zurückzuführen war: Miriam und der Unteroffizier schienen einander zugetan.

Es blieb bei der Vermutung. Immer wieder führte Jaeger überraschende Kontrollen durch, zu beliebigen Zeiten bei Tag und bei Nacht. Er verbot der Witwe, die Türen abzuschließen, und krachte zu den unvermutetsten Momenten in ihr Kellergemach oder spürte ihr bei Besorgungen nach. Jaeger war von der Idee einer Affäre zwischen den beiden wie besessen. Er unternahm alle möglichen Anstrengungen, um sie bei Zärtlichkeiten zu ertappen. Vergebens. Die beiden pflegten nach außen ein strikt geschäftliches Verhältnis. Doch ihr Gesichtsausdruck und ihre Körpersprache verrieten, dass sie einander mehr als nur sympathisch fanden.

Das Wissen um die angebliche Affäre blieb nicht auf die Domaine de Charente beschränkt. Jaeger besuchte manchmal seine Offizierskameraden in Amboise und Tours. Bei Gesprächen in einem Café musste wohl der eine oder andere Franzose, der mittlerweile ausreichend Deutsch verstand, gelauscht haben. Gewitterwolken brauten sich zusammen. Nicht nur in Limeray. Nicht nur für Miriam Thal.

Dann kam es zum Brand. Schuld war Jaegers abstruse Idee, „Sommer-Weihnachten" zu feiern. Bei einer schlagartig angesetzten Durchsuchung des Schlösschens war er auf Schachteln voller Weihnachtsschmuck gestoßen, den die Familie Mary über Jahrzehnte hinweg angesammelt hatte. Die Erinnerung an den beißenden Winter in Russland mochte auch eine Rolle gespielt haben. Die Abreise des Polizeibataillons stand kurz bevor, und alle wussten, wohin es gehen würde: an die Ostfront, wo die Wehrmacht mittlerweile in Bedrängnis geraten und auf dem Rückzug war.

Jaeger befahl Faunwald, die Kneipe mit „Christbäumen" zu schmücken und versammelte seine Männer zu dieser „leicht vorgezogenen Weihnachtsfeier". Er hielt eine Ansprache, und danach machte sich ein Schweigen breit, das im krassen Kontrast zum üblichen Kneipenkrawall stand. Die Feier kam nicht so recht in Schwung. Die Stimmung war gedrückt, ja sentimental. Vollkommen unerwartet sorgte der ansonsten so zurückhaltende Faunwald für Fröhlichkeit. Der schien mit seiner ungeliebten Rolle als Kneipenwirt an diesem

Abend rundum zufrieden und stimmte sogar ein Soldatenlied an.

Allmählich nahm die Veranstaltung Fahrt auf. Als Faunwald dann auch noch den Clown machte – das hatten sie vorher nie erlebt! –, gerieten die Wehrmachtspolizisten außer Rand und Band. Dabei geschah es. Viel brauchte es ja nicht: Eine Kerze kippte um, direkt auf den Ast eines der Nadelbäume, die Nadeln entzündeten sich blitzschnell, und binnen weniger Sekunden stand die ganze Kneipe in Flammen. Mit Mühe konnten die Männer ihre Haut retten.

Miriam Thal war zu diesem Zeitpunkt glücklicherweise im Schloss, um die Quartiere der Männer zu reinigen. Sie hätte den Brand und den folgenden Einsturz des Gebäudes in ihrem Kellergemach wahrscheinlich nicht überlebt.

Einer der Polizisten zeigte so etwas wie ein schlechtes Gewissen und schilderte der Familie in miserablem Französisch, mit Händen und Füßen, was an diesem Abend im Verwalterhaus vorgefallen war. Er wollte nicht, dass die Familie Mary dachte, die Deutschen hätten das Haus mit Absicht angezündet, weil sie ja bald abreisen würden – im Stil der „verbrannten Erde".

Das hinderte die Männer jedoch nicht daran, zum Abschied die noch vorhandenen Weinvorräte zu plündern. Ob die Geschichte mit dem gestohlenen Lastwagen wirklich stimmte, wusste Vincent nicht mehr. Mit den Jahren hatte er die Erzählung wohl ausgeschmückt. Das gestand er seiner Tochter, als sie aufgrund der Nachfrage eines regionalen Historikers vorschlug, den Eigentümer des Vehikels ausfindig zu machen. Wertvolle Möbel oder Kunstwerke waren im

Schloss schon lange nicht mehr vorhanden, die hatten die Vorbesitzer alle verschachert, als es mit dem Anwesen bergab ging. Doch die Szene mit den Polizisten, die kistenweise Charente-Wein auf einen Lastwagen luden, war von einem Beobachter aus erster Hand berichtet worden: Claude hatte seinem Sohn Vincent sogar das Versteck hinter den Hecken gezeigt, von dem aus er das Verladen beobachtet hatte, in panischer Angst, entdeckt zu werden. Nur ein paar Dutzend Flaschen blieben übrig. Ohne große Hoffnung erstattete die Familie Mary Anzeige, die zu ihrer Überraschung sogar aufgenommen wurde. Doch mit den Kriegswirren ging das Verfahren unter.

Ob der Brand schuld war oder der Fortgang des Krieges – nach dem Polizeibataillon 344 kamen immer weniger Militär-Urlauber. Dann, im Sommer 1944, landeten die Alliierten in der Normandie, und im September desselben Jahres räumten die wenigen verbliebenen Besatzungssoldaten auch die Region in diesem Abschnitt des Loire-Tals. Immerhin wurden die Besitzungen der Charente von Kampfhandlungen verschont, als die Deutschen sich zurückziehen mussten. Durch manche der anderen Weinfelder walzten Panzer der Wehrmacht oder der Alliierten und zerstörten dabei Zigtausende jener älteren Weinstöcke, die nach den ersten Jahren des Heranwachsens die besten Trauben produzierten.

Doch bevor sich die Zivilisten Sorgen um ihr wirtschaftliches Wohlergehen machen konnten, stand ein anderes Thema im Vordergrund: Nun begann die harte Zeit für alle Franzosen, denen man nachsagte, dass sie mit den Besatzern gemeinsame Sache gemacht hatten.

In Limeray blieb es einige Tage lang verhältnismäßig ruhig. Doch dann wurde bei den Gesprächen im Dorf immer wieder der Name der Verwalterwitwe erwähnt. Claudes Eltern entbanden sie von jenen Aufgaben, die sie außerhalb des Weinguts zu erledigen hatte, um sie für eine Weile aus dem Blickfeld der Dorfbewohner zu bringen. Die aggressive Stimmung, hoffte man, würde sich mit dem zurückkehrenden Alltag wieder legen. Obwohl die Familie mitbekommen hatte, dass die schöne Miriam sich mit dem Unteroffizier Faunwald des Polizeibataillons gut verstanden hatte, wollte niemand an eine Affäre glauben. Und selbst wenn ... dieser Faunwald hatte sich den Marys gegenüber immer korrekt verhalten.

Dann, nur drei Tage nach dem Abzug der Deutschen und einer Jubelfeier für ein paar Jeeps mit alliierten Soldaten, die im Dorf kurz nach dem Rechten sahen, hörten die Schlossbewohner aus der Ferne das Gebrüll einer Menschenmenge, die sich offenbar näherte. Die Schreie wurden lauter und lauter. Wenige Minuten später erschien eine Gruppe zornig wirkender Männer und Frauen, etwa die Hälfte aus Limeray, die anderen waren der Familie unbekannt, wahrscheinlich Angehörige der geheimen Widerstandsbewegung.

Verängstigt zog sich die Familie Mary in eines der Nebengebäude zurück, in dem man damals, bei Kriegsbeginn, für Notfälle ein Versteck eingerichtet hatte. Nie hatten sie geglaubt, dass sie es noch einmal benötigen würden, nach der Befreiung und wegen ihrer eigenen Landsleute! Vincents Großvater trat den Männern allein gegenüber. Einer der Unbekannten stellte sich mit autoritärem Gehabe vor ihn. Im Dorf habe niemand etwas gegen die Familie, doch die Verwalterwitwe müsse bestraft werden, sie sei eine Hure der Deutschen gewesen. Wenn er keine Probleme wünsche, solle er die Frau herausgeben.

Das Oberhaupt der Familie Mary versuchte zu verhandeln. Für eine Affäre mit einem Deutschen gebe es keine Beweise, argumentierte er, man habe immer ein Auge auf sie gehabt. Doch der Sprachführer schnitt ihm das Wort ab: Dass Miriam Thal mit zumindest einem Deutschen etwas „gehabt" habe, sei eine gesicherte Information aus Kreisen der *Résistance* in Amboise. Jede Diskussion sei Zeitverschwendung. Entweder liefere er seine Verwalterin aus, oder man würde ihr so lange auflauern, bis sie unvorsichtig genug wäre, das Weingut zu verlassen. Und er warnte, die Familie Mary würde in der kollektiven Erinnerung nicht gut dastehen, wenn sie eine Frau schützte, die an der *collaboration horizontale* teilgenommen habe, wie die Franzosen jene Affären der Besatzungsjahre nannten.

Der Gutsbesitzer war ratlos. Doch Miriam nahm ihm die Entscheidung ab. Sie wusste von Anfang an, wem der Aufruhr galt, und erschien auf dem Vorplatz.

Dann ging alles sehr rasch. Zwei Männer nahmen sie in ihre Mitte, hielten sie fest, ein anderer trat vor sie hin, zückte eine Schere, und binnen Minuten war die schöne Frau kahl geschoren. Nun, brüllte der Wortführer, werde man eine *petite promenade* durchs Dorf unternehmen, einen kleinen Spaziergang, und danach einen Ausflug nach Amboise, wo sie gemeinsam mit ihren „Kolleginnen" an einem „kleinen Volksfest" teilnehmen dürfe.

Aus Gesprächen mit Bekannten wusste die Familie Mary, was Miriam bevorstand. In Frankreich kochte die Volksseele. Wenn einer Frau zu Recht oder fälschlicherweise nachgesagt wurde, mit den Deutschen kooperiert zu haben, drohte ihr ein Spießrutenlauf, bei dem sie von den Menschen, die Spalier standen, verhöhnt, angespuckt und geschlagen wurde.

Später hörte die Familie von Augenzeugen Berichte über dieses konkrete „kleine Volksfest" in Amboise. Das Programm beinhaltete ein improvisiertes Tribunal, bei dem der Schuldspruch von vornherein feststand. Vier Frauen wurden durch die Stadt getrieben. Nicht dabei war eine Prostituierte, die in einem offiziellen Wehrmachts-Bordell in Tours gearbeitet und dort deutsche Soldaten beglückt hatte. Die Professionellen, fanden die Franzosen in ihrer markanten Logik, hatten nur ihren Job getan und deshalb keine Strafe zu befürchten.

Am Abend kehrte die Witwe zurück, abgeliefert von französischen Polizisten, die sie am Eingangstor des Weinguts zu Boden stießen. Die selbst ernannten Richter hatten Miriam ein Hakenkreuz auf die Stirn und einen Hitlerbart über die Oberlippe gemalt. Die Familie versuchte sie zu trösten, doch die Frau wollte nur allein sein. Stunden verbrachte sie im Badezimmer, um die Farbe zu entfernen, und lehnte dabei jede Hilfe ab. Sie hörten Miriam abwechselnd schluchzen und schreien und gegen die Wände schlagen.

In den folgenden Wochen beschränkte die Verwalterin ihre Kontakte mit der Familie Mary auf ein Minimum. Sie verbarg ihre Gefühle hinter einem eisigen Wall des Schweigens und ließ niemanden an sich heran. Später verstanden sie, dass Miriam nur wartete, bis ihr Haar ausreichend nachgewachsen war, um nicht auf der Straße direkt als abgestrafte *femme tondue* erkannt zu werden. Eines Tages stand sie mit einem Koffer an der Tür, verabschiedete sich höflich, aber ohne sichtbare Emotionen. Vincents Großvater bot an, sie zum gewünschten Ziel ihrer Reise zu fahren, doch Miriam lehnte ab. Bekannte berichteten, sie sei in Amboise in einen Zug Richtung Tours gestiegen. Danach verliert sich ihre Spur. Die Familie Mary hat nie wieder etwas von Miriam Thal gehört.

Das Verwalterhaus blieb zunächst eine Ruine, weil das Geld zum Wiederaufbau fehlte. Zu viel musste im Schloss und in den Kelteranlagen repariert und nachgekauft werden. Als die Familie viele Jahre später einen bescheidenen Wohlstand erkämpft hatte, traf das Oberhaupt die Entscheidung, die Ruine genau so zu belassen, als dauerhafte Erinnerung an eine furchtbare Zeit. Weggeschafft wurde nur, was Kindern zur Gefahr werden konnte, wenn sie zwischen den angekohlten Mauern spielten. Der Boden wurde versiegelt. Darunter lag, gefüllt mit Trümmern, der Kellerraum, in dem zuletzt Miriam Thal wohnte.

Kapitel 6

Simone hatte ihr eigenes Appartement in der zweiten Etage des Südflügels im Schloss. Sie hatte viel Platz, nicht nur nach oben, und wenige Möbel, die sich in den riesigen Räumen verloren. Schon mit siebzehn hatte sie einen getrennten Zugang ausgehandelt, der für Vincent tabu war. In einer Ecke lag vor einem riesigen Spiegel eine Matte, auf der sie jeden Morgen ein Programm mit Rückengymnastik absolvierte.

Ihr Bett war breit und komfortabel. Ein einziges Mal hatte sie es bislang mit einem Besucher geteilt. Was dabei geschehen war, versuchte sie aus ihrer Erinnerung zu verdrängen. Manchmal kam eine Freundin zu Besuch, meistens Bea, mit der sie gerne ihre Radausflüge unternahm. Oder gelegentlich Christine, eine Studienkollegin aus Blois. Die neigte allerdings dazu, mit unangemeldeter Begleitung aufzutauchen, weshalb Simone eine gewisse Distanz wahrte. Christine hatte sie ihre Bekanntschaft mit Marcel zu verdanken, mit dem sie heute Abend essen würde. Zwei Beziehungen mit Männern hatte sie außerhalb des Schlosses ausgelebt. Mit Marcel war es etwas anderes. Bei ihm oder mit ihm hatte sie noch nie übernachtet. Ihr Verhältnis war über punktuelle Zärtlichkeiten noch nicht hinausgekommen. Sie schätzte seine Geduld und Zurückhaltung. Er war so etwas wie ein Anwärter, der sich im Besitz einer Vollzugsgarantie wähnte.

Das mochte so sein. Sie schätzte seine anpackende Art, seine Initiative, sein gepflegtes Aussehen, vor allem aber diese Mischung aus modernem Lebensstil und altmodischer Höflichkeit. Und natürlich fühlte sie sich geschmeichelt, dass einer der erfolgreichsten Immobilienmakler der Region sie in einer sehr eleganten Weise umwarb.

Vincent hingegen fand den Verehrer merkwürdig. Die Skepsis ihres Vaters mochte das Ihre dazu beitragen, dass sie Marcel verteidigte und zu ihm stand. So waren Töchter eben.

Die hochtechnologische Schlafzimmer-Uhr – ein Geschenk Marcels – begann kurz vor sieben mit rötlichem Schimmer einen Sonnenaufgang zu imitieren, dann ertönte Vogelgezwitscher, zuerst leise, dann immer lauter. Trotz der sanften Weckmethode erwachte Simone schlagartig, denn es war die gewohnte Uhrzeit. Sie hatte nicht ganz so viel geschlafen, wie es ihrem Bedürfnis entsprach, deshalb nahm sie sich zumindest für den Vormittag nur körperliche Arbeit vor.

Simone schlenderte zur Matte und begann ihre Morgenroutine. Im Weinberg musste sie sich tausendmal am Tag bücken, deshalb maß sie der Rückengymnastik ein besonderes Augenmerk zu. Ein Freund hatte sie gewarnt: Wenn du nicht jetzt an deinem Rücken arbeitest, kommst du mit vierzig daher wie eine alte Frau. Solltest du einmal Kinder haben, wird das noch schlimmer. Die Kleinen setzen dem Rücken eines Erwachsenen mindestens ebenso viel zu wie ein Weinberg. Zusammen machen sie dich kaputt.

Während ihr Körper quasi automatisch das gewohnte Programm abspulte, wanderten ihre Gedanken zum gestrigen Abend. Nach ein paar Minuten war sie bei dem Problem angelangt, das sie kurz vor dem Einschlafen erkannt, jedoch nicht mehr gelöst hatte.

Jäh entfuhr ihr ein Ausruf: „*Merde!*"

Schlagartig unterbrach sie ihr Programm, zog sich einen Sportanzug mit einer gefütterten Trainingsjacke über und verließ das Zimmer.

Ein ganzes Schloss zu heizen ist der finanzielle Ruin. Daher hatte Vincent schon vor vielen Jahren zwei Wohneinheiten und den Gemeinschaftsbereich thermisch isolieren und mit einem modernen Heizsystem ausstatten lassen. Gelegentlich erinnerte er Simone daran, dass sie bis heute und noch einige Jahre in der Zukunft den Kredit abzahlten, den sie dafür aufnehmen mussten. Gelegentlich kam die Idee auf, im Schloss ein Landhotel einzurichten, um die vielen Räume zu nutzen. Doch jedes Mal, wenn Vincent und Simone in die Details eintauchten, litten sie nach Kurzem unter Sauerstoffnot und ließen den Gedanken wieder fallen. Zu viel Behördenkram. Zu viele Umbauten. Zu teuer. Zu riskant.

Im Rest des Gebäudes war es im Winter beißend kalt, nur die Wasserleitungen wurden in den nicht genutzten Wohnbereichen gerade ausreichend beheizt, damit das Wasser nicht zu Eis gefror und die Rohre sprengte. Lediglich im eher scherzhaft so genannten „Thronsaal", der ehemaligen Bibliothek, stand ein alter gusseiserner Holzofen, den sie bei Zusammenkünften in Betrieb nahmen.

Simone eilte durch einen Gang, murmelte *„Merde, merde!"*, und gelangte zur Tür, die zum Schlafzimmer ihres Vaters führte. Vorsichtig öffnete sie und hörte ein ohrenbetäubendes Schnarchen. Entmutigt schloss sie die Tür wieder und dachte nach. *„Merde alors!"*

Sie durchquerte das Gebäude und verließ es Richtung Ziergarten, ein Gelände, so groß wie ein halber Fußballplatz, in dessen geometrischem Mittelpunkt der Brunnen mit einem von Stein eingefassten Becken lag. Dieser Garten, mit dem der Erbauer den Stil der vornehmen Loire-Schlösser imitiert hatte, überbrückte mit zwei Ebenen eine Geländestufe zwischen dem ganz oben liegenden Hauptgebäude und den darunter befindlichen Weingärten.

Kaum hatte Simone das Gebäude verlassen, stockte sie. Warum war die Tür nicht versperrt? Bernardo, ihr einziger ganzjährig Angestellter, musste bereits eingetroffen sein. Er hatte einen Schlüssel zum Zugangstor und natürlich zu allen Nebengebäuden, in denen sich die Einrichtungen für die Weinherstellung und -verkostung befanden. Aber für die Wohnbereiche bekam er die Schlüssel nur, wenn sowohl Vincent als auch Simone auf Reisen waren. Wurde es am Vorabend spät, hinterließ ihm Vincent eine Liste mit seinen Aufgaben, und Bernardo begann die Arbeiten, während die Familie noch schlief.

Es war ein grauer Tag, Regen drohte, ein paar Tropfen fielen schon, ein kühler Wind fuhr durch ihr Haar. Es würde kein Wolkenbruch werden, eher der typische Landregen, der dem Boden und den Pflanzen am besten behagte. Simones Blick wanderte über das Panorama: Vor ihr der Weingarten, schräg rechts die Ruinen des

Verwalterhauses – ah, da saß jemand auf einer Mauer. Bernardo?

Nein, das war nicht das Hellbraun seiner Arbeitsjacke. Und die Gestalt trug auch nicht die schreiend grüne Kappe, ohne die Bernardo weder im Sommer noch im Winter zum Arbeiten ins Feld ging.

Aber sie kannte die Farbe dieser Jacke. Dunkelblau. Ihr Kiefer sackte ab. Was zum Teufel tat ihr deutscher Gast von gestern Abend hier? Und um diese Zeit?

Ohne besondere Eile ging sie die Treppe zum unteren Teil des Ziergartens und richtete ihre Schritte auf die Ruine. Im Grunde, dachte sie, war das die Lösung des Problems, das ihr gestern beim Einschlafen durch den Kopf gegangen war. Sie hatte sich gefragt, wie Hans König nach Amboise zurückkehren sollte. Denn als sie sich verabschiedete, hatte er bereits zu viel Alkohol konsumiert, um sich noch ans Lenkrad zu setzen.

„Guten Morgen, *Monsieur* Hans!", rief sie aus einiger Entfernung, um die Situation zu sondieren, und winkte ihm zu.

Der Deutsche winkte zurück und steckte die Hände wieder in die Taschen seiner gefütterten Jacke. Er hatte den Kopf eingezogen und schien zu frösteln. Sein Lächeln, erkannte sie beim Näherkommen, schien wieder forciert. Erst als sie vor ihm stand, bemerkte sie, dass er zitterte.

„Spät geworden, hm?", überspielte Simone ihr Befremden. Was tat König hier draußen, wenn ihm die Kälte unangenehm war? Und so früh? Und was zum Teufel war los mit ihm?

König stand auf und erklärte mit verlegener Gestik: „Ihr Vater war so freundlich, mir das Gästezimmer anzubieten. Ich konnte allerdings kein Auge zudrücken, deshalb bin ich hier. Habe ich Sie erschreckt?"

„Nur überrascht." Sie zeigte auf ein entfernteres Weinfeld. „Dort drüben bauen wir die Sorten Chenin und Chardonnay an, aus denen wir den ‚Larmes de Limeray' keltern. Ein schwerer Tropfen. Zu viel erwischt davon, eh?"

Er lachte, doch in seiner Miene las sie, dass die „Tränen aus Limeray" nicht das einzige und bestimmt nicht sein gravierendstes Problem waren.

Sie plapperte weiter, um ihr Unbehagen zu überspielen. „Ich brauche nur zwei Gläser und liege flach wie ein toter Lachs. Darum bin ich vorsichtig. Wie war es gestern Abend? Hatten Sie noch eine anregende Konversation mit meinem Vater?"

König hob die Augenbrauen. „Das war weniger eine Konversation als ein Vortrag. Ihr Vater hat mir eine sehr interessante Geschichte erzählt. Eine unglaubliche Geschichte. Offen gestanden ist das der Grund, warum ich nicht schlafen konnte."

Simone zuckte die Achseln. „*Magnifique.* Schon kurios, wie die Dinge sich manchmal entwickeln. Erst habe ich den Eindruck, dass Sie mit diesem Kriegsdrama davongejagt wurden, und nun können Sie davon nicht genug kriegen. Wollen wir frühstücken?"

Die Antwort kam beinahe schroff: „Nein!" König schien noch nervöser, doch seine Stimme klang entschlossen. „Zuerst muss ich etwas loswerden. Simone, was denken Sie – soll man mit der Wahrheit auch dann herausrücken, wenn sie unangenehm ist? Ich meine, nicht nur peinlich, sondern richtig unangenehm."

Nun ahnte die Winzerin, dass der Deutsche hier an der frischen Luft definitiv nicht seinen Kater zu kurieren suchte, sondern an etwas anderem laborierte. Nachdenklich erwiderte sie: „Man sollte damit auf jeden Fall herausrücken. Aber es kommt auf den Moment an und auf die Art, wie man das macht."

König nickte, für Simones Geschmack eine Spur zu heftig – das war nicht seine Art, so gut kannte sie ihn schon. „Sehr gut", presste er hervor. „Genau das ist der Punkt. Weil genau das mein Problem ist. Was den Moment betrifft, bin ich nicht sicher. Aber ich habe das Glück, dass zumindest, was die Person anlangt ... ich denke nämlich, dass Sie die ... wie soll ich mich ausdrücken? ... dass Sie die geeignete Person sind."

„Ah, schön", erwiderte Simone etwas ratlos. Allmählich wurde ihr unwohl. Wenn Königs Nervosität ein Gradmesser für die Wichtigkeit dessen war, was der Deutsche loswerden wollte, sollte sie ihre Optionen prüfen, möglichst rasch möglichst viele Meter zwischen sich selbst und den Gast zu bekommen. Er wurde ihr allmählich unheimlich. Behutsam fragte sie: „Was müssen Sie denn loswerden, Monsieur Hans?"

Er hielt Daumen- und Zeigefinger in die Höhe. „Eine gute und eine schlechte Nachricht. Das ist jetzt nicht besonders originell." Er lachte wieder dieses hohle, metallisch klingende, wenig überzeugende Lachen. „Welche wollen Sie zuerst hören?"

„*Franchement, Monsieur* Hans, jetzt machen Sie mir Angst!" Simone wich ein paar Schritte zurück und spürte, wie auch sie zu zittern begann.

König schien das nicht aus dem Konzept zu bringen. „Wegen meines Zustands. Ich wirke wohl ein wenig verstört. Aber das soll Sie nicht beunruhigen. Eher würde ich mich in der Loire ertränken lassen, als einem Mitglied der Familie Mary ein Haar zu krümmen. Bitte gehen Sie nicht weg. Hören Sie mir nur zu. Das ist schwer für mich, und für Sie wird es genauso schwer. Aber ich flehe Sie an – machen wir das gemeinsam!“

„Na gut“, sagte Simone und trat zögernd einen Schritt näher, eher symbolisch, und dann noch einen. Sie hoffte ihn damit zu beruhigen. „Wenn ich wählen darf, bringen wir zuerst die schlechte Nachricht hinter uns.“

Er lächelte und senkte den Kopf. „Dachte ich mir. Nichts Tragisches, wirklich, nur möglicherweise unangenehm für Sie. Trotzdem muss ich es loswerden. Ich möchte, dass Sie verstehen, warum ich gestern so kurz angebunden war, als wir von Tours hierhergefahren sind. Ihre Irritation ist mir nicht verborgen geblieben. Aber ich brauchte Zeit, etwas ziemlich Verrücktes zu verdauen. Und ich hatte keine Ahnung, wie ich darauf reagieren sollte. Ich habe noch immer keine Ahnung, aber egal ... es muss einfach raus.“

Simone vollführte eine einladende Geste. „Dann erzählen Sie mal. Ich bin bereit.“

„Der Computer, den ich gestern gekauft habe“, der Deutsche zeigte auf einen schwarzen Rucksack, der an die Mauer gelehnt war und den Simone erst jetzt bemerkte. „Das war meiner. Genau der Mac, der mir geklaut worden war.“

„Oh, *putain, merde!*“, entfuhr es Simone. Beinahe hätte sie aus purer Verblüffung laut losgelacht, rechtzeitig hielt sie die Hände vor den Mund. „*C'est pas vrai!*

König winkte ab. „Bitte nicht falsch verstehen, ich musste es nur loswerden. Zu Ihnen habe ich volles Vertrauen. Sie haben bestimmt mit den edelsten Absichten gehandelt. Dafür bin ich nach wie vor dankbar. Nur meine ich, Sie sollten das wissen. Dieser Antoine ist nicht … äh … *komplett sauber,* um es höflich zu sagen." Er machte dazu eine Geste wie ein Dirigent.

Simone atmete schwer. „Ich werd verrückt. Sind Sie denn sicher, dass es Ihrer ist?"

„Hundert Prozent. Ich habe in meinem Computer ein winziges Zeichen eingeritzt, das schwer zu erkennen ist, wenn man es nicht weiß. Kein Zweifel: Antoine hat mir den Mac verkauft, der mir auf der Herfahrt an einer Tankstelle vor Tours geklaut worden war. Ich muss schon sagen, die arbeiten unglaublich schnell. Ist nicht so einfach, einen gestohlen Mac neu aufzusetzen. He!" Er trat näher und drückte kurz ihren Arm. „Das ändert nichts an meiner Wertschätzung für Sie und Ihren Vater!"

Simone ließ die Schultern sacken. „Es haut mich trotzdem um. Sie haben keine Ahnung, wie unangenehm mir das ist. Wow. *Magnifique.*" Sie ging ein paar Schritte im Kreis, stieß ein paar Schimpfwörter aus, dann prustete sie los. „Gefährliches Karma haben Sie. Wollen wir nicht lieber nachsehen, ob Ihr Auto noch da ist?"

Auch König lachte und hob die Hände. „Bestimmt ist es da."

„Das Geld bekommen Sie natürlich zurück", sagte Simone. „Darauf bestehe ich."

„Nein, das kann ich nicht akzeptieren", erwiderte König wieder mit dieser ungewohnten Bestimmtheit. Er wirkte auf den ersten Blick so weich und harmlos, dachte Simone, doch dann gab es diese Momente, da wurde ein harter Kern sichtbar, eine Entschlossenheit, die nicht zum ersten Eindruck passte.

„Sie werden gleich verstehen, warum", fuhr König fort. „Jetzt kommt die gute Nachricht, aber die ist ... na ja ... verpackt in andere Nachrichten."

„Sie spielen hier ja ein veritables Nachrichtenprogramm ab." Simone zeigte mit dem Finger auf ihn. „Dann rücken Sie jetzt schnell mit der guten Botschaft heraus. Nach diesem Hammer brauche ich dringend eine."

„Einverstanden", sagte König und atmete tief ein. „So, das wird jetzt ganz schwierig. Wie sage ich es? Uff, die ganze Nacht darüber nachgedacht, und nun stehe ich hier und habe nur Angst, mich zum Idioten zu machen."

Simones Abwehrhaltung ging in eine andere Art von Spannung über. Von König drohte keine Gefahr, das spürte sie nun deutlich. Sie hatte eher Mitgefühl. Der Mann schien gewaltige Angst davor zu haben, auch nur ein falsches Wort zu sagen.

„Ich erzähle der Reihe nach", sagte er nach einer Weile und rieb sich die Hände, wie um sich Mut zu machen. „Okay?"

„*Parfait*", sagte Simone und machte ein Gesicht wie ein Zuschauer, dem ein beeindruckendes Spektakel versprochen wurde. „Ich höre tapfer zu und laufe nicht weg. Ehrenwort."

König blickte zu Boden. „Dann mal los. Es beginnt damit, dass ich Sie belogen habe. Mein Name ist nicht

Hans König. Aber bevor ich Ihnen meinen wahren Namen sage, erzähle ich Ihnen eine Geschichte, die während meiner letzten Frankreich-Reise passiert ist."

„Ah", sagte Simone. „Sie nehmen ja ganz schön Anlauf." Die Winzerin verschränkte die Arme. „Dann erzählen Sie mal Ihre Geschichte."

Der Deutsche, dessen Name nun also nicht Hans König lautete, hatte eine Woche in einem Bauernhaus in der Normandie verbracht. Er kannte die Besitzerfamilie von früheren Aufenthalten und befand sich in bester Stimmung. Wie üblich war er mit dem Zug unterwegs und machte in Paris einen Tag und eine Nacht Station. Er wollte ein wenig die Stadt genießen und die Gelegenheit nutzen, um für seine Schwester einen guten Wein zu kaufen. Da die Normandie eher für Calvados bekannt ist, wähnte er sich in einem Gourmetladen der französischen Metropole am richtigen Ort, um einen edlen Tropfen zu entdecken. Ohne sich auf eine Region zu fixieren, stöberte er durch das Angebot und hatte eigentlich schon einen vielversprechenden Rotwein aus der Dordogne in der Hand, als sein Blick auf eine Flasche fiel, deren Etikett ihm auf eine kuriose Weise bekannt vorkam.

Sie zeigte die Fassade eines schlossartigen Herrenhauses, dessen Hauptfenster über dem Eingang von Fresken mit stilisierten Dreizack-Spießen flankiert waren. Diese Dekoration fiel nur auf, weil die Fassade ansonsten eher nüchtern gehalten war. Der Deutsche erinnerte sich, dass er diese Fassade schon einmal gesehen hatte. Gut eine halbe Stunde verbrachte er in dem Laden, der Verkäufer beäugte ihn bereits misstrauisch, bis er auf die Erklärung für das *Déjà-vu* stieß: In der Speisekammer seiner Eltern lagen zwei uralte Flaschen Wein, die in all den Jahren nie angerührt wurden. Wenn er fragte, was es mit diesen Kostbarkeiten auf sich hatte, wurde ihm beschieden, das sei altes Familieneigentum, „geerbt von Opa". Und er ging immer davon aus, dass es sich um Geschenke oder Souvenirs einer Reise handelte.

Was ihn nun, in dem Geschäft in Paris, nachhaltig verstörte, war das kleinere Etikett auf der Rückseite der Flasche. Darauf war eine Ruine abgebildet, unter dem Foto erklärte ein kurzer Text:

Die Reste des Verwalterhauses nach der Plünderung und Zerstörung 1943.

Hatte das „Souvenir" im Elternhaus womöglich mit dieser Episode zu tun?

Er kaufte zwei Flaschen, einen Dordogne für seine Schwester und eine zweite Flasche, die mit dem mysteriösen Etikett, für sich selbst. Bei seinem nächsten Besuch im Elternhaus konnte er es kaum erwarten, die Flaschen miteinander zu vergleichen. Tatsächlich – sie stammten vom selben Weingut. Er überredete seinen Vater, eine der Flaschen mitnehmen zu dürfen, „um sie Freunden zu zeigen, die sich mit Wein auskennen."

Der Mann, der nicht Hans König hieß, machte eine Pause, während Simone eine Ahnung befiel, worauf die Geschichte hinauslief. Dann griff der Deutsche in seinen Rucksack und holte eine Flasche Wein heraus.

„Das ist die Flasche, die bei meinen Eltern in der Speisekammer aufbewahrt wurde", sagte er und übergab sie an Simone. „Fleuve de Charente, Jahrgang 1940."

Simone starrte zuerst auf die Flasche, dann richtete sich ihr Blick auf den Deutschen. „Aber ... und Sie ...?"

„Mein Name ist Frank Jaeger", sagte der. Auf einmal war alle Nervosität von ihm abgefallen, er schien nun völlig ruhig. „Ich bin der Enkel von Leutnant Horst Jaeger. Und ich bin hierhergekommen, um eine ausstehende Rechnung zu begleichen." Wieder griff er in den Rucksack und holte nun ein Kuvert hervor. „Das ist für den Wein, den mein Großvater und seine Leute damals mitgenommen und nicht bezahlt haben. Ich weiß nicht, ob es reicht, aber das ist alles, was ich momentan aufbringen kann."

Simone war, als würden ihre Beine versagen. Sie musste sich an der Mauer der Ruine abstützen. „Aber wie wussten Sie ...?"

„Das weiß ich von meinem Großvater", sagte Jaeger. „Er starb, als ich klein war, aber er hat ein Tagebuch geführt, das wir erst bei seinem Tod vor etwa zwanzig Jahren gefunden haben. Mein Vater hat es mir vor wenigen Monaten gemeinsam mit Fotos und anderen Erinnerungen übergeben. Damit sollte ich ein digitales Familienarchiv anlegen. Lange habe ich hirnlos alles nur eingescannt. Aber als ich in Paris den Wein entdeckte, hat mich die Geschichte interessiert. Ich habe zu lesen begonnen. Und dabei bin ich auf Dinge gestoßen, die ich nicht so erbaulich fand. Um es milde auszudrücken."

Simone schüttelte den Kopf. „Ihr Großvater hat in seinem Tagebuch erzählt, wie er unseren Weinkeller geplündert hat?"

„Nicht in direkten Worten. Aber wer zwischen den Zeilen lesen kann, versteht ohne Schwierigkeiten, was damals passiert ist. Ich brauchte nur eine Bestätigung dafür. Bei meinem Besuch gestern Vormittag habe ich sie erhalten." Jaeger blies Luft aus und biss sich auf die Lippen. „Ich hoffe auf Ihr Verständnis für meine Geheimnistuerei. Bevor ich meinen Plan in die Tat umsetzen konnte, musste ich erst herausfinden, ob das Weingut noch im Besitz derselben Familie ist. Ich hatte Angst, vor fremde Leute hinzutreten und mich als Enkel von Leutnant Horst Jaeger vorzustellen. Es wäre auch möglich gewesen, dass diese Episode in Vergessenheit geraten ist und keiner weiß, wovon ich rede. Dann hätte ich dagestanden wie ein Idiot, mit der alten Flasche Wein und dem Kuvert. Aber Ihr Vater hat bei der Führung keinen Zweifel offengelassen, dass in der Familie die Erinnerungen noch sehr wach sind. Ich hatte keine Ausrede mehr, mich unverrichteter Dinge davonzustehlen."

Frank schüttelte den Kopf und lächelte.

„Es ist eine Sache, sich eine solche Wiedergutmachung nach so langer Zeit auszudenken. Aber diese Nummer wirklich durchzuziehen ...! Außerdem wollte ich wissen, mit wem ich es zu tun hatte. Wenn ich hier auf eine arrogante Familie gestoßen wäre, die in Geld schwimmt und die Vergangenheit nur als Marketing-Gag gebraucht – ich hätte es nicht über mich gebracht. Aber ihr seid ...", verlegen suchte er nach einem geeigneten Wort, „... nicht so."

Er blickte sie wieder an und legte die Hände zusammen. „Sehen Sie mir bitte nach, dass ich nicht von Beginn an offen mit Ihnen war. Das wäre möglicherweise auch für Sie brutal gewesen. Oder was meinen Sie?“

Simone nickte und sagte leise: „Das verstehe ich. *Mon Dieu*, ich hoffe, das ist alles. Oder haben Sie noch so eine verrückte Geschichte auf Lager?“

Jaeger musste grinsen. „Für heute ist es wohl genug. Ah!“ Er ging ein paar Schritte von ihr weg, streckte sich, ließ die Arme kreisen und stieß zu Simones Überraschung einen lauten Schrei aus. „*Excusez*, das musste sein. Mir ist ein riesiger Stein vom Herzen gefallen. Ich hatte keine Ahnung, ob ich den Mumm aufbringen würde. Ich sah mich schon auf dem Rückweg, mit der Flasche Wein und dem Kuvert im Gepäck und diesem deprimierenden Gefühl, etwas Wichtiges nicht erledigt zu haben.“ Er wandte sich wieder Simone zu und erschrak. „Oh, nein! Das wollte ich nicht!“

Die junge Winzerin hatte ihr Gesicht bedeckt. Sie hatte gespürt, dass sie ihre Emotionen nicht länger kontrollieren konnte. Am Ende wollte sie das auch nicht mehr. Wozu?

Sie spürte eine Hand, die sich sanft auf ihre Schulter legte. „Ich hätte vielleicht doch einen Brief schreiben sollen“, sagte Frank mit jener linkischen Art, die Simone auf quere Weise charmant fand.

„Nein, ist schon in Ordnung“, sagte sie und wischte die Tränen ab, die sich mit den vereinzelt fallenden Regentropfen vermischten. „Ich weiß nur nicht, welches Gesicht man in so einer Situation macht.“ Sie klopfte ihm kumpelhaft auf den Oberarm. „Verstauen Sie das Kuvert, bevor es nass wird. Ich muss meinem Vater die

Entscheidung überlassen, ob wir das annehmen können."

„Ah", erwiderte Frank und griff nach dem Rucksack. „Klar. Muss auch nicht sofort sein. Aber meine Idee ist nicht, dass ich euch etwas schenke." Er zeigte auf den Boden und machte ein strenges Gesicht, das Simone irgendwie drollig fand. „Hier wird eine Familienschuld beglichen." Er zuckte die Achseln und fügte hinzu: „Das biete ich zumindest an."

In diesem Moment erschien ein dürrer Mann in schlackernder Arbeitskluft mit hellbrauner Jacke, einer grellgrünen Kappe und erschrockener Miene. In seiner Hand hielt er eine Gartenschere, als wäre es eine Waffe. „Haben Sie diesen Schrei gehört?", rief er ihnen zu. „Ist alles in Ordnung, *Mademoiselle?*" Sein kritischer Seitenblick galt dem Deutschen.

Simone musste grinsen. „Alles in Ordnung, Bernardo." Sie zeigte auf Frank. „Das ist ein Freund der Familie, er musste mal eben schreien."

Kapitel 7

In diesem Moment begann es ernsthaft zu regnen. Schon einigermaßen durchnässt gelangten sie in den gemeinsamen Wohnbereich, in dasselbe Speisezimmer, wo Vincent und Frank sich die vorhergehende Nacht um die Ohren geschlagen hatten. Simone sah nach, ob ihr Vater schon wach war, und kehrte mit skeptischer Miene zurück. „Wir sollten ihn nicht wecken", beschied sie Frank. „Er kann ziemlich mürrisch werden, wenn er unter seinem Schlafminimum bleibt. Setzen wir uns eine Weile." Sie zeigte auf den Tisch. „Lust auf ein Frühstück?"

„Gerne", sagte Frank. „Lassen Sie mich helfen."

Sie gingen in die Küche, und während sie gemeinsam das Frühstück vorbereiteten, plauderten sie über alles Mögliche, je banaler, je lieber, und machten um die Szene im Garten und die damit zusammenhängende Geschichte einen großen Bogen. Simone erzählte, wie erstaunt sie über die Frühstücksgewohnheiten in anderen Ländern war. In Frankreich mache man aus dem Frühstück nicht so viel Aufheben, oft verwende man nicht mal Teller – eine große Tasse Milchkaffee, eine Baguette auf den Tisch, Butter drauf, voilà. Frank äußerte die Vermutung, dass die Grande Nation der feinen Speisen ihre Energie für die anderen Mahlzeiten reserviert. „Das gestrige Abendessen belegt meine Theorie“, führte er aus. Simone bot an, ein englisches Frühstück aufzutischen, sie sei keine Fundamentalistin, doch Frank lehnte höflich ab, er wolle nicht noch mehr Komplikationen auslösen.

Dann saßen sie gemeinsam, strichen schweigend ihre Baguettes. „Das bringt Bernardo aus dem Dorf mit“, sagte Simone nach einer Weile und zeigte hinter sich, wo der Garten lag. „Der Mann, der Sie für einen verhinderten Lustmörder gehalten hat.“

Frank machte ein verträumtes Gesicht. „Frisches Brot. Das Glück wohnt im Alltäglichen.“

Simones Augen verengten sich. „Das ist jetzt aber nicht von Ihnen. Oder sind Sie auch Philosoph?“

Er zuckte die Achseln. „Habe ich wahrscheinlich mal gelesen. Gefiel mir. Sagen Sie: Das Weingut macht bestimmt viel Arbeit. Ihr seid nur zu dritt?“

„Nein, für die Weinlese und die Arbeitsgänge danach müssen wir Hilfskräfte einstellen. In manchen Jahren ein Dutzend Leute.“ Sie zeigte mit dem, was von ihrer Baguette übrig war, auf ihn. „Aber erzählen mal Sie, Herr Architekt. Wir müssen hier ein Gleichgewicht herstellen. Sie kennen jetzt einen wichtigen Abschnitt unserer Familiengeschichte, Sie kennen das Weingut, Sie wissen, warum auf der Fassade Dreizacke abgebildet sind ...“

„Die Lachsfischer!“, warf Frank ein.

„Sehr gut, Sie haben aufgepasst. Aber jetzt rücken mal Sie mit der Sprache heraus: Architekt, hm? Und sonst?“

„Was sonst?“

Simone verzog die Miene. „Haben die Deutschen kein Privatleben? Was sind Ihre Hobbys? Und wenn Sie keines haben: Wovon träumen Sie als Architekt?"

„Wow", sagte Frank und blickte sinnend an die Decke. „Mal sehen ... als Architekt würde ich gerne mal so etwas wie die Oper von Sydney planen."

„Sehr bescheiden."

„Ist natürlich Quatsch. Ich bin ambitioniert, aber auch Realist. Nein, ich spezialisiere mich auf etwas anderes. Mein Idol ist Alexander Klein."

Simone runzelte die Stirn. „Klein? Nie gehört."

„Ein deutscher Architekt. Der hat in der Zeit nach dem Ersten Weltkrieg in Berlin erforscht, wie man die Häuser der Durchschnittsbürger mit einfachen Mitteln klimatechnisch optimieren kann. Zum Beispiel: Wie vermeidet man, dass sich im Sommer die Wohnungen aufheizen? Damals konnte sich ja niemand eine Klimaanlage leisten. Der Typ war seiner Zeit um Jahrzehnte voraus."

„Das klingt interessant."

„Leider musste er auswandern. Alexander Klein war Jude. Die alte Geschichte. Er ging also nach Israel, damals Palästina, und konnte dort seine Kenntnisse im Wohnungsbau anwenden. Ich war mal dort und habe mir einige seiner Gebäude angesehen. Ein Genie. Leider fast vergessen."

„*Monsieur* Hans ..."

Frank hob die Hand. „Sie wissen jetzt, dass das nicht mein Name ist."

Simone schürzte den Mund. „Aber wenn ich mich daran gewöhnt habe? Dazu kommt: Sie sehen nicht aus wie ein Frank, eher wie ein Hans." Sie wedelte mit dem

Rest ihrer Baguette. „Ehrlich. Schauen Sie sich mal ohne Vorurteile in den Spiegel. Der erste Name, der Ihnen durch den Kopf gehen wird, ist bestimmt nicht Frank. Ihre Eltern haben sich geirrt.“ Sie machte eine Pause, damit er etwas sagen konnte, doch ihm stand nur der Mund offen. Simone grinste ihn frech an. „Dann haben wir uns geeinigt. Für mich bleiben Sie Hans.“

„Geeinigt?“, gab Frank sich empört. „Wir haben das noch gar nicht diskutiert!“

„Das ist viel zu offensichtlich für eine Diskussion. Also, *Hans*, dann erzählen Sie bitte, was Sie tun, wenn Sie mal nicht arbeiten oder den Geheimnissen der Weltarchitektur nachspüren. Solche Momente werden zwar selten sein, aber es gibt sie doch hoffentlich?“

„Radfahren, Skifahren und Fotografie“, zählte Frank langsam auf und hob protestierend die Hand.

„Eh, eh!“, winkte Simone ab. „Was fotografiert Hans denn so?“

Frank schüttelte lachend den Kopf. „Sie sind mir ja eine.“

„Lenken Sie nicht vom Thema ab. Das macht Vincent auch immer, aber der hat eine Ausrede: sein Alter. Was fotografieren Sie? Fußball? Die Deutschen sind doch alle fußballverrückt. Bier, Fußball, tolle Maschinen und gelegentlich eine Demo von Umweltschützern.“

Frank stemmte die Fäuste in die Hüften. „Das ist Ihr Bild von den Deutschen? Sie tischen hier Klischees auf, das glaube ich ja gar nicht.“

Unbeeindruckt nahm Simone einen Bissen und erwiderte trocken: „Nur als Provokation. Also: Fotografie.“

Frank machte eine Pause, dann sagte er gedehnt: „Gebäude.“

Simone wedelte fröhlich mit dem Zeigefinger. „Warum hätte ich das beinahe erraten?“

„Aber nicht nur. Gebäude natürlich auch ...“

„Klar. Und das Fahrrad besteigen Sie hauptsächlich, um architektonisch interessante Bauwerke abzuklappern. Und als Skifahrer frieren Sie sich einen Ast ab, weil Sie stundenlang vor architektonisch interessanten Liftstationen und Stützmasten und Lawinenschutzwänden stehen.“

„Ich bin perplex. Sie machen eine Karikatur aus mir!“

Simone vollführte eine wegwerfende Handbewegung. „Tut mir leid. Ich versuche nur, Ihren Heiligenschein zu dimmen.“

Frank vergrub das Gesicht in den Händen und schüttelte den Kopf. Dann sah er sie an und sagte beinahe trotzig: „Landschaften. Ich liebe Landschaften. Die fotografiere ich. Das muss ich jetzt wahrscheinlich beweisen, damit Sie mir glauben, also schauen Sie her ...“ Er schob sein iPhone über den Tisch. „Der Bildschirmschoner, das ist ein Foto, das ich auf einer Radtour durch das schottische Hochland geschossen habe.“

Sie beugte sich über das Handy, und ihr Mund klappte auf. „Uff, ein richtig gutes Bild.“ Sie schob ihm das Handy zurück. „Machen Sie Ausstellungen?“

„Nein. Das hat Zeit. Wenn es überhaupt sein soll. Heute macht ja jeder Fotos und hält sich für Ansel Adams. Ich muss mich da nicht auch noch auf die Bühne drängen.“

„Halt!" Simone hielt ihre Hand ans Ohr und flüsterte. „Ich höre Geräusche. Ich glaube, das Schlossgespenst ist wach geworden."

Sie hörten eine Tür schlagen und jemanden etwas brabbeln.

„Wir sind im Esszimmer!", rief Simone Richtung Gang.

Vincents Gemurmel kam näher. Dann ging die Tür auf. Der Hausherr trug bereits einen Arbeitsanzug, doch seine Haare standen nach allen Seiten ab, und in seinem Gesicht war abzulesen, dass der frühe Morgen nicht der Moment seines optimalen Energiezustandes war. „Ah, unser Fritz!" Er winkte Frank zu. Der winkte zurück. Vincent wandte sich an Simone: „Was ist los? Warum schaut ihr mich so an?"

Seine Tochter zeigte auf den Tisch. „Setz dich, Papi."

Mit mürrischer Miene zog Vincent einen Stuhl heran und ließ sich ächzend darauf nieder. „Was heißt hier Papi? Bist du schwanger?"

Frank grinste verhalten. Offenbar wusste er, dass in Frankreich nur Großväter Papi genannt wurden.

„Sei kein Trottel", wies Simone ihren Vater zurecht und gab ihm einen Kuss. „Ich hole dir einen Kaffee, und dann erzählen wir dir eine Geschichte, *d'accord?*"

„Eine Geschichte?" Vincent blickte verwirrt um sich. „Was habt ihr beiden angestellt? Eh, *Monsieur* König, Vorsicht mit dieser Frau!" Er deutete mit dem Kopf in Richtung seiner Tochter.

Die kam mit der üblichen Riesentasse zurück, stellte sie Vincent vor die Nase und fragte Frank: „Darf ich oder willst du?"

Das „du" war Simone herausgerutscht, sie war selbst überrascht, aber der Moment schien passend. Frank wirkte überrumpelt. Mit einer verhaltenen Geste gab er ihr das Wort.

Simone stützte die Ellenbogen auf, legte die Hände zusammen und sagte: „Schnall dich an, Papi. Unser Gast heißt nicht Hans König, sondern Frank Jaeger. Er ist ein Enkel von ... ähem ... *Leutnant Horst Jaeger.*"

Die Worte zeigten Wirkung. Vincents Tasse blieb auf halbem Weg zu seinem Mund stehen, seine Augen weiteten sich. Simone zeigte auf das Kuvert auf dem Tisch. „Und er möchte gerne den Wein bezahlen, den sein Großvater im Krieg mitgenommen hat."

Einige Sekunden lang war es vollkommen still. Sie hörten nur das Rumpeln des Kühlschranks und ganz leise das Rauschen des Regens. Vincent starrte auf das Kuvert, mit offenem Mund, dann wandte sich sein Blick dem Gast zu. „Jetzt verstehe ich", sagte er mit belegter Stimme und nickte ernst. „Kam mir schon merkwürdig vor, wie sehr Sie diese Geschichte vom Krieg interessiert hat. Das kümmert normalerweise nur Historiker, keine ... äh ... normalen Menschen."

Simone räusperte sich und griff nach der Hand ihres Vaters. „Wollen wir das annehmen?", fragte sie leise.

Neuerlich schwieg Vincent lange. Dann blickte er die beiden an und sagte: „Das ist eine sehr noble Geste. Wir nehmen an. Aber unter einer Bedingung."

Frank rieb sich nervös die Wange. „Ja?"

„Über den Betrag haben wir noch nicht gesprochen. Simone, du weißt nicht ...?"

„Nein, Papa. Ich habe keine Ahnung, wie viel drin ist."

„Gut." Vincent griff nach dem Kuvert und gab es Frank. „Das sind Ersparnisse oder ein Lottogewinn?"

„Ersparnisse natürlich."

Vincent nickte. „*Bon*. Wir wollen nicht wissen, wie viel in diesem Augenblick drin ist. Jetzt lassen wir dich allein, und du sorgst dafür, dass das ein symbolischer Betrag ist. Keine Unsumme. Dann nehmen wir das Kuvert an. Während du das machst, lade ich dir ein paar Flaschen mit gutem Wein der Domaine de Charente ins Auto. Bis du abgereist bist, schauen wir nicht ins Kuvert und du schaust nicht in den Kofferraum. Einverstanden?"

Frank nickte und erhob sich. „Einverstanden. Mein Gepäck ist schon im Auto. Im Gästezimmer hatte ich übrigens ein Problem mit einem der Fenster ..."

„... das nicht richtig schließt, ja, ist bekannt, keine Sorge." Vincent streckte die Hand aus. „Den Autoschlüssel bitte."

Simone war beeindruckt davon, wie ihr Vater die Situation löste, auch wenn er dabei ein weniger mürrisches Gesicht hätte machen können. Aber sie kannte diese Griesgram-Miene. Die setzte Vincent auf, wenn ihn etwas tief bewegte. Er war zu stolz, um solche Gefühle zu zeigen. Hoffentlich fasste Frank es nicht falsch auf. Sie versuchte in dessen Gesicht zu lesen. Möglicherweise hatte er sich die Szene mit Vincent ganz anders vorgestellt. Prüfend blickte sie ihn an. „Alles okay?"

Er flüsterte: „Ich mag seine Art." Es klang nicht ironisch.

„Gut." Sie drückte ihn kurz am Oberarm. „Dann lassen wir dich jetzt allein." Sie zeigte auf das Kuvert. „Symbolische Summe, nicht vergessen, eh?"

Simone verstand, dass ihr Vater instinktiv einen Weg gefunden hatte, um einerseits Frank nicht zu brüskieren und andererseits die eigene Würde zu wahren. Der junge Deutsche war ein Idealist, er sah sich als Erbe einer Familienschuld. Zu Recht oder nicht – das Ganze konnte auch peinlich werden. Zumal wenn man einander kaum kannte.

Nun musste Vincent sich nicht seinerseits in der Schuld fühlen, denn was immer Frank der Familie Mary geben wollte, war natürlich ein Geschenk – Weltkrieg hin, Weltkrieg her. Eine symbolische Summe. Das war die Lösung. Simone eilte ihrem Vater hinterher und klopfte ihm auf den Rücken. „Eh, Papa, *Chapeau!* Gut gemacht! Wir waren ein wenig in Sorge, wie du reagieren würdest."

Vincent blieb stehen, und sein Gesicht war noch ein Stück mürrischer. Das bedeutete, dass er offenbar tief gerührt war und sich darüber mordsmäßig ärgerte. „Manchmal hat der alte Trottel auch mal eine gute Idee", herrschte er sie an. „Jetzt hör auf, Arien zu singen, und hilf mir mit dem Wein, mir tut der Rücken weh, und der Tag hat noch nicht einmal begonnen."

Sie gingen über den Vorplatz in Richtung des Verkostungsraums, von dem man in den Weinkeller gelangte. „Du solltest Rückengymnastik machen wie ich", merkte Simone an.

Vincent machte eine verärgerte Geste. „Das hättest du mir vor dreißig Jahren sagen sollen, jetzt ist es zu spät!"

„Und wie hätte ich das tun sollen? Vor dreißig Jahren war ich noch nicht geboren."

„Du und deine Ausreden immer. Hier, nimm den Autoschlüssel, und versuche ihn nicht zu verlieren."

Simone seufzte. Vincent musste die Situation stärker an die Nieren gehen, als sie erwartet hatte. Sie stiegen in den Weinkeller hinunter. Dort packte Vincent eine der großen Kisten und legte eine hölzerne Halterung für die Flaschen hinein. Dann rieb er sich die Hände. Er ließ den Blick über eine Stellage schweifen, die etwas versteckt hinter einem alten Weinfass stand und wo sie die besten Weine aufbewahrten. Ohne Zögern griff er sich ein paar Charente Noir 2009 und 2010, dazu einige Charente Blanc 2010 und sogar zwei Reserve aus den 80er-Jahren, von dem sie nur noch wenige Flaschen hatten. Schließlich hob er die Kiste und marschierte damit hinaus, während Simone vor ihm hereilte und die Türen öffnete.

Franks Auto war ein kleiner Skoda, die Kiste passte erst in den Kofferraum, als sie eine Reisetasche nach vorn verlegt hatten. Dann kehrten sie in das Esszimmer zurück, wo der Gast mit gefalteten Händen auf sie wartete. Er wirkte schicksalsergeben.

„Alles geregelt?", rief Vincent.

Frank nickte.

Vincent ruderte etwas ratlos mit den Armen, dann sagte er: „Du wirst verstehen, dass wir das alles erst verdauen müssen. Bleibst du noch eine Weile in Amboise?"

„Nein, ich fahre heute zurück nach Deutschland."

„Aber hast du nicht gesagt …?", protestierte Simone.

„Noch eine Lüge." Frank zeigte auf das Kuvert. „Ich bin nur wegen dieser Geschichte hierhergekommen. Mission erfüllt. Zu Hause wartet Arbeit, mein Chef sehnt sich nach mir."

„Wir bleiben in Kontakt?", fragte Vincent.

Frank lächelte. „Sehr gern."

„Dann komm her." Vincent breitete die Arme aus.

Simone merkte, dass Frank solche Gesten nicht gewöhnt war. Die beiden Männer klopften einander ab, dann wandte sich Frank Simone zu und streckte eher förmlich die Hand aus. „Tut mir leid, normalerweise lüge ich weniger."

„Das will ich dir mal glauben", sagte sie und gab ihm einen kurzen Kuss auf die Wange. „Gute Reise!"

Er war schon beinahe draußen, als Simone ihm nachrief: „Ah, und danke noch mal und … und … na ja, danke!"

Frank winkte scheu zurück.

Dann hörten sie den Motor des Skoda starten und das Geräusch der Reifen auf dem Kies.

Vincent und Simone saßen am Tisch, zwischen sich das Kuvert, und schwiegen.

Dann seufzte Simone, sah ihren Vater an und fasste nach seiner Hand. „Irgendwie war das ein zu schlichter Abschied für Horst Jaegers Enkel, meinst du nicht?"

Vincent sah sie an. „Was hättest du gerne gehabt? Eine Blaskapelle?" Er klopfte auf den Tisch und stand auf. „Wir haben Arbeit, junge Frau. Leg das Kuvert in meine Budget-Schublade im Büro, ich schau mir das später an. Im Moment habe ich keine Nerven dazu."

Der Tag verging wie jeder normale Tag. Vincent und seine Tochter unterhielten sich über den bevorstehenden Termin mit dem Grafiker, über Bernardos Mitteilung, dass er ausgerechnet während der Weinlese im kommenden Jahr zu einer Hochzeit entfernter Verwandter in Spanien reisen wollte, und über das komische Geräusch, das der Kühlschrank in der Gemeinschaftsküche neulich machte. Sie sprachen über alles, nur nicht über den Besucher, der das Kuvert übergeben hatte.

Erst als sie am Mittag in der Küche zusammensaßen, kam das Thema auf den Tisch. Vincent schlug allen Ernstes vor, dass seine Tochter heute für ihn und seine Friseurin kochen sollte. Sie machte große Augen. „Das glaube ich ja nicht! Ich habe die Wette gewonnen!"

„Hast du nicht", erwiderte Vincent todernst und nahm einen Bissen Huhn in Senfsoße, ein Rest vom gestrigen Bankett. „Der Fritz hat nichts gekauft. Das war die Wette."

„*C'est pas vrai!*", rief Simone aus. „Natürlich hat der Fritz gekauft! Nur dass die Lieferung 1943 stattgefunden hat. Außerdem habe ich schon ein Rendezvous. Marcel hat mich zum Abendessen eingeladen."

„Dann kochst du halt vorher."

Sie pfefferte eine Stoffserviette auf den Tisch, sodass beinahe ihr Glas umfiel. „Sag mir, dass du scherzt!"

Simone sah ihrem Vater tief in die Augen und entdeckte dieses mikroskopische Blinzeln, mit dem er verriet, dass er sie auf den Arm nahm. Sie hob ihre Serviette auf und knallte sie noch mal auf den Tisch. „*Salope!* Warum machst du das?"

Vincent zuckte die Achseln. „Ich wollte dich wütend machen. Ist doch nicht verboten. Aber wenn ich dich höflich bitte, würdest du dann in den nächsten Tagen einem romantischen Abend mit uns dreien zustimmen?"

Simone sank in ihren Stuhl zurück. Der Kühlschrank rumpelte wieder los.

„Der klingt, als ob eine Katzenfamilie darin eingesperrt wäre", lenkte sie vom Thema ab. „Lange macht er es nicht mehr."

Doch Vincent fixierte sie mit seinem traurigen Hundeblick, seiner wirksamsten, schrecklichsten Waffe.

Resigniert blickte Simone an die Decke. „Ja doch, Papi. Und ich werde nett zu ihr sein."

Ihr Vater grinste und erhob sich. „Das wäre geschafft. Jetzt gehe ich ins Büro und schaue mir das Kuvert an."

Simone stand ebenfalls auf. „*D'accord*, ich mache hier sauber."

Minuten später hörte sie zornige Schreie. „*Putain! Merde! Nom de Dieu!*" Erschrocken eilte sie ins Arbeitszimmer und fand Vincent hinter dem Schreibtisch stehend, mit überquellenden Augen und gefletschten Zähnen. „Der Fritz hat uns reingelegt!", brüllte er. „Na warte, wenn ich den Lausebengel zwischen die Finger kriege!"

Simone war zumute, als hätte sich in ihrem Magen schlagartig ein Eisblock gebildet. „Was?", stammelte sie. „Gar nichts? Ein leeres Kuvert?"

„Was heißt hier leeres Kuvert?", tobte Vincent und hielt das Kuvert in die Höhe. „Wir hatten eine symbolische Summe vereinbart, wenn ich mich recht erinnere. Das …", mit der anderen Hand hielt er nun ein Bündel Geldscheine in die Höhe, „… ist alles Mögliche, aber nicht symbolisch. Diese Deutschen müssen *immer* übertreiben, ganz egal, ob sie einen Weltkrieg anzetteln oder abwechslungshalber mal nett sind."

„Hast du mir einen Schreck eingejagt!" Simone blies
Luft aus. „Wie viel ist es denn? Halt!" Sie machte ein
Stopp-Signal. „Ich will es gar nicht wissen."

„Einverstanden", sagte Vincent schon etwas ruhiger.
„Wenn du für uns kochst, behalte ich das Geheimnis
für mich. Aber jetzt kommen wir nicht umhin, den
Fritz gelegentlich zu einem Urlaubsaufenthalt einzuladen."

Simone hob die Schultern. „Und? Wäre das so drama-
tisch?"

„Na klar", sagte Vincent und legte Kuvert und Geldscheine auf den Schreibtisch. „Dann müssen wir das
Fenster im Gästeraum in Ordnung bringen." Sein nach-
denklicher Blick blieb an den Geldscheinen hängen.
„Na ja, den Zaster hätten wir jetzt dafür."

Simone schüttelte den Kopf. „Du kannst furchtbar banal sein, weißt du das? Dann lass mich mal etwas Banales hinzufügen: Heute arbeite ich bis maximal sechs
Uhr, dann muss ich mich zurechtmachen für einen Besuch in der Zivilisation."

„Kein Problem, Töchterlein", sagte er und begann das
Chaos auf seinem Schreibtisch neu zu ordnen, wie immer, wenn er genervt war. „Der Mann im Haus wird
sich um alles kümmern. Wie üblich in der neuen Welt-
ordnung."

Simone stieß einen Schrei aus und verließ das Arbeitszimmer mit einer wegwerfenden Geste. „Doofer alter Macho!"

Typisch Franzosen, dachte sie später. Immer fanden
sie einen Grund zum Streiten. Die schöne Geschichte
mit dem Deutschen hätte einen würdigeren Abschluss

verdient gehabt als diese Schreierei zwischen Vater und Tochter.

Doch was sie für den Schlusspunkt hielt, war tatsächlich nur das Ende des ersten Aktes.

Kapitel 8

„Les cinq frères" war, wie sich herausstellte, erst vor Kurzem eröffnet worden und bereits eines der renommiertesten Restaurants von Tours. Es lag direkt am historischen Hauptplatz. Simone stellte ihr Auto in einiger Entfernung ab, weil Parkplätze schwer zu finden waren. Sie ging etwa zehn Minuten, bis sie zum Eingang des Restaurants gelangte, das sich in einem alten Bürgerhaus befand. Der Gastraum imitierte die Atmosphäre eines herrschaftlichen Speisezimmers. Als sie am Empfang ihren Namen nannte, hellte sich das Gesicht der Rezeptionistin auf, als ob sie alte Bekannte wären. „*Mademoiselle* Simone Mary, natürlich, Sie werden schon erwartet. Folgen Sie mir."

Simone trug ein simples Kleid und flache Schuhe. Einen so eleganten Rahmen hatte sie nicht erwartet.

In der unteren der beiden Speise-Etagen erwartete sie Marcel Gauthier. Das Publikum wirkte erlesen, die Stimmung war gespenstisch leise, deutlich war das Klingeln von Gläsern und das Klappern von Besteck zu hören und wie Hintergrundmusik das Gemurmel der Gäste. Das Personal verständigte sich offenbar mit Gedankenübertragung. Gott sei Dank war keine Ambiente-Musik zu hören, dachte Simone, als sie auf Marcel zuging. Der erhob sich und vollführte eine perfekte Begrüßung inklusive Handkuss quasi als Bonus.

Marcel Gauthier war ein sehr jung wirkender, jedoch erfahrener und immens erfolgreicher Immobilienmakler. Seine dunkle Haarmähne floss stilvoll nach hinten, wahrscheinlich mit Gel in die korrekte Form gebracht. Und er sah wirklich gut aus, beinahe wie ein Filmstar, dachte Simone. Nein, nicht beinahe. Marcel würde eine gute Figur machen im Film. Oder in einem Werbespot für Aftershave. Und apropos Figur: Die war auch gut. Sportlich und schlank. Er war, wie sie wusste, ein treuer Besucher des Fitnesscenters, Mitglied im Karate-Verein, er liebte Risiko-Sportarten wie Fallschirm-springen und Canyoning. Ihr zuliebe hatte er sich zu ein paar Radausflügen breitschlagen lassen, dabei je-doch mehrmals die Bemerkung fallen lassen, diese Ak-tivität würde er intensiv genießen, wenn er sich zur Ruhe gesetzt hätte.

Wie immer, wenn sie ausgingen, war er elegant ge-kleidet. Heute in einem anthrazitfarbenen Anzug, der an jedem anderen zu förmlich gewirkt hätte. Nicht an Marcel. Er wirkte, als sei er mit dem Outfit geboren worden.

„Ich freue mich so, dich wiederzusehen", sagte er und rückte ihr, ganz der vollendete Gentleman, den Stuhl zurecht. „In letzter Zeit haben wir ja nur telefoniert. Wie geht es dir?"

„Gut", erwiderte sie und lächelte einfach nur. Aus Er-fahrung wusste sie, dass ihr Lächeln Marcel zum Schmelzen brachte.

Er legte die Hände zusammen. „Na, und hat alles ge-klappt mit dem Computer?"

Simone schreckte kurz auf, doch sie hatte sich im Griff. Schon bei der Herfahrt hatte sie beschlossen, ihr

Wissen um Antoines zweifelhafte Geschäfte nicht offenzulegen. Sie brachte es einfach nicht über sich. Wenn sie es recht überlegte, war es auch ein wenig taktlos von dem Deutschen gewesen, sie so in Verlegenheit zu bringen. Frank musste klar gewesen sein, dass sie nichts mit derartigen Machenschaften zu tun hatte. Andererseits ... schon ein starkes Stück!

Simone nickte. „Alles fantastisch. Nochmals vielen Dank, du hast mir und vor allem unserem Bekannten sehr geholfen."

Er winkte ab. „Eine Selbstverständlichkeit. Hatte dein Akt der Großzügigkeit die gewünschte Wirkung?"

„Absolut", erwiderte sie eine Spur zu rasch.

Sie sah Marcel an, dass er sie durchschaute, doch er hakte nicht nach und fragte stattdessen: „Wie geht es deinem Vater?"

„Mürrisch wie immer."

Sie lachten. Eine bildhübsche Kellnerin erschien und brachte ihr ein Glas Wein.

„Ein gutes Zeichen", sagte Marcel und hob sein Glas. „Nicht so gut wie der Wein eurer Domaine, aber stoßen wir trotzdem an: Auf die schönste Frau, die mir je begegnet ist."

Simone fühlte sich entwaffnet. Sie empfand sich nicht als schön im herkömmlichen Sinn. Im Spiegel sah sie eine burschikose junge Frau mit einem halblangen Haarschopf, den sie nur selten in etwas verwandelte, das die Bezeichnung Frisur verdiente. Wahrscheinlich sollte sie mehr Zeit in ihr Äußeres investieren. Aber irgendwie fehlte es ihr am Antrieb. Umso erfreuter war sie, dass ein Eleganz-Weltmeister wie Marcel ein Auge auf sie geworfen hatte. Wenn sie es recht bedachte, waren ihre vorherigen Verehrer lauter Freaks gewesen: ein Extremsportler, der sie dauernd auf irgendwelche Berge schleppen wollte; ein Manager einer viertklassigen Techno-Band, der ständig von einer Haschisch-Wolke umgeben war; und dann Edu, ein Senegalese, von dem sie nie erfahren hatte, womit er eigentlich sein Geld verdiente, und nur wusste, dass er unsterblich in sie verliebt war. Soviel ihr bekannt war, lebte er nun auf Mauritius.

Marcel war der erste Verehrer, der das Prädikat „normal" verdiente, zumindest im Vergleich zu seinen Vorgängern. Es fühlte sich befreiend an. Obwohl sie bei dieser Beziehung noch immer auf der Bremse stand. Möglicherweise eine Folge ihrer früheren Fehlschläge. So entscheidungsfreudig und instinktsicher Simone in allen sonstigen Angelegenheiten agierte, bei Männern kam sie auf keinen grünen Zweig. Bis jetzt hatte sie noch keiner vollends überzeugt. Das konnte auch an ihr liegen. War sie zu anspruchsvoll? Wartete sie wie eine Idiotin auf einen Märchenprinzen, der natürlich nie erscheinen würde?

Sie wusste es einfach nicht. Also hielt sie bei Marcel den Ball flach. Für den Moment ...

Simone ließ ihre Naturwimpern spielen. „Du bist sehr charmant."

Marcel betrachtete sie prüfend. „Ich hoffe, du hast Hunger."

„Da kannst du Gift drauf nehmen." Sie langte nach der Speisekarte. „Ich habe den ganzen Tag im Weinberg geschuftet."

Er nickte anerkennend. „Immer fleißig, meine kleine Simone."

In diesem Moment trat ein älterer Herr an den Tisch. „Verzeihen Sie die Störung. Monsieur Gauthier, schön Sie zu sehen!"

Marcel erhob sich und begrüßte den Besucher auf das Freundlichste. Sie flüsterten kurz miteinander, dann entfernte sich der andere Gast wieder. Marcel setzte sich und zwinkerte Simone zu. „Verzeih. Das war Alain. Er ist einer der wichtigsten Bankiers der Region. Wir pflegen einen ... wie soll ich sagen: fruchtbaren Austausch."

Simone hob die Augenbrauen. „Austausch?"

Marcel beugte sich vor und senkte die Stimme. „Er hat Sorge um einige ziemlich hohe Kredite. Sie betreffen die Eigentümerfamilien von Châteaus. Ich helfe ihm, die Bilanzen sauber zu halten. Deshalb ist er zu mir an den Tisch gekommen." Sein Zeigefinger ging hin und her. „Und nicht ich zu ihm. Das klingt jetzt wie Angeberei, entschuldige bitte. Aber es ist die Realität."

„Kein Problem, Marcel. Aber ich verstehe noch immer nicht." Sie setzte jenes Lächeln auf, mit dem sie ihren Verehrer zuverlässig unter Kontrolle brachte. Dabei fühlte sie sich zwar etwas unwohl, aber manchmal musste weibliche Manipulation einfach sein.

„Ganz einfach", flüsterte er. „Wenn ich es schaffe, das Château einer verschuldeten Familie an den Mann zu bringen, erhält Alains Bank ihr Geld zurück und alle sind glücklich. Momentan arbeite ich an einem besonders spektakulären Verkauf. Wird Schlagzeilen mache. Nicht nur positive, leider ..." Marcels Pupillen kreisten in gespielter Verzweiflung. „Ich verhandle mit einem chinesischen Multimillionär über den Verkauf eines sehr traditionsreichen Anwesens. Die Familie ist komplett überschuldet, aber das darf der Käufer nicht wissen. Ich weiß alles. Über den Verkäufer. Und über den Käufer genug, um zu wissen, wie weit ich gehen kann."

„Chinesen!?", entfuhr es Simone.

Marcel mimte den Empörten. „Du bist doch keine Rassistin, oder?"

„Natürlich nicht, Dummkopf", erwiderte sie. „Aber ich würde ein Château lieber in den Händen von Franzosen sehen. Châteaus sind unser Kulturgut!"

„Die wirtschaftliche Realität, meine Liebe." Er rieb Daumen und Mittelfinger aneinander. „Das Diktat der Zahlen. Aber ich sorge dafür, dass der Chinese blutet, wenn er das Château kauft. Und er kann es ja nicht mit nach China nehmen. Das Château bleibt hier, und irgendwann wird es auch wieder Franzosen gehören. Für den Moment geht es darum, das Maximum herauszuholen. Darum haben mich die Verkäufer eingeschaltet." Er wirkte plötzlich versonnen und setzte hinzu: „So betrachtet ist das, was ich tue, ein Akt des Patriotismus. Obwohl die Presse wieder aufheulen wird über den ‚Ausverkauf unseres kulturellen Erbes'." Marcel stockte und wirkte nun wieder verlegen. „Ach Gott, ich höre mir selber zu, und mir wird schlecht. Das muss klingen, als ob ich mich für extrem toll halte. Sieh mir das bitte nach. Es ist nur ... ich will, dass du mich verstehst." Er legte die Speisekarte ab und richtete seine Augen auf sie in dieser Marcel-typischen Weise. Es musste sein Maklerblick sein, er hypnotisierte sie. Ihr war, als hätte er den Zugangscode zu ihrem Unterbewusstsein. Ob das etwas Gutes war – an der Frage kaute sie noch.

„Bitte halte mich nicht für einen Angeber", sagte er. „Am besten mache ich jetzt den Mund zu. Erzähl du mal. Wie war dein Tag?"

Sie wand sich, und er spürte offensichtlich, dass sie etwas beschäftigte. Beeindruckend, wie Marcel in ihrem Gesicht zu lesen verstand. Eine klassische Verkäufergabe. Anders als dieser Deutsche. Obwohl ... großer Gott, welch eine Geste – eine Familienschuld zu begleichen, nach mehr als siebzig Jahren! Trotzdem brachte Simone es nicht über sich, das heutige Erlebnis zu schildern, so unglaublich es war. Zu einem anderen Zeitpunkt, entschied sie, ohne ihre Beweggründe selbst wirklich zu verstehen. Möglicherweise musste sie das Geschehene erst verdauen, genau wie ihr Vater.

„Was ist los mit dir?" Marcel reckte den Kopf vor und runzelte die Stirn. „Was ist denn passiert?"

„Gar nichts", log sie und fühlte sich auch gleich ertappt. Darum setzte sie auf Themenwechsel und lenkte das Gespräch auf das neue Restaurant und die Speisekarte. Er machte das trotz seiner Neugier brav mit. Auch das schätzte sie an ihm. Er respektierte es, wenn sie über etwas nicht sprechen wollte. Das war ihr wichtig.

Die hübsche Kellnerin, von Marcel demonstrativ wenig beachtet, hatte gerade die Bestellung aufgenommen, als eine etwa vierzigjährige Frau an den Tisch trat. „Celine!", rief Marcel aus. „Schön, dich zu sehen!" Es folgte ein Austausch von Höflichkeiten.

„Und wer war das jetzt?", fragte Simone, als die Dame wieder außer Hörweite war.

„Celine Marchant", gab Marcel Auskunft. „Innenarchitektin. Ich engagiere sie, um Häuser für Besuche potenzieller Käufer aufzuhübschen. Sie macht das sehr gut. Geringe Kosten, großer Effekt. Wir hatten zu Beginn Schwierigkeiten, miteinander klarzukommen. Heute macht sie mit meinen Aufträgen wohl die Hälfte ihres Umsatzes." Er lächelte und spielte mit seinem Glas. „Eine faire Beziehung."

„Wen du alles kennst!", raunte Simone.

Marcel zwinkerte ihr lausbubenhaft zu.

Die Vorspeise wurde gebracht. Simone hatte eine schlichte Kartoffelsuppe gewählt, weil sie neugierig war, was ein Spitzenlokal daraus machen würde. Sie wurde nicht enttäuscht: Kügelchen aus Süßkartoffeln lachten aus einer Art Püree, dekoriert mit Petersilie und Kastaniensplittern.

Sie hatten noch nicht fertig gegessen, als ein junger Mann neben Marcel niederkauerte, Simone ein knappes *Pardon* zuwarf und ihrem Begleiter ein paar Worte ins Ohr flüsterte. Nachdem die flamboyante Erscheinung – langes Haar, buntes Sakko, blaue Lackschuhe – wieder verschwunden war, hielt Simone fragend ihren Suppenlöffel in die Höhe und sah Marcel nur an.

Der schmunzelte und erzählte mit gesenkter Stimme: „Das war Gerard. Er gehört einer dieser Familien an, von denen ich dir vorhin erzählt habe. Historisches Weingut, enorm verschuldet, nicht zuletzt, weil sie alle über ihre Verhältnisse leben. Typische Erben. Dann muss eben Marcel ran. Einen reichen Chinesen finden." Er winkte ab. „Quatsch, es muss nicht ein Chinese sein. Vor einem Jahr habe ich …"

„Ja, hast du mir erzählt. Der kanadische Schauspieler."

Er richtete seinen Zeigefinger auf sie. „Genau."

Bei der Hauptspeise ging Marcel auf die Gründe ein, warum die Landgüter ein finanzielles Problem waren. Simone ahnte, dass die Konversation ihre Richtung geändert hatte und allmählich auf die Domaine de Charente zusteuerte. Das hatte ihr Verehrer schon ein paarmal gemacht. Doch an diesem Abend wurde er deutlicher als je zuvor.

„Größe oder Exklusivität!", dozierte er. „Das ist der Schlüssel. Entweder du produzierst eine ausreichende Menge, um deine Fixkosten besser zu amortisieren, oder du machst wenig, aber auf höchstem Niveau und erzielst deinen Gewinn über den Preis, nicht über die Menge. Wo will die Domaine de Charente hin?"

Simone zuckte die Achseln. „Wir machen einfach guten Wein. Zumindest in Amboise und Blois haben wir ihn platzieren können. Auch ein paar Läden in Tours ..."

„In den Weinboutiquen von ein paar Touristenorten. Die nehmen aber ganz schön Prozente. Auf Dauer wird das schwierig, ihr braucht ein Konzept. Ehrlich, Simone, das bereitet mir Sorgen. Entweder machst du auf Menge, oder du fabrizierst einen Spitzenwein, der in Michelin-Restaurants angeboten wird. Ansonsten geht ihr unter. Wie viel produziert ihr im Jahr? 90.000 Flaschen? 100.000? In der modernen Welt ist kein Platz mehr für kleine Weingüter, die einfach nur ‚guten Wein' anbieten. Diese Zeiten sind vorbei, Simone! Die Leute kaufen ihren Tischwein im Supermarkt. Der wird aus Chile geliefert, aus Spanien, Kalifornien. Solide Ware, spottbillig. Damit kannst du nicht konkurrieren. Und wie die Handelsketten den Preis drücken, muss ich dir ja nicht erzählen."

Marcel ließ seine Worte wirken. Nach einer Pause sagte er mit ernster Miene: „Ich will euch helfen."

Simone stoppte die Gabel mit Ratatouille – heute war ihr nach schlichten Speisen zumute – und sah ihn aufmerksam an. „Das ist lieb von dir. Aber wie?"

„Ich habe mir Gedanken gemacht. Darf ich dir ein paar Ideen vorstellen?"

Simone setzte eine erwartungsvolle Miene auf und lehnte sich zurück. „Wenn es nichts kostet, gerne."

„Ich bitte nur um Ihre Aufmerksamkeit, schöne Frau. Nichts weiter."

„Die hast du", sagte sie und legte ein Gurren in ihre Stimme. Nun wirkte Marcel verträumt. Simone sah es klar: Dieser attraktive und erfolgreiche Mann war von ihr verzaubert. Ein angenehmes Gefühl.

Während Simone weiter ihre Ratatouille verspeiste und Marcels Lammrücken kalt wurde, flogen Ideen über den Tisch, wie die Domaine de Charente „sich für die Zukunft aufstellen" konnte. Sie kam aus dem Staunen nicht mehr heraus. Er hatte sich tatsächlich Gedanken darüber gemacht. Die Produktion erhöhen. Dazu brauchten sie keine zusätzlichen Weingärten anzukaufen, es gab genügend Weinbauern in der Gegend, die ihnen die Trauben direkt verkaufen konnten. Damit würden sie auch das Risiko der schlechten Ernten „auslagern". Dann die Idee, wohlhabenden Weinfreaks ihr eigenes „Kunden-Fass" anzubieten, kleine 225-Liter-

Dinger, in denen die Domaine de Charente unter Mitwirken des Kunden einen individuellen *Cuvée* herstellte – Absatz und Mundpropaganda garantiert!

„*Mince!*", rief Simone aus. „Das gefällt mir. Ich werde mit meinem Vater darüber sprechen."

„Und, Simone", schob Marcel mit wohlwollender Strenge nach. „Ihr müsst euer Marketing entstauben. Die Etiketten – immer nur die Fassade des Châteaus, das ist sehr zwanzigstes Jahrhundert. Ich weiß, ihr habt einen netten Grafiker ..."

„Du hast in vielem recht", sagte sie. „Aber du weißt ja, was für ein Dickkopf mein Vater ist. Sehr konservativ. Er mag nichts Verrücktes. Und er hat noch immer das Sagen."

Eine Weile blieb es ruhig am Tisch. Marcel ließ die Hälfte von seinem Lammrücken stehen und rieb sich mit Daumen und Zeigefinger das Kinn. Erst als abgeräumt und das Dessert bestellt war, sah er Simone lange an und sagte dann: „Ich habe noch eine Idee, aber ich weiß nicht, ob ich mich traue, sie mit dir zu besprechen."

Sie lachte auf. „Du und schüchtern? Das ist neu."

„Es geht nicht um schüchtern", sagte er und wirkte authentisch verlegen. „Ich habe nur Angst, missverstanden zu werden."

Simone fixierte ihn. „Raus damit. Ich verspreche dir, ohne Vorurteile zuzuhören. Ich weiß ja, dass du das Beste für uns willst." Diesen Worten blinzelte sie effektvoll hinterher und kam sich für einen Moment vor wie eine Schauspielerin von einem Provinztheater.

Marcel wirkte noch unschlüssig, dann sagte er: „Na gut", holte sein iPhone aus der Sakkotasche, scrollte darin herum und legte das Handy vor Simone auf den Tisch. „Was hältst du davon?"

Sie sah ein Foto, das offenbar bei Marcels letztem Besuch im Château entstanden war. Zu sehen war das südlichste Weinfeld. Mittendrin ein flaches, modernes, nahezu futuristisches Bauwerk, zur Hälfte Wohnhaus, zur Hälfte Weinkellerei.

„Das hat ein Freund gemacht. Spitzenarchitekt. Nur als Idee. Simone", er blickte sie eindringlich an. „Es zeigt, wie euer Weingut in der Zukunft aussehen könnte. Jetzt wirst du fragen: Und wo ist das Schloss? Genau das ist der Schlüssel meiner Idee: Ihr verkauft das Schloss mit dem Ziergarten und vielleicht einem Hektar Weinfeld an einen Neureichen, der gerne damit angeben möchte, ein Château an der Loire zu besitzen. Hat ja nicht jeder. Dann bleibt für euch noch genügend Boden übrig, um ein kleines, modernes Weingut aufzustellen, das Spitzenweine produziert. Ich finde euch einen Käufer für das Schloss und kassiere keinen Cent Provision."

Simones Miene verhärtete sich. „*Jamais*. Das würde Vincent nie machen."

„Ich verstehe." Marcel nahm sein Handy wieder an sich. „Familieneigentum. Erinnerungen. Tradition. Das kann ich gut nachvollziehen. Ich hoffe nur, dass Vincent noch viele Jahre selbst entscheiden kann, was er mit der Domaine macht."

Simones Augen verengten sich. „Was willst du damit sagen?"

Marcel seufzte. „Ist doch offensichtlich. Ich habe es vorhin erklärt: Ihr habt kein zukunftsfähiges Konzept. Aber ehrlich – mehr als meine Hilfe anbieten kann ich nicht. Und du hast ja eben gesehen, dass ich über eine Menge Kontakte verfüge, die euch nützlich sein könnten. Aber lassen wir das Thema."

Simone spürte unterdrückte Verärgerung und langte nach seiner Hand. „Marcel, sei nicht böse. Ich schätze dein Engagement. Wirklich!"

Er zwang sich ein Lächeln ab. „Themenwechsel. Es gibt noch etwas anderes, was ich mit dir besprechen wollte."

Simone atmete auf. Die dunklen Wolken hatten sich ebenso schnell verzogen, wie sie gekommen waren. „Ah?"

Marcel hob die Augenbrauen. „Die Reise."

„Ah, die Reise." Simone nickte tapfer.

Marcels gute Laune kehrte zurück. „Ich habe dir von meinem Bruder erzählt. Jean Michel macht Betriebswirtschaftsprogramme." Er rollte theatralisch mit den Pupillen. „Das Langweiligste, was du dir vorstellen kannst. Aber offenbar hat er mit seinem Produkt durchschlagenden Erfolg. Der Trick ist: Die Programme sind idiotensicher. Noch der dämlichste Ladenbesitzer kann in drei Minuten lernen, damit zu buchen. Das ist das Einzigartige an seinen Systemen. Kann er offenbar besser als alle anderen. Wäre übrigens auch etwas für Vincent, wir haben einmal kurz darüber gesprochen, aber seine Reaktion ..." Er winkte ab. „Vergessen wir's. Zurück zu unserem Thema: Jean Michel will das Produkt in den USA ausrollen. Zu diesem Zweck möchte er drei Wochen rüber, gemeinsam mit ... Mensch, das habe ich dir noch gar nicht erzählt: Er ist mit Jane Wilkinson zusammen!"

Simone wippte staunend gegen die Stuhllehne zurück. „Das Supermodel? Du nimmst mich auf den Arm."

„Nein, im Ernst. Bei meinem letzten Besuch in Paris habe ich sie kennengelernt. Sehr beeindruckend. Also hör zu: drei Wochen USA. Jean Michel und Jane, du und ich. Eine Woche New York, eine Woche San Francisco, eine Woche Florida. Programm: Jean Michel wird die meiste Zeit mit möglichen Kooperationspartnern konferieren, und wir sind seine Assistenten." Marcel hob die Hand. „Auf dem Papier. Damit er die ganze Reise von den Steuern absetzen kann. Du und ich spielen Gastgeber für Kooperationspartner, vielleicht zweimal die Woche. Jane macht Hostess." Marcel warf den Kopf zurück und mimte lautlos einen Schrei. „Jane Wilkinson als Hostess! Kannst du dir das vorstellen? Die bekommt normalerweise 20.000 Euro am Tag. Das ist *dingue!* Sie ist richtig nett, überhaupt nicht abgehoben und sehr verliebt in meinen Bruder. Wir nehmen ein paar Kisten von eurem besten Wein mit, machen zweimal die Woche ein freundliches Gesicht, und den Rest der Zeit ...", er ließ seine Hände über dem Kopf flattern, „*amusement américain.* Wie klingt das?"

Simone musste sofort daran denken, welche Figur sie an der Seite eines Supermodels abgeben würde, und war nun eher erschrocken als begeistert. „Wow", sagte sie mechanisch. „Das klingt fantastisch. Und wann soll die Party steigen?"

„Im Januar."

„Januar? Da ist es doch grausig kalt in New York!"

Marcel grinste. „Nur wenn du auf der Straße übernachten willst. Simone – Broadway, Museen, Jazzlokale, Restaurants! Aber es gibt ein Problem: Für dieses Programm sind so viele Arrangements nötig, dass Michel spätestens Mitte Dezember Bescheid wissen muss.“

„Ah“, machte Simone. „In drei Wochen oder so.“

Marcel klopfte auf den Tisch. „Eines ist klar: Ohne dich nehme ich an der Reise nicht teil. Das würde mir keinen Spaß machen. Und dann ... ist da noch etwas.“

Simone schürzte fragend die Lippen. Sie ahnte, was dieses „noch etwas“ war.

Marcel räusperte sich. „Mein Bruder und Jane sind ein Paar und werden natürlich überall, wo wir hinkommen, das Hotelzimmer teilen. Ich käme mir ziemlich idiotisch vor, wenn wir das nicht auch täten. Nur – du musst einfach wissen, ob du mich dafür gern genug hast.“

Ihre Augen wurden schmal. „Höre ich recht? Ein Ultimatum?“

Hektisch fuchtelte er mit beiden Händen. „Nein, Simone. Nur eine Idee. Eine Chance. Ich habe auch kein Problem damit, wenn du absagst. Wie lange kennen wir uns jetzt? Ach, wir haben das schon so oft diskutiert.“

Simone senkte den Kopf. Nun war er erneut irritiert, keine Frage.

Sie versprach, darüber nachzudenken, und sie retteten die Konversation noch über die Runden. Als sie das Restaurant verließen und Marcel sich nach einem betont flüchtigen Wangenkuss schon zum Gehen wenden wollte, griff sie nach seiner Hand. „Ich will dir danken“, sagte sie. „Nicht nur, weil du so großzügig bist, sondern auch für deine Geduld. Ich schätze das wirklich sehr."

Wie vorherzusehen war, schmolz er dahin wie Butter in Bain-Marie. Er weinte beinahe, als er sagte: „Ich habe dich nur furchtbar lieb."

Dann lagen sie einander sehr lange in den Armen. Simone war es, die sich am Ende löste, ihm einen dicken Kuss auf die Wange drückte und ihm zum Abschied noch ein paarmal den Arm drückte.

Wie betäubt ging Simone zu ihrem Wagen. Erst während der Rückfahrt nach Limeray wurde ihr Kopf klarer. Und dabei kam ein dunkler Gedanke auf. Ihr Vater hatte sie nie wirklich in die finanzielle Situation der Domaine de Charente eingeweiht. Sie wusste nur, dass jeden Monat eine anscheinend hohe Summe für Kreditrückzahlungen fällig wurde. Konnte es sein, dass Marcel dank seiner Verbindungen darüber besser Bescheid wusste als sie?

Wenn ja, was bedeutete es? War der Grund für sein Drängen etwa, dass die Lage verzweifelt war und Marcel nicht wagte, ihr sein Wissen preiszugeben? Dass er deshalb versuchte, andere Wege zu finden, um die Domaine zu retten? Aus Liebe zu ihr?

Wieder eine offensichtlich noble Geste eines Mannes. Verrückte Tage. Simone schüttelte den Kopf. Möglicherweise musste sie einen ganz neuen Zugang zu Marcel finden.

Es gibt zwei Arten von Liebe: Den *coup de foudre*, die Liebe auf den ersten Blick. Und dann diese andere Liebe, die erst wachsen muss und das oft lange im Verborgenen tut.

Vielleicht war sie, was Marcel betraf, auf diesem zweiten Pfad unterwegs.

Kapitel 9

In den folgenden Tagen kreisten Simones Gedanken beharrlich um zwei Themen. Das war einerseits die Reise. Andererseits gingen ihr Marcels Ausführungen über die Finanzprobleme von Weingütern nicht aus dem Kopf. Was er sagte, hatte offensichtlich Hand und Fuß. Entweder Menge oder Exklusivität, sonst kämen sie auf Dauer unter die Räder. Sosehr sie versuchte, es schönzureden – mit der Domaine de Charente saßen sie zwischen zwei Stühlen.

Vierzehn Tage gingen ins Land. An einem Wochenende begleitete sie Marcel zu einem prächtigen Anwesen bei Saumur, das zum Verkauf stand. Zur Belohnung für ihre Geduld lud er sie danach zu einem exquisiten Abendessen ein. Was „die Reise" betraf, gab er sich verständnisvoll. Auch umschifften sie das Thema der finanziellen Probleme von Château-Eigentümern. Stattdessen sah Simone den Zeitpunkt gekommen, ihrem Freund die Episode mit Frank Jaeger zu erzählen. Marcel zeigte sich beeindruckt. Er stellte eine Menge Fragen, über die Geschichte von damals, aber auch über den jungen Deutschen. Für einen Moment hatte sie den Eindruck, dass er in Wahrheit sondierte, ob hier ein Gegenspieler die Bühne betreten hatte. Doch verwarf sie den Gedanken als absurd.

Es war ein angenehmer Tag, nach dem Simone schon versucht war, ihr Okay für den Trip in die USA zu geben. Doch dann dachte sie: Lieber am Ende der Frist. Obwohl ihr nicht klar war, worauf sie eigentlich wartete. Die Frage war ja simpel: Wollte sie, oder wollte sie nicht?

Aber genau das wusste sie nicht. Ich bin merkwürdig, dachte sie. Das Problem war nicht Marcel, das Problem war offenbar sie.

Bei einem Frühstück mit Vincent sondierte sie behutsam, wie es denn um die Finanzen stand. Simone hatte sich nie darum gekümmert, denn sie erhielt ein festes Gehalt. Das war eine Idee ihres Vaters gewesen, der immer wieder betonte, dass er sie mit „diesem Zahlenzeug“, wie er es nannte, nicht belasten wolle. Simone war das bisher gelegen gekommen. Ein Blick in eine Bilanz und ihr wurde übel.

Vincent murmelte etwas von einer Situation, die nicht einfach, aber unter den gegebenen Umständen normal sei. Alle Weingüter hätten im Grunde mit denselben Schwierigkeiten zu kämpfen. Aber – und Vincent hob dazu den Zeigefinger – Wein sei heute das einzige landwirtschaftliche Produkt, mit dem man als Europäer überhaupt noch Geld verdienen könne. Zumal als Franzose. In der ganzen Welt seien Weinliebhaber bereit, für eine Flasche aus Frankreich ein paar Euro mehr hinzulegen.

Beinahe wäre Simone ihrem Vater auf den Leim gegangen. Wenn man den Knopf „Französischer Wein“ drückte, erhielt man einen Vortrag, der mit düsteren Bemerkungen über die Macht des Geldes, die Lawine der Globalisierung und den Fluch der Modernität begann und dann zu einer Hymne auf das historische Prestige der französischen Winzer mutierte. Mit der Zeit redete sich Vincent in einen derartigen Begeisterungstaumel, dass man Lust verspürte, eine Trikolore zu hissen und die Marseillaise anzustimmen.

Also wartete Simone, bis Vincent sich von seiner Ergriffenheit wieder einigermaßen erholt hatte, um nachzubohren: „Ehrlich, Papi. Ich sollte mich um ‚dieses Zeug‘ allmählich kümmern. Ich will wissen, wie es um uns steht.“

Er blickte sie prüfend an. „Gehirnwäsche von Marcus, wie?“

Sie ließ die Schultern hängen und hob dann in gespielter Wut die gespreizten Finger. „Er heißt Marcel. Das machst du mit Absicht, und ich finde es nicht mehr komisch.“

Vincent lächelte mit schmalen Lippen. „Er will einen Käufer finden, eh? Jedes Mal, wenn du mit ihm gesprochen hast, kommst du mit diesen Ideen hierher.“ Dann verdüsterte sich seine Miene. „Und sag nicht dauernd Papi zu mir. Weder bin ich Großvater, noch fühle ich mich wie ein solcher.“

„Du täuschst dich in Marcel. Er meint es gut. Er hat Ideen, wie wir uns verbessern können.“

„Ideen!“ Vincent warf den Kopf zurück. „Schnösel. Besserwisser.“

Simone starrte ihn an, bleckte die Zähne, schlug auf den Tisch, brüllte „*Merde!*“, sprang auf und stürmte davon. Das Frühstück blieb unberührt zurück.

Bis zum Mittagessen sprachen die beiden kein Wort. Bei der Arbeit draußen fiel Simones Blick immer wieder auf die Reste des Verwalterhauses. Um auf andere Gedanken zu kommen, ging sie in einer Pause in ihr Appartement und schrieb Frank Jaeger eine Mail. Nach seiner Abreise hatten sie sich nur einmal kurz ausgetauscht, in warmen Worten, doch unbestimmt.

Was Simone betraf, war diese Geschichte nun ebenfalls Vergangenheit. Sie schrieb Frank, dass Vincent seine Geste in den Vortrag an der Ruine eingebaut habe und kein deutscher Besucher jemals wieder so in Verlegenheit gebracht werde wie er. Dabei respektiere er natürlich Franks Bitte, seine Anonymität zu wahren, wie vereinbart. Aber eigentlich sollte man die Sache der deutschen Regierung mitteilen, damit die ihn zum Ritter schlagen oder ihm zumindest einen Orden verleihen würde, für Verdienste um den Ruf der Nation. Ob er da schon nachgefragt habe. Und bitte ein Foto von der Verleihung, das würden sie dann rahmen und im Verkosterraum aufhängen.

Sie hielt inne. Könnte er das als Spott auffassen? Nein, entschied sie. Bei Frank ging das. Kurz entschlossen kehrte sie mit dem Cursor an den Beginn der Mail zurück, löschte „Lieber Frank" und schrieb stattdessen „Mein lieber Hans". Dann kehrte sie an den Schluss des Textes zurück und setzte hinzu: „Und wann lässt sich Hans wieder einmal bei uns blicken?"

Verblüfft stellte Simone fest, dass das Schreiben der Mail ihre Laune beträchtlich aufgehellt hatte. Auch in der Küche hatten sich die Wolken verzogen. Vincent schien bewusst, dass er zu weit gegangen war. Beim Mittagessen gab er zu, dass die Domaine Schulden hatte, beschwor sie aber, ihre Finger von dem „Zahlenzeug" zu lassen. Er fühle sich verantwortlich für ihr Wohlergehen und wolle sie damit nicht belasten.

Genau diese Worte stimmten sie nachdenklich. Es wäre also eine Belastung, wenn sie über die Situation der Domaine genauer Bescheid wüsste. Das Thema ließ ihr keine Ruhe.

Am Nachmittag meldete sich Marcel, zum Glück nur schriftlich. Er wollte wissen, ob sie schon wegen der Reise entschieden habe.

Bitte dränge nicht, schrieb sie.

Ich muss mit Vincent reden.

Dann löschte sie den Part mit dem Drängen und ließ nur den mit Vincent stehen. Einige Minuten überlegte sie, ob das zu kühl klang, und ärgerte sich, dass sie Zeit in die Frage investieren musste, welche Worte sie im Umgang mit Marcel wählen sollte. Sie schloss ihre Nachricht mit einem

Bisous, Simone.

Das sollte reichen, damit er nicht einschnappte.

Zwischendurch sah sie, dass Frank Jaeger ihr eine Antwort geschrieben hatte, las sie jedoch noch nicht.

Nach einem eher frostigen Abendessen mit Vincent, bei dem beide um das Thema Finanzen herumschlichen, damit es nicht noch frostiger wurde, zog Simone sich früh in ihr Appartement zurück. Nur kurz wollte sie ihre Mails lesen, um dann etwas fernzusehen. Da klappte ihr Mund auf.

Die Antwort von Frank war kilometerlang. Sie begann zu lesen. An Ruhe war nicht mehr zu denken.

Obwohl Frank in der heißen Phase eines Bauprojekts steckte, kehrten seine Gedanken beharrlich zur Domaine de Charente und den wenigen Stunden, die er im Schloss verbracht hatte, zurück. Er fühlte sich gut. Vincent und Simone hatten es ihm leicht gemacht, seine Schüchternheit zu überwinden und sein Vorhaben zu verwirklichen, eine alte Familienschuld zu begleichen. „Dafür danke ich euch. Und der Wein, den Vincent mir ins Auto gelegt hat – da hat er ein wenig übertrieben. ‚Edle Tropfen' ist noch milde ausgedrückt."

Simone lächelte, doch mit einer gewissen Anspannung. Worum ging es in den folgenden siebenhundert Zeilen? Hoffentlich nicht darum, wie schön das Schloss und wie nett die Bewohner seien!

Diese Befürchtung verflog rasch. „Ich muss dir etwas erzählen", schrieb Frank. „Es wird dir den Deckel vom Topf hauen."

Dann schilderte er, wie er in den vergangenen Wochen auf einen erstaunlichen Teil der Geschichte jenes Aufenthaltes des Polizeibataillons 344 in Frankreich gestoßen war. Trotz seiner Erschöpfung, wenn er abends nach Hause kam, fühlte sich Frank immer wieder zu den Tagebüchern seines Großvaters hingezogen. Er hatte darin etwas gefunden, was ihm keine Ruhe ließ. Ein Name. Michael Faunwald.

Dieser Name kam in den Beschreibungen des Frankreich-Aufenthaltes des Polizeibataillons sehr häufig vor. Es war offensichtlich, dass Leutnant Horst Jaeger ein persönliches Problem mit diesem Unteroffizier hatte. Etwas an der Art, wie Jaeger über den Mann sprach, ließ Frank vermuten, dass die Ursprünge dafür in Russland lagen. Hatte Frank bisher vor allem im Frankreich-Abschnitt der Tagebücher gelesen, wandte er seine Aufmerksamkeit nun dem Russland-Einsatz zu.

Dabei musste er sich sorgsam überlegen, welche Teile er genau studieren wollte, denn die altertümliche Handschrift machte die Lektüre mühsam. Mit der Zeit ging Frank dazu über, bestimmte Auszüge mit dem Computer abzutippen und dann auf dem Bildschirm in Ruhe nachzulesen. Ein zeitraubendes und ermüdendes Verfahren.

Zu Beginn war Unteroffizier Faunwald eine Nebenfigur in den Aufzeichnungen. Was Russland betraf, hatte es Leutnant Jaeger bei ausführlichen Beschreibungen von Landschaft und Wetter belassen, mit eher kurzen Bemerkungen über Einsätze. Dabei benutzte er Begriffe wie „Reinigen", „Säubern" und „Durchkämmen". Auch von „Spezialaufgaben" war die Rede. Und dann von Leuten, die offenbar nicht das Zeug dazu hätten. Bei einer Mission hätte „dieser Faunwald" eine jämmerliche Figur abgegeben. Und Leutnant Jaeger fragte sich in seinem Tagebuch, ob der Unteroffizier seine Ausreden möglicherweise erfunden habe.

Dann stieß Frank auf eine Stelle, an der Leutnant Jaeger die Frage notierte, ob „Leute wie Faunwald" nicht „aussortiert" werden sollten. Der Mann hätte nicht

„den Mumm", an den „harten Aufgaben des Polizeibataillons" teilzuhaben.

Frank hatte diese harten Aufgaben bereits recherchiert. Das Polizeibataillon 344 hatte bei Einsätzen gegen Partisanen ganze Dörfer ausgelöscht, die im Verdacht standen, mit den Widerstandskämpfern zu kooperieren. Viele der erwähnten Säuberungen hatten jedoch nichts mit Partisanen zu tun, sondern betrafen Juden. Zu Hunderten wurden sie von den schwer bewaffneten Polizisten in die Wälder geführt und erschossen.

Michael Faunwald schien sich bei diesen „Sondermissionen" nicht ausgezeichnet zu haben. An einem Punkt fragte sich Leutnant Jaeger, ob Faunwald den Urlaubsaufenthalt in Frankreich verdient habe. Und gab die Antwort: Nein, aber dem werde er Abhilfe schaffen.

Im Frankreich-Teil erwähnte er Faunwald anfangs nur hie und da. Zum Beispiel, wenn er stolz auf eine Idee für eine Schikane war. So stieß Frank auf den folgenden Eintrag:

„Heute Faunwald beauftragt, alle Flaschen im Weingut zu zählen, für eine Inventur, die natürlich erfunden war. Als er fertig war, wollte ich eine Aufteilung in Rotwein, Weißwein und Rosé. Hatte der Idiot nicht bedacht und musste von vorn anfangen. Als er mit dem Ergebnis kam, sagte ich ihm: Falsch. Da fehlt eine Flasche. Die größte. Sie, Unteroffizier Faunwald! Da machte er ein Gesicht, als ob er weinen wollte. Als Deutscher schäme ich mich, dass wir solche Waschlappen in unseren Reihen dulden. Ich bereue es, ihn bisher geschützt zu haben. Die Strafen, die ich verhängen kann, reichen nicht aus. Ich hätte ihn schon längst melden sollen."

Mit der Zeit wurde Jaeger deutlicher. Besonders störte ihn, dass er auf Faunwald angewiesen war, weil der als Einziger seiner Leute perfekt Französisch sprach. Aber genau dieser Umstand wurde dem Außenseiter zum Verhängnis, denn er musste alle Anordnungen des Leutnants an die Schlossbewohner übermitteln und war bei den zumeist unangenehmen Gesprächen als Dolmetscher präsent. „Heute habe ich Faunwald gewarnt, er müsse mit scharfer Stimme sprechen, wenn ich eine Anordnung gebe. Manchmal habe ich das Gefühl, er entschuldigt sich auch noch für das, was er übersetzt. Ich verstehe ja nicht, was er wirklich sagt. Muss mir unbedingt etwas einfallen lassen. Bei Becker schon gefragt, ob er mir einen französischsprachigen Mann borgen kann, aber der hat auch nur einen an der Hand. So geht das nicht weiter!"

Danach nannte Jaeger den Unteroffizier nur noch „Franzosenfreund". Für die Franzosen selbst hatte er selten gute Worte übrig. An einem Punkt beklagte er sogar deren „Undankbarkeit" gegenüber den Männern des Polizeibataillons. Im Vergleich mit den Russen würden diese von den Deutschen doch wesentlich besser behandelt. Man gehöre derselben Kultur an. Auch wenn sie natürlich eine Stufe unter den Deutschen stünden, seien sie keine wirklichen „Untermenschen" wie die Russen.

Erstaunlich spät hingegen fand sich eine Anmerkung über die Verwalterwitwe. Wie alle Bewohner war Miriam Thal für Jaeger zunächst nur eine Statistin, die im Rahmen einer Aufzählung Erwähnung fand. Doch irgendwann tauchte sie im Tagebuch als „die schöne Witwe" auf. Kurz danach wurde Zorn spürbar. Jaeger wurde ordinär, nannte sie eine Nutte und stellte Mutmaßungen darüber an, warum die „schöne Witwe" keine Kinder hatte. Es war offensichtlich: Der Polizeileutnant empfand etwas für sie, und da seine Gefühle unerwidert blieben, schlug die Sympathie in Hass um. Miriam bediente sich offenbar der Sprachbarriere, um Jaeger den gewünschten persönlichen Umgang zu verweigern.

Dann jedoch tauchten in seinen Aufzeichnungen plötzlich französische Begriffe auf, sogar die eine oder andere wohlwollende Bemerkung über Menschen und Kultur des Landes. Frank verstand das zuerst nicht, doch dann musste er hellauf lachen, als ihm die wahrscheinlichste Erklärung dafür einfiel: Der Leutnant versuchte, die Sprache zu lernen, um endlich mit Miriam ins Gespräch zu kommen! Er wollte sich gar nicht vorstellen, wie peinlich die Situationen gewesen sein mussten, wenn der forsche Offizier, ausgestattet mit einem Dutzend mühsam erlernter Vokabeln, eine Konversation mit der „schönen Witwe" anzuleiern versuchte. Wahrscheinlich behindert von einem Akzent, der wehtat. Und im Hintergrund Faunwald, der fließend Französisch sprach.

Doch diese Phase währte nur wenige Tage. Danach änderte sich der Tonfall der Einträge erneut. Frank dachte lange darüber nach, was der Auslöser gewesen sein mochte. Möglich, dass Faunwald nach all den Demütigungen in einer solchen Situation seine Gefühle nicht unter Kontrolle bekam und mit einer Geste oder seinem Gesichtsausdruck zu verstehen gab, wie erbärmlich ihm Jaegers Agieren erschien. Wahrscheinlich unbewusst. Offensichtlich war, dass der Leutnant plötzlich alles daransetzte, um beide – die Witwe und Faunwald – zu bestrafen. Sich an ihnen zu rächen.

Daher die Idee mit der Soldatenkneipe im Verwalterhaus.

Der Rest der Geschichte war Frank von Vincents Erzählungen her bekannt. Die Verbannung der Witwe in den Kellerraum. Die Beliebtheit der Kneipe bei den Deutschen, die in Amboise und Tours ihre Quartiere hatten. Das abstruse Weihnachtsfest mitten im Sommer. Der Brand.

Horst Jaegers Tagebuch brachte keine neuen Erkenntnisse über die Zerstörung der improvisierten Kneipe. Dafür fanden sich immer wieder Anmerkungen über das „Gemauschel zwischen der Nutte und dem Franzosenfreund" und über seine Anstrengungen, die beiden zu ertappen. Dass es ihm nicht gelang, hatte er nie explizit aufgeschrieben. Doch es war offensichtlich, denn nirgendwo fand sich eine Erfolgsmeldung.

Als Frank eher beiläufig die folgenden Seiten durchblätterte, wo in knappen Worten der Rücktransport zur Ostfront beschrieben wurde, kam das dramatische Ende der „Affäre Faunwald" ans Licht. Nur für ein Wochenende durften die Polizisten bei einem Zwischenhalt in Nürnberg zu ihren Familien. Als sie sich für den Abmarsch Richtung Osten in der Kaserne sammelten, kam es zu einer denkwürdigen Szene. Vor dem angetretenen Polizeibataillon, gute fünfhundert Mann, wurde Michael Faunwald zum Kommandanten zitiert, um ihm seine Verhaftung mitzuteilen. Jaeger schilderte die Szene ausführlich, offenbar hatte er sie lange ersehnt. „Fass ist übergelaufen", schrieb er. „Während des Heimaturlaubs habe ich Faunwald aus disziplinären

Gründen gemeldet. Verfahren wegen Fraternisierung mit dem Feind, Unterwanderung der Moral der Truppe und Verdacht auf Sabotage. Ich hätte es viel früher tun sollen. In Russland schon. Die Militärrichter sollen und werden kein Erbarmen mit ihm haben." Dahinter in Großbuchstaben das bekannte „SIEG HEIL!", das Frank bislang nirgendwo gelesen hatte.

Dem folgte – lange nach dem Ereignis – eine verworrene Beschreibung des Brandes der Soldatenkneipe. Jaeger schrieb sie einem bewussten Sabotageakt zu. „Möglicherweise Faunwald gemeinsam mit der französischen Nutte."

Und das war das Ende des Tagebuchs. Über die Zeit danach, die verbleibenden Jahre bis zum Kriegsende, waren keine Aufzeichnungen erhalten.

Nun packte Frank die Neugier. Was aus seinem Großvater geworden war, wusste er: Schon wenige Monate nach dem Krieg war er wieder zu Hause, meldete sich bei der Polizei und stieg erstaunlich rasch in eine hohe Position auf. Doch was war aus Faunwald geworden? Bei einer Suche im Internet stieß Frank auf einen Historiker, der sich auf die deutschen Militärgerichte im Zweiten Weltkrieg spezialisiert hatte. Der Wissenschaftler verfügte über eine umfassende Datenbank und lieferte mit verblüffender Geschwindigkeit ein Ergebnis: Unteroffizier Michael Faunwald wurde im August 1943 zum Dienst in einer Strafkompanie im Osten verurteilt.

Strafkompanien wurden an den gefährlichsten Frontabschnitten eingesetzt und vorsätzlich verheizt. Von Faunwalds Einheit lebten am Ende des Krieges noch vier Männer. Sie wurden von den Russen gefangen genommen. Im Januar 1956 gehörte er zu den letzten Deutschen, die aus der Kriegsgefangenschaft heimkehrten. „Wahrscheinlich behielten ihn die Sowjets deshalb so lange, weil sein Name in der Standesliste des Polizeibataillons gefunden wurde", erklärte der Historiker. „So gesehen ein Wunder, dass er mit dem Leben davongekommen ist. Die meisten Angehörigen dieser Einheiten wurden exekutiert, wenn sie den Russen in die Hände fielen. Andere wurden nach dem Krieg in Ostdeutschland aufgespürt und von DDR-Gerichten zum Tode verurteilt."

Frank war diese Information neu. Wie hatte dann sein Großvater überlebt?

Auch darauf wusste der Historiker Antwort. „Die Reste des Polizeibataillons 344 waren am Ende des Kriegs in der Schlacht um Berlin eingesetzt, konnten aber rechtzeitig Richtung Westen entkommen. Wahrscheinlich nutzte Ihr Großvater das Chaos jener Tage und nahm die Identität eines gefallenen Soldaten an, um bei den Amerikanern in ein normales Kriegsgefangenenlager zu kommen."

In den folgenden Tagen kannte Frank nur ein Ziel: Michael Faunwalds Familie aufzuspüren. Oder lebte vielleicht noch er selbst?

Dank des seltenen Familiennamens erwies sich die Aufgabe als einfach zu lösen. Auf einem Social Network spürte Frank eine gewisse Isabelle Danner-Faunwald auf und beschloss, seine Schüchternheit zu vergessen und mit der Tür ins Haus zu fallen. Er schrieb eine Mail mit dem folgenden Wortlaut:

Hallo, ich bin Frank Jaeger, ich suche nach Michael Faunwald, ehemaliger Unteroffizier bei einem Polizeibataillon im Zweiten Weltkrieg. Es gibt interessante Neuigkeiten. Können Sie mir weiterhelfen?

Die Antwort kam nach wenigen Stunden. Kurz und kühl:

Sind Sie Nazi-Jäger?

Frank erwiderte:

Nein, ich bin Architekt. Lebt Michael Faunwald noch? Mein Großvater und er haben gemeinsam gedient.
Antwort:

Und jetzt organisieren Sie ein Familientreffen?

Frank spürte, wie Zorn in ihm hochstieg. Was war das für ein Ton?

Liebe Frau Danner-Faunwald, ich habe in Frankreich Schulden beglichen, die mein Großvater hinterlassen hat. Ihr Verwandter ist in seinem Tagebuch erwähnt. Mich interessiert, was damals geschehen ist. Und nein, ich organisiere kein Familientreffen.

Erst am nächsten Tag kam die Antwort. Eine Telefonnummer und die besten Uhrzeiten, sie zu erreichen. Zuerst wolle sie die Frage nach dem Nazi-Jäger aufklären, kam eine angenehme, doch energische Frauenstimme direkt zur Sache. Ja, Michael Faunwald habe in einer

Verbrechertruppe gedient, ja, Michael Faunwald sei zu Beginn ein überzeugter Nazi gewesen. Aber die Begeisterung für die Ideologie der „reinen Rasse" sei unter dem Eindruck der Geschehnisse in Russland „komplett verflogen".

Ihr Großvater habe für seinen Irrtum teuer bezahlt. Er habe am längsten in Sibirien eingesessen und sei als körperliches Wrack nach Deutschland zurückgekehrt. Dort erfuhr er, dass seine Ehefrau die Hoffnung auf die Rückkehr ihres Mannes verloren und nun eine gerade zweijährige Tochter von einem amerikanischen Besatzungssoldaten hatte. Und sie hatte am Wirtschaftswunder teilgenommen und ein Geschäft aufgebaut – eine mittlerweile florierende Papierwarenhandlung.

Faunwald verzieh seiner Frau, adoptierte das Kind und begann ein neues Leben. Tag für Tag stand er in der Papierwarenhandlung und arbeitete wie ein einfacher Angestellter. Wenn seine Strategie darin bestand, in ein normales Leben zurückzufinden, dann funktionierte sie nicht. Faunwald war ein Fremder in seinem eigenen Haus. Er war abwesend und verschlossen. Über den Krieg und die Gefangenschaft wollte er nie sprechen. Den einzigen Luxus, den er sich jemals gönnte, war eine jährliche Reise ins Ausland. Die unternahm er allein, um einen ausgewanderten Leidensgenossen zu besuchen.

Sie habe mit Psychiatern gesprochen, um das zu verstehen, erzählte Isabelle. Für Soldaten, die vom Krieg traumatisiert waren, gab es keine wirksame Behandlung durch Fachleute. Eine einzige Methode habe sich als effizient erwiesen: Gespräche mit Menschen, die dasselbe durchgemacht hatten, die dabei gewesen waren, die als Einzige verstanden, welche Verwüstungen das Erlebte in der Psyche hinterlassen hatte. Insofern seien diese Reisen kein Luxus gewesen, sondern pure Notwendigkeit. Von seiner Truppe sei ja nur eine Handvoll übrig geblieben, da gab es keine „Kameraden, die um die Ecke wohnten". Die wenigen Überlebenden waren über den halben Globus verstreut. Das gelte für das Polizeibataillon und die Strafkompanie gleichermaßen.

„Er hat gebüßt", sagte Isabelle zum Abschluss. „Für seine jugendliche Dummheit hat er sehr teuer bezahlt. Mehr als die meisten. Darum war ich zu Beginn so unfreundlich. Das Polizeibataillon ist nur die halbe Wahrheit. Außerdem ... in der Familie ist immer eine Geschichte erzählt worden, die nur von ihm kommen kann. Angeblich hat er damals im Krieg einer Französin das Leben gerettet."

Frank fehlten für einen Moment die Worte. Dann fragte er: „Wie soll er das gemacht haben? Im Tagebuch meines Großvaters ist das mit keinem Wort erwähnt. Und auch bei der Familie in Frankreich wird keine Geschichte dieser Art überliefert. Was soll denn genau passiert sein?"

„Keine Ahnung. Aber dieser Punkt war für ihn immer wichtig. Er wollte, dass die Familie sich nicht für ihn schämen musste. Von dem, was ich über ihn gehört habe, kann ich mir schwer vorstellen, dass er diese Geschichte erfunden hat. Er war sehr zurückhaltend, es würde nicht zu ihm passen. Zu seinem Irrtum hat er ja auch gestanden. Und wie war das bei Ihrem Großvater?"

Mit Resignation blickte Frank an die Decke. Von Horst Jaeger, der nach dem Krieg eine glänzende Polizei-Karriere absolviert hatte, war keine Selbstkritik überliefert. Kurz war er ins Visier von Beate und Serge Klarsfeld geraten, zwei Journalisten, die sich dem Aufspüren von Nazi-Kriegsverbrechern widmeten. Doch die Reihen um den strammen und jähzornigen Polizeioffizier hatten sich rasch und sehr effizient geschlossen.

Es wurde ein langes Gespräch. Nach dem frostigen Auftakt wurde die Atmosphäre freundlich, ja vertrauensvoll. Isabelle Danner-Faunwald besaß noch einige Erinnerungsgegenstände ihres Großvaters, darunter auch einen französischen Kalender des Jahres 1943 in Form eines Buches. Sie werde mal darin blättern. Vielleicht finde sich ja ein konkreter Hinweis auf die Episode, sagte sie.

Frank merkte an, er könne ihr gerne dabei helfen, sein Französisch sei ganz passabel.

Nach einer Pause donnernden Schweigens erwiderte Isabelle: „*Monsieur* Frank, ich bin trotz meines jugendlichen Alters von 31 Jahren Professorin für französische Philologie an der Humboldt-Universität in Berlin. Meine Familie ist seit der Steinzeit frankreichverrückt, darum konnte mein Großvater Michael Faunwald perfekt Französisch, darum konnte meine Mutter, obwohl Tochter eines Amerikaners, perfekt Französisch, und darum kann auch ich seit meinem fünften Lebensjahr perfekt Französisch. Ich denke also, dass ich mit dem Kalenderchen zurechtkomme."

Worauf Frank ein Treffen in Amboise vorschlug. Und hinzufügte: „Dort ist Leonardo da Vinci gestorben, wussten Sie das?"

„Das weiß nun wirklich jeder", schnappte Isabelle und setzte fröhlich hinzu: „Gute Idee. Nach Weihnachten hätte ich ein paar Tage Zeit."

Damit schloss Frank seine Nachricht: Er werde irgendwann kurz vor dem Jahresende mit Isabelle Danner-Faunwald nach Frankreich kommen und der Familie Mary einen Besuch abstatten. Wenn das in Ordnung sei.

Simone stieß die Luft aus. Nach allem, was sie gehört hatte, verspürte sie Neugier, mehr über die widersprüchliche Figur von Michael Faunwald zu erfahren. Vor allem wollte sie, dass seine Enkelin Vincent direkt mit dieser Geschichte konfrontierte, die in den Erinnerungen der Familie Mary nirgendwo auftauchte.

Doch wenn sie ehrlich war, freute sie sich vor allem darauf, Frank wiederzusehen. Er war in der Domaine de Charente wie aus dem Nichts aufgetaucht, hatte mit seiner Geste einen wilden Gefühlsstrudel ausgelöst und war dann einfach wieder verschwunden.

So geht das nicht, Hans!

Simone lächelte. „Natürlich seid Ihr herzlich willkommen", schrieb sie. „Sagt uns nur rechtzeitig Bescheid."

Im Nachhinein fand Simone, sie hätte das präziser formulieren müssen. Denn eigentlich hätte sie an diesem Punkt bereits wissen oder zumindest ahnen sollen, wie dieser Frank Jaeger tickte.

Kapitel 10

Simone Mary marschierte in den Verkosterraum, wo ihr Vater damit beschäftigt war, Bernardo Instruktionen zu erteilen. „Wir müssen reden", unterbrach sie das Gespräch der Männer in einem Ton, der keine Widerrede zuließ.

Es war ein strahlender Dezembertag, die Luft roch nach Winter, und das Loire-Tal badete in einem Licht, das den Farben der Natur und der alten Gemäuer eine besondere Intensität verlieh. Die Tage waren kürzer, doch wenn die Sonne das Kommando führte, beschenkte sie das Auge mit einem Spektakel, das seinesgleichen suchte.

Auch das Schloss der Domaine schien wie für einen Fototermin herausgeputzt. Doch Simone konnte sich an der Pracht nicht erfreuen. In ihrer Hand hielt sie ein paar Blätter Papier. „Was ist das, Vincent?"

Ihr Vater runzelte die Stirn. „Ah. Du hast in meinem Arbeitszimmer gestöbert." Er gab Bernardo ein Zeichen, und der verschwand wortlos im Weinkeller.

„Darüber", sagte Simone und konnte nur mit Mühe ein Schluchzen unterdrücken, „müssen wir reden. So schlimm steht es?"

In Ihrer Hand hielt sie den Entwurf für eine Verkaufsurkunde. Offenbar war ihr Vater im Begriff, den Weingarten „Les Milans“ zu verkaufen, das entfernteste ihrer Felder, knappe zwei Hektar. Seinen Namen hatte es bekommen, weil in der Nähe Greifvögel nisteten und vor allem im Sommer die spielerischen Übungsflüge der Jungvögel ein großartiges Schauspiel boten, das von diesem Weingarten aus am besten zu sehen war. Oft fuhr Simone mit ihrem Fahrrad hinaus und verbrachte schöne Momente an diesem Ort. Als sie das Dokument auf dem Schreibtisch ihres Vaters entdeckt hatte, war ihr zumute gewesen, als hätte sich ein Abgrund aufgetan.

„Ich finde das nicht so tragisch“, sagte Vincent mit einem Achselzucken. „Unsere Produktion soll darunter nicht leiden. Du hast selbst gesagt, wir können Trauben auch einkaufen.“

„Papa, und wie soll es weitergehen? Wir verkaufen eine Parzelle nach der anderen, um die Löcher zu stopfen, und am Ende verscherbeln wir das Schloss? Da kann ich gleich Marcel anrufen, damit er einen Käufer für die ganze Domaine findet!“

Vincent machte ein betretenes Gesicht. „Ich wollte dich mit diesen Problemen nicht belasten ...“

„Mich belastet, wenn du mich im Unklaren lässt.“ Sie hob die Papiere in die Höhe. „Das geht mich doch etwas an, oder nicht? Dass du keine andere Lösung siehst, kann ich ja noch verstehen. Was ich aber nicht verstehe und auch nicht akzeptiere: Du gibst mir, deiner Tochter, gar keine Gelegenheit, nach einer anderen Lösung zu suchen. Du hättest mich vor vollendete Tatsachen gestellt! Gott sei Dank habe ich dieses Dokument gefunden. Papa, mach das nie wieder! Niemals!“

Mit einer hilflosen Geste erwiderte er: „Die Realitäten, mein Kind. Die Zahlen. Was ist denn deine Lösung?"

Die Realitäten. Die Zahlen. Es klang verdächtig nach Marcels Worten. Simone zeigte auf ihren Kopf. „Darüber denken wir gemeinsam nach. Als Erstes suche ich Arbeit." Sie zückte ihr Handy.

Vincent hob wie abwehrend die Hände. „Moment, junge Frau, Moment!"

„Abou?", sagte Simone ins Telefon. „Hallo, wie geht's? Sag mal, suchst du noch immer eine Kellnerin in Teilzeit für die Wintersaison? Ich wüsste jemanden. Heute Nachmittag? Okay, notiert. Gerne, Abou! *Bisous!*"

Vincent starrte sie mit offenem Mund an. „Das ... das ... kann nicht dein Ernst sein. Du willst als *Kellnerin* arbeiten!?"

Sie musterte ihn kalt. „Ganz furchtbar! Ich könnte es auch als Prostituierte versuchen, aber momentan scheint mir Kellnerin im Melzi die beste Option, um auf die Schnelle Geld zu verdienen."

Vincent zeigte auf eines der alten Weinfässer, die den Verkosterraum dekorierten. „Und wer macht die Arbeit hier?"

„Na, wer schon?", schnappte Simone. „Ich wäre ja nicht die erste Frau im Land, die zwei Jobs hat, um die Familie über die Runden zu bringen. Und das hier ...", sie warf ihrem Vater die Papiere vor die Füße, „... nur über meine Leiche!"

Bereits am folgenden Tag trat Simone ihre erste Schicht an. Sie arbeitete tagsüber in der Domaine und fuhr bei schon anbrechender Dunkelheit mit dem Fahrrad nach Amboise. Abou war die Situation spürbar unangenehm. Sie waren ja Freunde, und Simone war bisher Kundin gewesen, eine Tochter aus scheinbar wohlhabenden Verhältnissen, denn immerhin wohnte sie in einem Schloss! Simone wiederum wurde bewusst, was ihre spontane Aktion auslösen würde: Im Melzi verkehrten so viele Bekannte, dass der Verdacht auf ernste finanzielle Probleme der Domaine zwangsläufig die Runde machen würde. Niemand würde ihr abkaufen, dass sie den Job zum Vergnügen machte.

Doch wie immer durchlief Simone zwei Phasen: Wenn ein ernstes Problem auftauchte, wollte sie zuerst nur weinen. Diese Phase war in der Regel schnell vorbei. Danach ballte sie die Fäuste, suchte mit kühlem Kopf nach Lösungen und krempelte die Ärmel hoch. So hatte sie immer funktioniert. So funktionierte sie auch jetzt. Sitzen und heulen und darauf hoffen, dass irgendjemand aus dem Boden wuchs, der ihre Schwierigkeiten für sie bewältigte, war nicht ihr Ding. Sie tat es zwar, aber sehr bald ärgerte sie sich darüber, und aus dem Zorn schöpfte sie Energie.

Darum setzte sie zu Beginn alles daran, Abous Bedenken zu zerstreuen. Wie sollte er, ein guter Freund, sie zurechtweisen, wenn sie Mist baute? Also durfte sie keinen Mist bauen. Erster Vorsatz: den Job so gut wie möglich erledigen. Trotz kleiner Missgeschicke fand sie, dass dieser Part am ersten Tag ganz gut gelang. Als sie gegen zehn Uhr abends ihre Schürze an den Haken hing, ging sie direkt zu Abou und sagte: „Wenn du meinst, ich tauge nichts als Kellnerin, sag es mir lieber sofort. Ich will dir keinen Freundschaftsdienst abverlangen. Mir ist wichtig, dass wir miteinander klarkommen." Dazu blinzelte sie genau in derselben Weise, wie sie es bei Marcel tat.

Abou legte seine Hand auf ihre Schulter und sagte: „Beinahe perfekt. Nur eines."

Simone hob die Augenbrauen. „Ja?"

„Du bist zu ernst. Du machst ein Gesicht, als ob du eine Bestmarke im Kellnern aufstellen wolltest. Das macht die Gäste nervös. Denk daran: Die setzen sich ins Melzi, weil sie eine angenehme Atmosphäre genießen wollen und nicht, damit man ihnen in Rekordzeit den Wein vor die Nase knallt."

„Oh", machte sie. „So schlimm?"

Abou tätschelte ihre Schulter. „Du darfst ruhig effizient sein, habe ich nichts dagegen. Aber entspanne dich ein wenig. Lächle gelegentlich. Das geht so." Er setzte ein breites, theatralisches Grinsen auf. Simone musste lachen. Abou hob den Zeigefinger. „Als Kellnerin bist du auch dafür verantwortlich, wie sich ein Gast fühlt. Das ist kein einfacher Job. Wird von den meisten unterschätzt. Schaffst du das?"

Simone nickte entschlossen.

„He, langsam", sagte Abou. „Du darfst auch nicht zu stark grinsen. Das könnte die Leute noch mehr erschrecken. Denk an den Joker von Batman!"

Sie knuffte ihn mit der Faust. „Dummkopf. Danke." Die beiden umarmten einander.

Als Simone in dieser Nacht ins Bett sank, war ihr, als sei sie in ihrem ganzen Leben noch nie so müde gewesen.

Trotzdem saß sie plötzlich aufrecht. Sie knipste das Licht an und warf einen Blick auf den Papierkalender auf ihrem Nachttisch. *„Merde!"*

Nach dem Wochenende würde sie ihren ersten freien Tag haben. Und genau der war rot eingekreist. Daneben standen die Worte „Marcel" und „Reise".

Und obwohl sie vor Erschöpfung keinen Meter geradeaus denken konnte, brauchte sie gut eine halbe Stunde, bis sie in einen unruhigen Schlummer fiel.

„Alors bien."

Marcel Gauthier blickte ins Leere. Er hatte nun schon zwei Mal *„Alors bien"* gesagt, was normalerweise die Einleitung zu einer Widerrede war. Wann immer er meinte, dass Simone unrecht hatte, sagte er zunächst *„Alors bien"*. Es hatte etwas Richtendes an sich, und das störte sie. Allerdings konnte sie in diesem Moment gut verstehen, warum Marcel nichts anderes einfiel als *„Alors bien"*. Das Gegenargument, wenn es denn eines gab, blieb jedoch unausgesprochen.

Sie saßen in einem Café in Amboise, natürlich nicht im Melzi, und Simone hatte Marcel gerade mitgeteilt, dass aus der Reise nichts wurde. Zu viel Arbeit. Zumal mit ihrem Nebenjob.

Die Entscheidung war ihr am Ende leichtgefallen. Wenn sie drei Wochen lang in den USA herumtourte, würde sie drei Wochen lang keinen Cent verdienen. Damit war die nächste Kreditrückzahlung der Domaine in Gefahr. Allein die Idee, sich in Übersee der Illusion eines Luxuslebens hinzugeben, während zu Hause der Verputz von den Wänden bröckelte und ihr Vater mit all den Problemen allein fertig werden musste, erschien ihr absurd. Das brachte sie nicht über sich.

„Es hat nichts mit dir zu tun“, sagte sie leise und griff nach seiner Hand. „Nichts mit uns.“

„*Alors bien*“, wiederholte Marcel und setzte erneut zu einer Widerrede an, die dann nicht kam.

Er mied ihren Blick, und für eine lange Weile war es ruhig am Tisch, weil er nicht einmal mehr „*Alors bien*“ sagte. Einige Male schien er etwas sagen zu wollen, doch bewegte sich nur sein Mund, ohne dass ein Ton herauskam. Simone wurde zusehends unwohl. Enttäuschung hatte sie erwartet, doch Marcels Reaktion sah mehr nach einem Schock aus. Offenbar hatte er nicht im Traum damit gerechnet, dass Simone ein derart verlockendes Angebot ablehnen könnte. Oder irgendjemand.

„Es tut mir leid“, brach sie die eisige Stille. „Ist einfach ein schlechter Moment.“

Marcel blies die Backen auf und nickte. „*Effectivement.*“

„Aber diese Momente gehen genauso vorbei wie die guten“, hörte Simone sich sagen und staunte über ihre eigenen Worte. Sie runzelte die Stirn. Wo hatte sie das gehört? Ah, sie erinnerte sich: Diesen Ratschlag hatte der alte Pensionsbesitzer in Paris dem jungen Studenten Frank Jaeger gegeben, als der im Begriff war, wegen einer enttäuschten Liebe bei der Fremdenlegion anzuheuern.

Marcel bemerkte offenbar, wie sich ihr Gesichtsausdruck aufhellte. „Was ist los?“

„Gar nichts.“ Sie fuhr mit der Hand durch die Luft, wie um eine Fliege zu verscheuchen. „Nur ein Gedanke.“

„Ein Gedanke. *Alors bien.*“

„Marcel!“ Nun musste sie beinahe grinsen. „Wirst du eine Stunde lang nichts anderes sagen als *alors bien?*“

„Ehrlich gesagt …“, er starrte auf das Glas Café au Lait, das vor ihm auf dem Tisch stand, „… weiß ich nicht, was ich sagen soll.“ Er legte die Hände zusammen und blickte sie nun endlich an. „Du arbeitest als Kellnerin. Warum hast du nicht vorher mit mir darüber gesprochen?“

Sie verzog den Mund. „Wenn ich Zweifel gehabt oder deinen Rat benötigt hätte, dann hätte ich selbstverständlich mit dir darüber gesprochen. Aber die Situation war für mich klar.“

„Darum geht es nicht“, sagte er. „Ich meine, wir haben doch ein vertrauliches Verhältnis. Du weißt, was ich für dich empfinde. Dir muss doch klar sein, dass eure Schwierigkeiten mir nicht egal sein können.“ Er stockte. „Verdammt! Mein Gequatsche damals im Restaurant – das ist schuld! Ich hätte dich nicht so erschrecken dürfen mit meinen Geschichten über die Schlossbesitzer und ihre Probleme. Und nun arbeitest du als *Kellnerin!*“

„*Bétise!*“, erwiderte Simone sanft. Sie fand es süß, wie er die Verantwortung nun bei sich suchte. Und war erleichtert, dass sie das süß fand. Denn vorher hatte es beinahe so geklungen, als müsste sie bei ihm die Erlaubnis einholen, um einen Nebenjob als Kellnerin anzunehmen. Und es hatte geklungen, als ob ihn dieser Punkt besonders störte: Seine Freundin ging einer niedrigen Beschäftigung nach!

Simone unterdrückte ihre Irritation und beschloss, Marcels Haltung als noble Besorgnis zu interpretieren.

Über die Episode mit ihrem Vater wollte sie bei allem Vertrauen nicht sprechen. Das ging Marcel nichts an, fand sie.

„Wirst du jetzt tatsächlich absagen?", setzte sie nach. „Das kann ich kaum glauben. So eine tolle Reise! Ist doch auch ohne mich ein Hammer."

Marcel schüttelte traurig den Kopf. „Rede keinen Unsinn! Wie soll ich das genießen, wenn du nicht dabei bist?"

Wieder verstrichen einige Minuten, in denen sie beide nur ihren Kaffee umrührten und im Lokal umherblickten. Simone war beeindruckt, dass ihr Freund auf eine Traumreise verzichten wollte, nur weil sie zu Hause bleiben musste. Sie hatte ihn bisher für einen reinrassigen Yuppie gehalten. Wie jeder Mensch hatte er seine Vorzüge und Fehler. Seinen Hang zum oberflächlichen Vergnügen hatte sie als Marotte vermerkt, die sie tolerieren, aber nicht wirklich schätzen konnte. Weil er sie nicht drängte, an seinen Unternehmungen teilzuhaben, störte sie sich nicht daran. Er hatte seine Freunde, er hatte seinen Bruder, er war sehr oft ohne sie unterwegs. Dass er dabei Affären hatte, wollte sie nicht zur Gänze ausschließen, erschien ihr jedoch unwahrscheinlich. Es war zumindest kein Thema, das sie nachts am Schlafen hinderte.

Vielleicht gab es momentan gar kein Thema, das in der Lage war, sie nachts wach zu halten. Nach ihrer ersten Arbeitswoche im Melzi wäre sie an ihrem ersten freien Tag vor Erschöpfung am liebsten gar nicht aufgestanden.

Marcel blickte sie prüfend an. Für einen Moment fürchtete Simone, er würde nun Schluss mit ihrer noch schüchternen Beziehung machen. Einfach aufstehen und gehen und sich nie mehr melden. Was ging ihm durch den Kopf? Möglicherweise hatte er die gemeinsame Reise als Auftakt zu einem neuen Lebensabschnitt geplant. Nach der Devise: schöne Momente teilen.

„Tut mir leid, dass ich so ein Gesicht mache", sagte Marcel dann. „Ich krieg heute kein Lächeln zustande. Weiß gar nicht, wie ich den nächsten Kundentermin überstehen soll. Der Typ wird glauben, dass ich aus der Bestattungsbranche komme."

Simone musste lachen. Es hatte etwas Befreiendes. Schließlich verzog sich auch Marcels Gesicht zu einem, wenn auch säuerlichen, Grinsen.

„Das wäre doch eine Alternative", scherzte sie. „Bestattungen sind immer ein Geschäft, da gibt es nicht dieses lästige Auf und Ab in der Konjunktur. Hast du dir noch nie überlegt?"

„Sehr witzig."

Simone setzte schon zu einer Blödelei über Marcel als Makler für Särge und Gräber an, da kam ihr eine Idee. „Darf ich das Thema wechseln?"

Marcel seufzte und vollführte eine einladende Handbewegung. „Ich bitte darum, *mon poussin.*"

Sie fletschte die Zähne. „*Alors bien, mon agriculteur.* Der Deutsche kommt zu Besuch."

Seine Miene verfinsterte sich. „Welcher Deutscher?"

„Na, der, von dem ich dir erzählt habe. Dessen Großvater im Krieg unseren Weinkeller geplündert hat."

„Ach, die Nazi-Truppe." Er nickte. „Und jetzt kommt der Enkel zu Besuch. Eine schöne Geschichte von Reue und Versöhnung. So stelle ich mir das geeinte Europa vor. *Voilà*, ist doch erhebend!"

„Das wird kein Nostalgie-Meeting." Sie pochte auf den Tisch. „Wir wollen einer Geschichte auf den Grund gehen, die niemand in der Familie kannte."

„Von damals? Wozu?"

Sie breitete die Arme aus. „Uns kann doch nicht egal sein, was früher geschehen ist. Vielleicht machen wir uns ein falsches Bild. Woran denkst du, wenn du einen Deutschen siehst?"

Marcel lehnte sich zurück und hob aufzählend die Hand. „Neuschwanstein ..."

„Klar!", rief Simone aus und schüttelte den Kopf. „Ein Schloss natürlich! Was für ein Immobilienmonster du bist!"

„Nein, warte", wehrte er sich. „Was noch? Fußball. Thyssenkrupp. Oktoberfest. Ah, und Matze!"

„Matze?"

„Ein Verrückter aus unserer Canyoning-Gruppe."

„Und der Krieg, die Besatzungszeit?"

Marcel wischte über den Tisch und zuckte die Achseln. „Kein Thema. Ich habe keine Angst vor deutschen Panzerdivisionen."

Sie zeigte auf ihn. „Siehst du!"

„Was?"

„Panzerdivisionen. Das Wort." Sie klopfte sich auf den Kopf. „Das Bild ist in dir drin. Deutsche und Panzer."

„Na und? Die Deutschen haben den Leopard, wir haben den Leclerc. Und heute schießen wir nicht mehr aufeinander, sondern in dieselbe Richtung. Warum soll mich das Thema kümmern? Und was ist das überhaupt für eine Geschichte?"

„Anscheinend ist damals etwas passiert, was … es klingt absurd. Einer der Soldaten soll einer Französin das Leben gerettet haben. Davon weiß hier niemand etwas. Aber wenn es wahr wäre …"

Ihr Gegenüber winkelte die Arme ab. „Was dann?"

Simone fasste sich ans Kinn und meinte nachdenklich: „Marcel, ich glaube, wir denken da grundverschieden. Findest du das gar nicht interessant?"

„Doch, interessant schon. Ich würde nur keine Oper darüber schreiben. Diesen Mann … wie heißt er noch?"

„Frank Jaeger."

„Ja, Frank Jaeger." Marcel sprach den Namen mit einer seltsamen Betonung nach. „Der interessiert dich wohl. Das ist der eigentlich Grund, warum dich die Geschichte fasziniert."

Simone stemmte die Fäuste in die Hüften. „Du bist ja verrückt."

„Ha!" Er zeigte mit dem Finger auf sie. „Ich habe dich ertappt. Du sitzt einem Mann gegenüber, der mehrere Seminare über Körpersprache besucht hat. Eine grundlegende Fähigkeit für einen Verkäufer. Darauf basiert mein Erfolg."

„Großartig", erwiderte Simone und packte so viel Ironie wie irgend möglich in ihre Stimme. „Und was hat man dir dort beigebracht? Dass Frauen sich für ein Thema nur dann interessieren, wenn der Umgang mit einem attraktiven Typ inkludiert ist? Mein Gott, was für ein sexistisches Gewäsch. Ehrlich, Marcel …"

Er grinste sie an. „Ich wollte dich nur testen. Deine heftige Reaktion verrät, dass es tatsächlich so ist."

„Ah ja?“ Sie streckte ihm die Zunge raus.

„Attraktiver Typ. Deine Worte, Simone! Den möchte ich unbedingt kennenlernen. Wäre das möglich?“

„Na klar“, versicherte sie, und ihr wurde im selben Augenblick bewusst, wie eifrig sie versuchte, seinen Verdacht zu zerstreuen. „Wir organisieren ein gemeinsames Essen. Ich weiß nur nicht, wann sie ankommen. Irgendwann nach Weihnachten. Ich geb dir Bescheid.“

„Warum *sie*?“

„Er kommt mit einer Frau“, fügte Simone mit Nachdruck hinzu. „So, da hast du’s. Idiot! Der Deutsche, den ich deiner Meinung nach anhimmle, kommt mit einer *nana* hier an.“ Ihre Hände machten eine flatternde Geste dazu. „So, was ist jetzt mit deiner Theorie?“

„Ah“, machte er. „Seine Freundin, seine Frau?“

„Weiß ich doch nicht. Ich weiß nur, dass sie die Enkelin eines anderen Soldaten ist, der damals bei uns …“

„Verstehe. Das wird ein richtig historisches Treffen. Ich will natürlich beide kennenlernen. Das finde ich nun wirklich interessant.“ Er lächelte ihr zu. Es sah ganz so aus, als wäre er nicht mehr sauer.

Simone war stolz auf sich. Es war ihr gelungen, das Treffen mit einer positiven Note ausklingen zu lassen. Keine leichte Aufgabe, denn ganz offensichtlich war ihr Nein zu dieser Reise ein harter Schlag für Marcel.

Doch ging ihr danach eine Frage durch den Kopf, die ihr keine Ruhe ließ: Warum zeigte Marcel so viel Interesse an Frank? Und warum war sie selbst so gespannt darauf, Isabelle kennenzulernen?

Was danach geschah, überdeckte für einen Moment das eigentliche Rätsel. Nämlich die Frage, ob ein Mitglied des berüchtigten Polizeibataillons 344 nach dem

Krieg die Geschichte von der Rettung einer Französin erfunden hatte, um sich reinzuwaschen. Oder ob sie einen wahren Kern hatte.

Kapitel 11

An Weihnachten existierte in der Domaine de Charente ein Ritual, das eigentlich in Stein gemeißelt war. Am 24. Dezember bereiteten Simone und ihr Vater den ganzen Tag über ein spezielles Abendessen zu, das sie dann jedoch ohne großes Zeremoniell verspeisten. Christbaum wurde keiner aufgestellt, stattdessen erstrahlte eine der Koniferen, die den Platz vor dem Schloss säumten, im Glanz leuchtender Girlanden. Auf dem Tisch stand ein trockenes Blumengesteck und verbreitete gemeinsam mit einer Kerze eine leise Ahnung von Weihnachtsstimmung. Weihnachtsmusik war tabu, die tönte ihnen sowieso schon seit Mitte November entgegen, sobald sie das Weingut verließen. Geschenke hingegen waren erlaubt und somit Pflicht. Jeder legte dem anderen eine Kleinigkeit ins Bett und am folgenden Morgen tauschten sie ihre Eindrücke aus und tarnten ihre Dankbarkeit mit schlichter Freundlichkeit. Die beiden Feiertage riss dann jeder aus, wie er mochte, um den weiteren Verwandtschaftskreis oder Freunde zu besuchen. Arbeit gab es immer, darum herrschte nur eine gedämpfte Festatmosphäre.

Doch in diesem Jahr war alles anders. Es begann damit, dass Vincent sich wenige Tage vor Weihnachten das ganze Frühstück über immer wieder räusperte.

„Raus damit“, sagte Simone und legte ihre Baguette
auf ihn an. „Was willst du mir sagen? Da ist etwas im
Busch, das mir nicht gefallen wird – stimmt's?“

Vincent kaute übertrieben lang herum und räusperte
sich wieder. Dann strich er seufzend mit der Hand über
den Tisch.

„Mon Dieu!“, rief Simone aus. „Lass mich raten: Der
Weinkeller ist eingestürzt. Du wirst nach Australien
auswandern. Die Reblaus hat alle Weinfelder vernichtet. Du musst dringend zum Zahnarzt. Oder – Gott be-
wahre! – der FC Tours hat schon wieder verloren.“ Sie
musterte ihren Vater. Er konnte sich nicht verstellen.
Nicht ihr gegenüber. Simone gelang es nicht, ein Grinsen zu unterdrücken. *„Allez*, spuck es schon aus!“

„Laurie, äh …“

Sie verdrehte die Augen.

„Was machst du für ein Gesicht?!“, schnauzte Vincent.
„Ich sage nur ,Laurie‘, und du verziehst das Gesicht.“

„Verzeih, verzeih! Es tut mir leid. Also. Laurie …?“

„Ist zu Weihnachten allein. *Voilà.* Ihre Eltern haben
beschlossen, gemeinsam mit einer ihrer Schwestern
eine Kreuzfahrt im Mittelmeer zu machen. Ist zwar der
blödeste Zeitpunkt dafür, aber wenn jemand Weihnachten mit Seekrankheit verbringen will, sollte man
ihn an seinem Glück nicht hindern. *Voilà.* Und ihr
Sohn, der ohnehin wenig von ihr wissen will, bleibt in
Montpellier bei seiner Freundin, genauer gesagt bei deren Eltern. Scheint etwas Ernstes zu sein. Deshalb ist sie
allein. *Voilà.*“

Simone nickte resignierend. „Ich sehe, worauf das
hinausläuft.“

„*Voilà*", wiederholte Vincent. „Das ist die Situation. Hättest du etwas dagegen, wenn sie ... also wenn sie ...?"

„Mein Gott, natürlich nicht!", erwiderte Simone.

„Was soll dieser Ton?", schimpfte Vincent. „Wenn du dich so aufführst, lassen wir's lieber bleiben. Dann soll sie allein zu Hause sitzen, und das war's dann. Frohe Weihnachten!"

„Werde jetzt nicht pathetisch", wies Simone ihn zurecht und war zugleich wütend über ihre schlechte Laune. Das hatte ihr Vater nicht verdient. Irgendwie beneidete sie ihn. Ihr wäre es nicht im Traum eingefallen, Marcel zum Weihnachtsessen einzuladen. Mit ihm würde sie wieder in einem Café sitzen, und er würde ihr ein elektronisches Gadget schenken, das mit etwas Glück brauchbar war und in ihr Appartement passte. Und vielleicht auch Schmuck, obwohl er mittlerweile wissen sollte, dass sie nur selten Schmuck trug und wenn, dann nur sehr persönlichen. Marcel hatte noch nie erraten, was zu ihr passte. Vincent hingegen schien von dieser Laurie wie verhext. Das wäre schön, wenn Laurie ihr sympathisch wäre. Aber die Frau schien sich jedes Mal wie über ein Minenfeld zu tasten, wenn sie zu Besuch kam. Blickte nur erschrocken in alle Richtungen, als hätte sie panische Angst davor, etwas falsch zu machen. „Sie stammt aus einfachen Verhältnissen", dozierte Vincent danach immer wieder. „Das Schloss macht sie nervös. Und du machst sie nervös."

Oh ja! Mit ihren „intellektuellen Fragen"! Simone musste eine Willensanstrengung unternehmen, um nicht beim bloßen Gedanken wieder mit den Augen zu rollen. Schon die Frage, ob sie denn einen bestimmten Film gesehen habe und welche Musik ihr denn gefalle oder welche Bücher sie gerne lese, schien Laurie an den Rand eines Nervenzusammenbruchs zu führen. Simone traute sich deshalb nicht mehr zu fragen. Über Frisuren wollte sie nicht reden, das Thema interessierte sie null. Die Bitte, den Salzstreuer rüberzureichen, war schon ein Gipfelpunkt der Konversation.

„Natürlich kann sie kommen", sagte Simone und nahm sich vor, das Weihnachtsessen als Herausforderung zu sehen. Sie hatte noch zwei Tage Zeit, um an Strategien zu feilen, damit der Abend nicht zur Katastrophe wurde. An ihrem guten Willen sollte es nicht fehlen.

„Wir haben gedacht, sie bringt die Vorspeise mit", ging Vincent zum praktischen Part über.

„Gute Idee. Sie hat ein Händchen dafür." Simone gratulierte sich innerlich für ihre positive Bemerkung. Ein Anfang war gemacht.

Mehrere Minuten verstrichen in beidseitigem Schweigen. Dann brummte Vincent: „Und was ist mit dem Fritz? Weißt du schon, wann er kommt?"

„Der Fritz kommt nicht allein, sondern mit einer Fritzin. Und nein, keine Ahnung, wann die beiden kommen. Wahrscheinlich müssen sie beide zuerst Weihnachten feiern, das machen die Deutschen ja gern. Übrigens muss ich am 26. Dezember arbeiten. Einer Kellnerin ist im letzten Moment eingefallen, dass sie eine Familie hat und dass Weihnachten ist."

„*Putain!*", stieß Vincent aus. „Kommt auch immer so überraschend, dieses Weihnachten. Schleicht sich an und zack! – plötzlich steht es vor der Tür. Kein Wunder, dass die Leute überrumpelt werden."

„Dabei wirkt sie gar nicht so doof", merkte Simone an.

Vincent vollführte eine wegwerfende Geste. „Die übt den intelligenten Blick vor dem Spiegel." Er schnitt eine Grimasse, die intelligent wirken sollte. Simone musste lachen. Ihr Vater fühlte sich ermutigt, das Thema zu vertiefen: „Wo kommt sie denn her, die brillante Planerin?"

„Ihre Familie lebt in Nantes."

„Nantes!", spuckte Vincent aus. „Die spinnen doch alle in Nantes."

Es tat gut, gemeinsam über etwas zu schimpfen, dachte Simone. Das rettete immer wieder die Stimmung bei ihren Mahlzeiten. Für den Weihnachtsabend mit Laurie allerdings musste sie sich etwas Originelleres einfallen lassen.

Wie entsteht Liebe? Für Simone war es ein bleibendes Rätsel. Verstohlen betrachtete sie Laurie, wie sie gekleidet war, was sie sagte und wie sie sich bewegte, und fragte sich, worin genau ihr Vater sich verliebt hatte.

Laurie Duval war keine attraktive Frau. Sie hatte ein diskret fliehendes Kinn und eine diskret vorspringende Oberlippe, was ihrem Profil etwas Aerodynamisches verlieh. Simone konnte sich diese Frau gut auf einer Vespa vorstellen, die Nase in den Fahrtwind gereckt. Ihr Alter kannte Simone nicht, aber sie schätzte es auf knapp über vierzig. Offenbar pflegte sie ihre blasse Haut sehr sorgfältig. Etwas viel Schminke, aber das mochte auch dem Anlass geschuldet sein. Die Frisur war kokett, asymmetrisch, mit einem Zopf schräg nach links und einer schwarzen Schleife.

Was die Kleidung betraf, schien sie unsicher gewesen zu sein, weshalb sie zur Gänze auf Schwarz und

Schlicht gesetzt hatte, ein goldrotes Medaillon auf der Brust als einziger farbiger Kontrapunkt. Mit Schwarz konnte man nichts falsch machen. So verbarg sie auch ihre halb schlanke Figur.

Gleich zu Beginn lieferte Laurie eine Kostprobe ihrer Tollpatschigkeit. Kombiniere niemals Stöckelschuhe mit schweren Lasten! So stand sie vor der Tür, mit einer riesigen tragbaren Kühlbox in der Linken und einer Flasche Champagner in der Rechten, und lächelte gequält, weil eine halbe Tonne Köstlichkeiten an ihren dünnen Armen zerrte. Dabei hielt sie mit sichtbarer Mühe das Gleichgewicht auf ihren eleganten Schühchen. Simone sah Laurie vor ihrem inneren Auge bereits umgeknickt und mit dicken Gipsverbänden im Krankenhaus.

„Aber warum hast du nichts gesagt?!", rief Vincent aus und griff nach der Kühlbox.

„Ich wollte euch keine Umstände machen", erwiderte Laurie mit ihrer etwas fiepsigen Stimme.

Schon geht es los, dachte Simone. Die Laurie-Show. Sie zwang sich zu einem Lächeln und bat die Besucherin um ihren Mantel. Laurie lehnte dankend ab, ihr sei ein wenig kalt. Aber drinnen war ihr nach fünf Minuten zu warm, und beim Ausziehen des Mantels fegte sie beinahe den Champagner vom Tisch.

„Schau sie nicht so prüfend an!", zischte Vincent, als er mit seiner Tochter in der Küche die Kühlbox leerte. „Du machst sie wieder nervös!"

Simone wollte widersprechen, sagte dann aber gar nichts. Sie hatte sich eine Meisterübung in Geduld und Friedfertigkeit vorgenommen.

„Was stehst du hier rum?“, fauchte Vincent, der offenbar keine guten Vorsätze in dieser Richtung hegte. „Versteck dich nicht hier in der Küche. Geh zu ihr, und mach Konversation, ich schaff das schon.“

Beschwichtigend hob Simone die Hände. *„D'accord, d'accord, d'accord!“*

Na dann. Konversation machen. Mit Laurie. Betont langsam schlenderte Simone ins Esszimmer, wo die Besucherin sich umblickte, als sei sie zum ersten Mal hier. Dem folgte ein angestrengtes Lächeln. „Was habt ihr verändert? Ihr habt doch irgendetwas verändert?“

Oh Gott. Sie hatten gar nichts verändert. Simone zuckte die Achseln und erwiderte bemüht freundlich: „Wahrscheinlich wirkt das nur so, weil wir sauber gemacht haben.“

Es war als Scherz gemeint, aber Laurie starrte sie nur an. „Das war doch nie schmutzig hier!“

Simone zeigte auf das Blumengesteck. „Wahrscheinlich deswegen. Unser Weihnachtsschmuck. Hast du unseren Christbaum gesehen? Ach, den haben wir gar nicht eingeschaltet!“ Sie erhob sich und lief in den Korridor, um die Beleuchtung der Weihnachtskonifere einzuschalten. Als sie sich umwandte, hätte sie beinahe Laurie über den Haufen gerannt.

„Ich wollte das nur sehen, Pardon!“, haspelte Laurie und breitete die Arme aus, um ihr Gleichgewicht zu halten. „Wo ist sie denn, die Konifere?“

Simone war drauf und dran, sich über die Frau lustig zu machen. Ja, wo ist sie denn wieder hingerannt, diese quirlige Konifere? Doch sie beschloss, ihre Gedanken über Laurie in die Tiefen ihres Bewusstseins zu verbannen. „Die Konifere steht draußen herum und wartet auf Publikum. Komm mit raus!"

So gingen sie auf den Platz. Wieder einmal erlebte das Loire-Tal grüne Weihnachten. Der Anfang Dezember gefallene erste Schnee war schon lange geschmolzen, doch es war kalt, und ein eisiger Wind blies von Norden. Simone überlegte, wie sie Laurie die Nervosität nehmen konnte, und legte ihr eine Hand auf die Schulter. „Da hast du ihn, unseren Christbaum."

Laurie kniff die Augen zusammen. „Beeindruckend. Das strahlt ja wunderbar! Wie viele Glühbirnen habt ihr denn aufgehängt?"

„Zweihundertvierundfünfzig", erfand Simone eine Zahl. „Das ist der Vorteil, wenn der Christbaum draußen steht. Keine räumlichen Beschränkungen, wir können dem Kitsch freien Lauf lassen."

„Das ist doch kein Kitsch!"

„Das war ein Scherz."

„Oh." Laurie hielt die Hand vor den Mund. „Bin ich dir wieder in die Falle gegangen." Sie schien noch etwas sagen zu wollen oder auf eine Erwiderung zu warten, doch Simone setzte nur eine freundliche Miene auf und stellte auf Empfang.

„Wenn ich unsere Kundinnen bediene", sagte Laurie dann, „mache ich gerne Konversation, typisch für eine Friseurin. Und zu beinahe allen finde ich früher oder später einen Zugang. Ich komme mit allen ins Gespräch, und wir finden ein Thema, über das wir plaudern können. Das ist wichtig, denn die Kundinnen sitzen ja oft eine Stunde oder mehr, bis wir fertig sind. Aber gelegentlich sitzt da eine Frau, mit der ich mich einfach nicht verstehe. Es kommt sehr selten vor, aber es geschieht. Simone …“, Laurie suchte nach Worten und schien kurz davor, in Tränen auszubrechen, „… ich … ich.“

„Mach dir keine Sorgen“, sagte Simone. „Ist nicht deine Schuld, ich bin einfach merkwürdig.“

„Ausgerechnet die Tochter des Mannes, den ich liebe!“, schluchzte Laurie.

„Die Tochter hat Hunger und erinnert sich an ein kriminell gutes Gelee, das eine gewisse Laurie Duval zubereitet hatte. Die hat bestimmt wieder etwas Sensationelles mitgebracht. In *der* Sprache erreichst du mich immer. Und an dem anderen arbeiten wir. Einverstanden?“ Sie klopfte Laurie auf die Schulter. „Komm rein, sonst holst du dir eine Lungenentzündung. Ich bringe dir ein Papiertaschentuch. Wisch dir um Himmels willen die Tränen ab, mein Vater glaubt sonst, ich hätte dir eine geknallt.“ Und als Laurie sie wie erschrocken anstarrte, fügte Simone zur Sicherheit hinzu: „Wieder ein Scherz. Haha.“

Doch als sie wieder am Tisch saßen, erkannte Vincent blitzartig Lauries rot verweinte Augen und war drauf und dran, Simone eine Szene zu machen. Umso verblüffter war er, als beide heftig auf ihn einredeten und sich am Schluss sogar umarmten, um zu demonstrieren, dass er falschlag.

An diesem Abend hatte Simone nach langer Zeit wieder das Gefühl, etwas richtig gemacht zu haben. Doch selbst in den Momenten, da ein Engel durchs Zimmer schwebte und die Konversation gefährlich Richtung Wetter driftete, blieb ausgerechnet jenes Thema unerwähnt, das die Familie Mary besonders beschäftigen sollte. Und das schon bald mit einem Knalleffekt die Aufmerksamkeit auf sich ziehen würde.

Auf den Knalleffekt hätte Simone gerne verzichtet.

Kapitel 12

Nur einen Tag konnte Simone ausruhen. Schon am 26. Dezember schwang sie sich am Vormittag auf ihr Rad und fuhr nach Amboise. Die Kälte hatte ihre Schärfe verloren, doch ein beständiger Nieselregen sorgte für Kater-Ambiente und eine erste Gelegenheit, Lauries Weihnachtsgeschenk einzuweihen: eine schreiend gelbe Regenjacke mit ausreichend vielen Taschen, um organisatorisch minderbegabte Personen an den Rand einer Nervenkrise zu führen.

Simone schob ihr Rad durch den Hintereingang des Melzi und stellte es im Gang zum Lagerraum ab. Trotz der beiden Ruhetage, die sie gerade hinter sich hatte, fühlte sie sich schlapp und lustlos. Für einen Moment ging ihr der Gedanke durch den Kopf, dass sie und Vincent mit dem Verkauf der Domaine für Jahre ausgesorgt hätten. Dass sie an einem grauen Tag wie diesem einfach im Bett bleiben und ein Buch lesen könnten. *„Mon Dieu"*, murmelte sie dann. „Was ich heute für einen Mist zusammendenke."

Sie band sich die Schürze um und grüßte Lucas, der in Abwesenheit von Abou das Regime führte. Sie und Lucas waren an diesem Vormittag allein, obwohl das Café gerade an Festtagen keinen schlechten Umsatz machte. Das Melzi war die ideale Zuflucht für alle, denen über Weihnachten zu Hause die Decke auf den Kopf fiel.

Obwohl das Café gerade erst geöffnet hatte, saß bereits ein Dutzend Gäste an den Tischen. Simone wieselte durch den Raum und nahm Bestellungen auf. Als sie mit dem ersten Tablett voller Café au Lait, Gebäck und Orangensaft zurückkehrte, hatte wieder ein Paar Platz genommen. Das würde schwierig heute, dachte sie. Nur nicht den Überblick verlieren. Verstärkung kam erst um zwölf, wenn die Küche warme Speisen anbot. Bis dahin musste sie allein klarkommen.

Mit Mühe zwang sie ein Lächeln auf ihr Gesicht, als sie auf den Tisch mit den gerade angekommenen Gästen zusteuerte. Die beiden waren in die Getränkekarte vertieft.

„Bonjour, Messieurs“, sagte Simone eine Spur weniger herzlich als sonst. „Frohe Weihnachten. Was darf ich bringen?“

Der Gast hob den Kopf. Sie kannte diesen Mann.

„Hans!?“, rief Simone so laut, dass an den Nebentischen die Gespräche verstummten.

Frank Jaeger machte ein Gesicht, als hätte man ihm gerade zum zweiten Mal den Computer geklaut. „Simone? Ich wusste nicht, dass du ...“

„Wieso Hans?“, fragte die Frau an seiner Seite.

Erst jetzt nahm Simone die Begleiterin wahr. Eine sehr gut aussehende Frau mit einer unglaublichen Ausstrahlung. Blass, zu einem Pferdeschweif gebundenes blondes Haar, Bluejeans-Bluse. Sie schien die Situation komisch zu finden und stieß Frank an. „Du bist unter falschem Namen unterwegs? Cool!“

Irritiert winkte er ab. „Nein, sie nennt mich so, weil …“

„Weil er unter falschem Namen unterwegs war“, ergänzte Simone und stützte sich an einem Stuhl ab. Dass Frank, der sie als Schlossbewohnerin im Gedächtnis hatte, sie nun als Kellnerin erlebte, störte sie nicht grundsätzlich. Von dem Nebenjob hätte sie ihm ohnehin erzählt. Aber das hatte sie eben noch nicht getan. Und nun hatte er sie „erwischt“. Als ob sie das heimlich machte. Sie stand wie eine ertappte Hochstaplerin da. *Das* störte sie.

Und was tat er hier in Amboise, ohne der Familie Mary Bescheid zu geben? Vielleicht gab es noch weitere Gründe, aus denen sie jetzt sauer war und momentan außerstande, ein großes Geheimnis daraus zu machen. „Warum zum Teufel hast du uns nichts gesagt? Wann seid ihr denn angekommen?“

Frank sagte leise: „Gestern“, und duckte sich ein wenig, als fürchtete er, eine übergebraten zu bekommen. „Aber sehr spät. Das ist übrigens Isabelle Danner-Faunwald.“ Und mit einer mikroskopischen Geste Richtung Simone: „Isabelle – Simone Mary, wir haben über sie gesprochen.“

Isabelle erhob sich, und sie tauschten einen Wangenkuss aus. „*Enchantée!*“

Verwirrt schüttelte Simone die angebotene Hand und fletschte die Zähne im Bemühen, ein Lächeln zu zeigen. „*Enchantée*, Isabelle. Erzähl mir jetzt nicht, ihr seid in einem Hotel!“

„Les Veuves“, informierte sie die Begleiterin. „Gästezimmer. Blick auf die Loire und eine Tankstelle.“

„Wir wollten heute anrufen“, sagte Frank. „Und euch dann besuchen.“

„Das versteh ich nicht“, sagte Simone und schüttelte den Kopf. „Wir haben doch ein Zimmer für dich. Wir haben sogar zwei Gästezimmer.“ Ihr Seitenblick streifte Isabelle. „Egal.“ Simone zückte den Block. „Was darf ich euch bringen?“

Für ein paar endlose Sekunden herrschte betretenes Schweigen.

„Leute, tut mir leid, wir müssen das später besprechen“, drängte Simone. „Ich bin allein und muss weitermachen. Also?“ Sie hob den Kugelschreiber.

„Für mich einen Kamillentee“, sagte die Begleiterin. Simone staunte kurz über ihre nahezu akzentfreie Aussprache.

„Und du, Hans?“

„Hans!“, gluckste Isabelle und lächelte ihren Begleiter fröhlich an. „Den Part erklärst du mir noch.“

„Einen *Café americain* und ein Croissant bitte“, sagte Frank und wollte etwas hinzusetzen, doch Simone stoppte ihn. „Später, okay?“

Die beiden blieben gut eine Stunde. Simone spürte ihre Blicke und beschloss, sich auf ihre Arbeit zu konzentrieren. Sie hatte nicht einmal Zeit, Vincent anzurufen, damit der die Gästezimmer vorbereitete. Wie konnte Frank ohne Vorwarnung anreisen? Diese Zurückhaltung, mein Gott!

Insgeheim hoffte Simone, die Deutschen würden lange genug bleiben, damit ihre Kollegin kassieren konnte. Doch vergeblich – Isabelle war es, die ihr ungezwungen zuwinkte und eine Rechnungs-Pantomime aufführte.

„Sechs Euro vierzig", sagte Simone zu Frank und zückte ihre gigantische Kellnerinnen-Brieftasche. „Und wenn du mir jetzt Trinkgeld gibst, schmier ich dir eine."

Frank lief rot an. Isabelle lachte sich kaputt. Simone bemühte sich um eine unbewegte Miene. Als die Transaktion beendet war, sahen sie einander an und wussten in diesem Moment nicht, was sie sagen sollten. Bis Simone auf die Uhr an der Wand blickte und vorschlug: „Ich muss ein paar Arrangements machen, aber heute Abend seid ihr bei uns, Koffer in der Hand." Sie klopfte auf den Tisch. „Hans kennt den Weg. Schönen Tag noch. Was macht Ihr eigentlich heute?"

„Wir wollten nach Chambord", sagte Isabelle. „Frank möchte mir die berühmte doppelte Wendeltreppe von Leonardo da Vinci zeigen."

„Ach", sagte Simone. „Du hast ja Glück, mit einem da-Vinci-Spezialisten unterwegs zu sein. Ähem. Hat das Schloss denn offen, jetzt zu Weihnachten?"

„Ja. Es war nur gestern zu." Isabelle strahlte. „Ich freue mich schon."

„Chambord ist großartig, wird dir gefallen. Dann viel Spaß! Bis heute Abend. Und Hans, pass auf deine Sachen auf!" Sie zwinkerte ihm zu. Er machte eine zerknirschte Miene. Ganz offensichtlich war ihm das Zusammentreffen genauso unangenehm gewesen wie ihr. Kaum waren sie draußen, fragte Simone sich, ob sie ihn nicht ein wenig zu hart angegangen war. Für einen Moment fürchtete sie gar, Frank verscheucht zu haben.

Als sie sich am Nachmittag auf den Heimweg machte, ging ihr jedoch ein ganz anderer Gedanke durch den Kopf. Sie waren schon ein hübsches Paar, Frank und Isabelle. Die Chemie zwischen den beiden schien perfekt. Und jetzt noch ein romantischer Ausflug nach Chambord und ein paar Tage als Privatgäste im Schlösschen der Domaine – wenn es da nicht funkte, war ihnen nicht zu helfen.

„Der Fritz wird etwas zu hören bekommen!", grüßte Vincent bei ihrer Ankunft. „Kenne sich einer aus mit den Deutschen. Entweder verwüsten sie dir das Land, oder sie trauen sich nicht mal, an die Tür zu klopfen. Und so was wollte Fremdenlegionär werden! Ah, *les boches!*" Er schüttelte den Kopf. „Bereisen die ganze Welt, aber das Reich der goldenen Mitte haben sie nie entdeckt."

Simone widersprach nicht. „Ich bereite dann mal die Zimmer vor", sagte sie.

„Wieso *die* Zimmer?", erwiderte Vincent. „Wir haben nur eines."

Simone erstarrte. „Das andere ist noch nicht fertig?"

Vincent ruderte mit den Armen. „Die Trottel von der Fensterfirma mussten die Fenster wieder mitnehmen, weil etwas nicht passte. Da steckt jetzt Karton in den Rahmen. Das kannst du niemandem anbieten, schon gar nicht einem Ehrengast." Sein Gesicht hellte sich auf. „Aber das Bett im anderen ist groß genug für zwei. Ist sie hübsch?" Er begann schallend zu lachen.

Simone blickte ihn müde an. „Du bist so was von macho-doof."

Als Franks weißer Skoda auf dem Kies des Vorplatzes ausrollte, war es bereits dunkel. Vincent hatte die Weihnachtsbeleuchtung der Konifere eingeschaltet und als weiteren Bonus die Fassadenbeleuchtung des

Schlösschens. Er schien sehr bemüht um einen guten Eindruck, beinahe nervös. Vincent war es auch, der Simone mit lautem Geschrei über die Ankunft der Gäste informierte.

„Ich komm ja schon!", rief Simone genervt zurück. Was war nur los mit ihrem Vater?

Gemeinsam traten sie vor das Gebäude. Frank und Isabelle standen neben dem Wagen und bestaunten das Panorama.

„Hallo und willkommen!", sagte Vincent. „Schon ein bisschen niederträchtig, dass Ihr vorher Chambord besucht habt. Dagegen wirkt unsere Baracke mickrig, aber gut – mit solchen Widernissen müssen wir leben im Loire-Tal. Komm her, Fritz!"

Frank trat zögernd näher und wurde von Vincent in eine gnadenlose Umarmung genommen. „Wir haben noch ein Wörtchen miteinander zu reden", warnte der Alte. „Symbolische Summe, was? Und dann sich in einem Hotel verstecken. Eine Tracht Prügel hättest du dir verdient!"

„Es tut mir leid", sagte Frank. „Ich wollte nicht mit der Tür ins Haus fallen, noch dazu am Weihnachtsfeiertag. Wenn ich geahnt hätte ..." Er gestikulierte hilflos. „Ihr seid wirklich sehr freundlich. Darf ich Ihnen meine Begleiterin vorstellen?"

Vincent funkelte ihn an. „Wenn du mich noch einmal siezt, dann knall ich dir wirklich eine. Hallo, schöne Dame!"

„Ich werde hier dauernd mit Ohrfeigen bedroht", kommentierte Frank Richtung Isabelle. „Das gehört zum lokalen Charme." Er wandte sich Simone zu.

„Hallo. Bist du mir noch böse? Da bin ich ja voll ins Fettnäpfchen getreten."

„Das haben wir gemeinsam hingekriegt", sagte sie beim betont formellen Wangenkuss.

Erst als sie im Haus waren, verkündete Vincent: „Wir haben übrigens ein kleines Problem. Eines der beiden Gästezimmer hat momentan keine Fenster. Wir haben deshalb nur ein Zimmer verfügbar. Aber wenn ..."

„Kein Problem", sagte Isabelle und grinste breit. „Ich habe Kondome mitgebracht."

Nach einer Schrecksekunde lachten alle, aber es klang ein wenig forciert. Vincent zuckte die Achseln. „Dann ist ja alles geklärt. Mir nach."

„Ist dir doch egal, oder?", fragte Isabelle und stieß Frank an.

„Wenn du nicht schnarchst – kein Problem", sagte der.

„Ich schnarche nicht!", erwiderte sie scharf. „Und du?"

„Keine Ahnung. Ich höre mir ja nicht zu, wenn ich schlafe."

„Passt mal auf, ihr Turteltäubchen", schaltete Vincent sich ein, während die Gruppe durch einen Gang manövrierte. „Wir können gerne auch eine Couch im Thronsaal herrichten. Falls das nicht klappt zwischen euch und einer aus dem Zimmer geschmissen wird."

„Keine Gefahr." Isabelle versetzte Frank einen spielerischen Boxhieb. „Wir haben sieben Stunden gemeinsam im Auto gesessen, ich kenne diesen Mann besser als seine Mutter."

„*Oh, là, là!*", rief Vincent aus.

Simone fand es zwar erfrischend, wie gut die beiden miteinander zurechtkamen. Isabelle war ihr auf Anhieb sympathisch gewesen, und dass zwischen den beiden die Chemie stimmte, war offensichtlich. Ihre Laune hob das jedoch nicht. Sie suchte beharrlich nach einem Vorwand, um sich aus der Szene zu stehlen, und fragte ihren Vater laut: „Hast du heute schon die Schafe im Drachenfeld besucht?“

Vincent öffnete gerade die Tür zum Gästezimmer und sah Simone erschrocken an. „*Merde!*“

Sie zuckte die Achseln. „Habe ich mir gedacht. Kein Problem, ich gehe schon.“

Simone war keine drei Meter weit gekommen, als sie hinter sich Schritte hörte und Franks belegte Stimme: „Hast du etwas dagegen, wenn ich mitkomme?“

Überrascht wandte sie sich um und winkelte fragend einen Arm ab.

„Ich will kurz allein mit dir reden“, erklärte er. „Und Schafe im Drachenfeld – das klingt mysteriös. Ich würde gerne mehr darüber wissen. Wenn das in Ordnung ist ...“

„*D'accord*“, erwiderte sie spitz. „Am besten gehen wir zu Fuß. Tagsüber ist das ein schöner Spaziergang, jetzt nur Arbeit. Ich bin dankbar für Gesellschaft. Hast du feste Schuhe an?“ Sie blickte an ihm herunter. Er trug salonfähige Trekking-Schuhe. „Sehr modisch. Halten die Feuchtigkeit aus? Wir gehen über unasphaltierte Wege.“

Frank lächelte pflichtschuldig. „Die halten alles aus.“

„Na dann“, sagte Simone.

Sie holte zwei Stirnlampen und einen großen Handscheinwerfer. So bestückt, machten sie sich auf den

Weg durch den Ziergarten hinter dem Schloss Richtung Dunkelheit.

„Das Drachenfeld nennen wir so, weil früher die Kinder des Dorfes von einer nahen Wiese gerne Drachen steigen ließen und die Dinger immer wieder in die Rebstöcke gestürzt sind", erklärte Simone. „Und wenn sie die Drachen holen gingen und die Trauben waren reif, haben sie sich bedient. Deswegen wurde das Feld schon vor Langem eingezäunt. Wahrscheinlich haben die Knirpse ihre Drachen mit Absicht da reingelenkt." Die beiden knipsten die Stirnlampen an, und bald befanden sie sich auf einem Feldweg, in dem noch Pfützen standen.

„Und warum besuchen wir Schafe?"

„Wir bemühen uns um eine naturnahe Produktion. Eine der Methoden ist, im Winter und Frühjahr Schafe ins Weinfeld zu lassen, die das Unkraut abfressen und nebenbei den Boden düngen. Vor ein paar Tagen hat ein Bauer, mit dem wir befreundet sind, eine Lkw-Ladung Schafe ins Drachenfeld gelassen. Die fressen sich dort vier Wochen lang satt, und zu Ostern spendiert er uns dafür ein Lamm. Aber wir müssen einmal am Tag nach dem Rechten sehen und uns natürlich um die Tränke kümmern."

„Ich stelle mir das schön vor", sagte Frank. „Die Arbeit im Weingut. Der Zyklus, jede Zeit im Jahr hat ihre Aufgaben. Das muss abwechslungsreich sein. Und ihr seid viel an der frischen Luft." Beinahe melancholisch fügte er hinzu: „Schafe. Drachen. Ich sitze im Büro und starre das ganze Jahr in denselben Bildschirm und mache im Prinzip dasselbe."

„Die Abwechslung ist der schöne Part“, erwiderte Simon. „Hier lang.“ Sie kamen an eine Abzweigung und wandten sich nach rechts. Aus der Ferne hörten sie bereits das Blöken der Tiere. „Sie haben uns gehört. Plaudern wir weiter, das beruhigt sie.“

„Der schöne Part ...“, knüpfte er an.

„Ach ja. Der Zyklus, das ist wirklich schön. Aber es ist viel Arbeit, harte Arbeit. Gerade für naturnahe Produktion muss man sich noch mal besonders anstrengen. Nicht weit von hier, in Saumur, findet die weltweit bedeutendste Verkostung ökologischer Weine statt. Du befindest dich hier im Shangri-La des natürlichen Weinbaus! Das bringt Verpflichtungen mit sich.“ Simone ließ den Lichtkegel schweifen. „Eigentlich sollten wir die Schafe bei Tageslicht besuchen, aber na ja ... seit ich im Melzi arbeite, funktioniert das nicht immer.“

Frank war offenbar dankbar für das Stichwort. „Darüber wollte ich mit dir reden. Die Begegnung war dir unangenehm, das tut mir ehrlich leid.“

Simone blieb stehen. „Bitte verzeih, ich war unnötig schroff. Es war nur ... ich war allein im Lokal. Mehr Gäste, als ich bedienen konnte. Die Situation hat mich überfordert, mehr gibt es nicht zu sagen. Vergessen wir’s einfach.“

„Klar gibt es mehr zu sagen“, widersprach Frank mit einer Bestimmtheit, die sie überraschte. „Die Begegnung war dir peinlich. Genau dazu wollte ich dir etwas unter vier Augen sagen, denn vor Publikum könnte ich das nicht.“ Er atmete tief durch. „Ich finde es toll, was du machst. Du bist in ein Schloss geboren, du bist attraktiv, du könntest ein leichtes Leben haben. Ich kann ja nur vermuten, warum du den Nebenjob angenommen hast, und es ist mir egal ... Quatsch, es ist mir nicht egal, weil Ihr beide ... na ja, wie soll ich sagen? Ich mag euch."

Simone richtete den Lichtstrahl ihrer Stirnlampe direkt in sein Gesicht. Er schirmte seine Augen ab und rief: „He!"

„Ich will jetzt deine Miene sehen", sagte sie und gluckste.

Frank wedelte abwehrend mit der Hand. „Weg damit. Im Dunkeln bin ich ehrlicher."

„Gut zu wissen." Sie knipste die Lampe aus.

„Uff ... wo war ich? Ah ja: Ich will nur, dass du weißt, wie ich über unsere Begegnung im Melzi denke. Ich verstehe deine Verärgerung, aber ganz ehrlich, wie du dich reinhängst ... ich bewundere das. Du hast also keinen Grund, dich schlecht zu fühlen. Du hast einen Fanclub in Nürnberg, und ich bin der Präsident. Für mich bist du echt ... wie soll ich sagen ...?", sie sah ihn hilflos gestikulieren, „... eiffelturmig!"

Simone blieb stehen. „Eiffelturmig?", wiederholte sie langsam und leuchtete an sich selbst herunter. „Also unten sehr breit und oben sehr dünn, oder wie? Wenn das ein Kompliment sein soll ..."

„Nein, so war das natürlich nicht gemeint. Ich habe nur nach einer Metapher gesucht, und als Architekt ..."

Simone beschloss, ihn nicht vom Haken zu lassen. Das wollte sie jetzt genießen. „Eiffelturmig", sagte sie wieder.

„Das ist ein symbolischer Vergleich!", rief Frank aus. „Der Eiffelturm ist toll, du bist toll. Und Ihr seid beide Franzosen."

Simone nahm den Schritt wieder auf. „Zum Glück verdienst du dein Brot mit Architektur. Als Metaphoriker würdest du verhungern."

„Aber du weißt, wie es gemeint war."

„Klar weiß ich das. Danke, das war sehr schlecht formuliert, aber auch sehr nett." Sie stieß ihn kumpelhaft an.

Frank pustete Luft aus. „So, das war's. Jetzt können wir meinetwegen die Schafe zählen."

Doch Simone blieb erneut stehen. Sie räusperte sich und sagte dann leise: „Haken wir die Begegnung im Melzi ab, war nicht mein bester Moment. Nur damit du verstehst, warum ich manchmal ein bisschen gereizt bin, will ich dir im Vertrauen etwas gestehen. Die Domaine hat finanzielle Probleme. Ich weiß nicht, woran es liegt, weil mein Vater sich um diesen Part kümmert, und er lässt sich nicht reinreden. Wahrscheinlich sollte ich mich einmischen, aber Zahlen sind nicht mein natürliches Revier. Irgendwann werde ich es tun müssen. Ich glaube, Vincent macht etwas falsch und traut sich nicht, es zuzugeben. Kopf in den Sand. Mein Freund sagt ...."

Sie meinte zu spüren, dass bei ihren letzten Worten ein Ruck durch Frank ging, als ob er aufgeschrocken wäre und etwas einwerfen wollte. Aber es konnte auch ihre Einbildung sein.

„Dein Freund sagt ...?", half er.

„Er meint, gerade die Eigentümer von Châteaus wie unserem hätten Probleme, wenn sie das Gebäude nicht kommerziell nutzen. Die Instandhaltungskosten für große historische Gebäude sind einfach zu hoch, und kleine Weingüter werfen dafür nicht genügend ab. Von der Regierung kommen zwar gelegentlich Subventionen, aber die gehen eher an Eigentümer, die gut vernetzt sind, weniger an solche, die es wirklich nötig haben – du weißt ja, wie das ist."

„Hat dein Freund auch ein Château?"

„Nein, er ist Immobilienmakler. Gelegentlich verkauft er ein Château."

„Ah", machte Frank nach einer Pause. „Ohne seine Worte anzuzweifeln, er muss den Markt ja kennen – tauschst du dich auch mit Leuten aus, die in einer ähnlichen Situation sind wie ihr?"

„Vincent pflegt Kontakte mit anderen Weingütern. Ich bin gelegentlich dabei. Aber jetzt, wo du es sagst – bei diesen Treffen wird meistens nur über Wein gesprochen und das beste Holz für die Fässer und die Probleme, wenn man ohne Sulfite keltern will. Das Thema Finanzen ist wohl heikel. Da kratzt du an der Intimsphäre. Ist ganz normal, dass die Leute da eher verschlossen sind." Sie blickte ihn an. „Komm jetzt nicht auf falsche Gedanken, du hast schon genug getan. Ich will nur, dass du mich verstehst."

„Keine Sorge." Frank nickte. „Ich verstehe perfekt. Und dein Vertrauen ehrt mich. Über so was spricht man ja wirklich nicht mit jedem ... was ist denn das?"

Sie näherten sich einem weißen Objekt. „Die Tränke", erklärte Simone. Sie richtete den Lichtstrahl darauf.

„Eine Badewanne!?", rief Frank aus. „Das ist ja ein Ding!"

„Die lag im Keller des Hauptgebäudes herum", erklärte Simone. „Nicht sehr ästhetisch, aber als Tränke ideal. Nur noch wenig Wasser drin, die müssen wir morgen nachfüllen."

„Auch wenn es regnet?"

Simone lachte. „Das hebt den Wasserpegel nur ein paar Zentimeter, nicht genug für eine Schafherde. Schauen wir, ob es den Tieren gut geht." Sie knipste den Handscheinwerfer an und leuchtete durch den Weingarten. Die Rebstöcke waren kahl, dazwischen standen reglos die Schafe und blickten in den Lichtstrahl. „Die hören an unseren Stimmen, ob wir etwas gegen sie im Schilde führen. Sind nicht ganz so dumm, wie sie dreinschauen. Denkst du, das sind ungefähr zwanzig?"

„Zweiundzwanzig genau."

„Ach ja? Perfekt!" Simone schaltete den Handscheinwerfer aus. „Gehen wir zurück? Ich bin gespannt, was Vincent heute auftischt."

Simones Vater schien die Speisekammer geplündert zu haben. Den Tisch im Speisezimmer hatte er mit der „Feiertags-Tischdecke" geschmückt, in der Mitte stand ein beeindruckender Kandelaber, auf dem bereits ein Dutzend Kerzen brannten. Teller, Besteck und Gläser ließen ahnen, dass er große Pläne hatte.

Aus der Küche drang das Geräuschkonzert emsiger Vorbereitungen und einer launigen Unterhaltung. Frank und Simone blickten einander an. Isabelle erschien mit einem Tablett und sagte: „Nehmt schon mal Platz, es geht los."

Vincent wackelte hinterher. „Ich habe ihr gesagt, sie soll sich gefälligst hinsetzen, in der Domaine de Charente werden Gäste bedient, wie es sich gehört, aber die Dame hat einen starken Charakter." Er zwinkerte Frank zu und verkündete: *„Mesdames et Messieurs, des rillettes aux poisson."*

Er zeigte auf die Teller, die Isabelle gerade auf den Tisch legte. „Eine Spezialität aus Tours", erklärte Vincent. „Forelle mit Kräutern auf Weißbrot. Und dazu – Ihr werdet mir den Werbespot verzeihen müssen – passt nichts anderes als unser klassischer Blanc de Charente, der beste Weißwein der Welt." Er hob eine Flasche. *„Bon appétit, mes amis."*

Vincent hatte gekocht, als ginge es um sein Leben. An diesem Menü musste er den ganzen Nachmittag gearbeitet haben.

Als Zwischengang servierte er *Pissaladière*, einen Zwiebelkuchen mit Oliven und Sardellen, wozu natürlich ebenfalls Blanc de Charente passte, der beste Weißwein der Welt. Und als Hauptgang tischte er pochiertes Rinderfilet auf Périgord auf, mit Senfschaum und Honigzwiebeln.

„Die besonders Aufmerksamen unter euch werden bemerkt haben, dass mein Vater eine diskrete Vorliebe für Zwiebeln hat", merkte Simone an.

„Der Saft der Zwiebeln", dozierte Vincent, „wurde von der Natur erfunden, um Fressfeinde von diesem Lauchgewächs fernzuhalten. Nur ein Beispiel dafür, wie eine großartige Strategie der Schöpfung in die Hose ging. Auf so etwas wie Menschen war die Natur nicht vorbereitet. Und schon gar nicht auf Franzosen."

Nun schenkte Vincent einen Rotwein Jahrgang 2009 aus. Die Konversation drehte sich um alles Mögliche, nur nicht den Grund ihres Hierseins. Isabelle durfte sich die bekannte Lachsgeschichte anhören und über ihren Alltag in der Humboldt-Universität erzählen. Tatsächlich waren es vor allem Vincent und Isabelle, die vor Anekdoten übersprudelten, während Simone und

Frank nur Blicke austauschten. Sie versuchte in seiner Miene zu lesen. Er schien sie etwas fragen zu wollen, doch wann immer sie ihn mit einer Bemerkung dazu einlud, wich er auf ein banales Thema aus. Frank war nicht aus der Reserve zu locken, obwohl das Essen und der Wein auch bei ihm Wirkung zeigten.

„Blancmanger!", rief Vincent aus, als er mit dem Dessert ankam, weiße Hügelchen auf dunkelblauen Tellern, gesprenkelt mit roten Waldfrüchten. „Das ist eine der vielen Spezialitäten meiner geschätzten Laurie." Er blickte bedeutungsvoll in die Runde. „Auf besonderen Wunsch heute von ihr zubereitet, obwohl sie eigentlich Inventur machen wollte." Vincent wandte sich an Isabelle. „Laurie ist meine *Copine*. Sie kann heute leider nicht hier sein, denn nun macht sie ihre Inventur. Eine Verrückte. Aber wer Blancmanger mit dieser Perfektion zubereiten kann ... welcher Mann könnte sich da noch wehren?" Er zwinkerte wieder Frank zu. „Mit Sahne, Marzipan und Orangenlikör."

„Um Gottes willen", stieß Isabelle hervor und fasste sich an die Brust. „Ich werde den ganzen Januar auf Diät sein, um diesen Überfall zu kompensieren."

„*Mademoiselle*", erwiderte Vincent. „Das verbrennt man mühelos in einer einzigen Nacht. Es sei denn, man schläft." Wieder zwinkerte er Frank zu, der sich Hilfe suchend an Simone wandte.

„Papi!", wies die ihren Vater zurecht. „Nun ist es gut."

„Hab dich nicht so", wiegelte der ab. „Außerdem haben wir heute noch etwas vor. Den Käse nehmen wir im Thronsaal, einverstanden?"

„Gute Idee", sagte Simone. „Soll ich mich kümmern?"

„Gemach, junge Frau!", intonierte Vincent. „Ist alles vorbereitet."

Simone lächelte in sich hinein. So aufgekratzt hatte sie ihren Vater selten erlebt. Doch die eigentliche Überraschung stand noch bevor und war zur Gänze kalorienfrei.

Kapitel 13

Der sogenannte „Thronsaal" war die alte Bibliothek. Vom ehemaligen Bücherschatz war wenig übrig geblieben. Was die Erben des Lachshändlers Charente nicht verhökert hatten, um ihren Ruin hinauszuzögern, war einem Wasserschaden bei einem gewaltigen Unwetter Anfang des zwanzigsten Jahrhunderts zum Opfer gefallen. Erhalten geblieben waren großartige verschließbare Regale, die sich in einem erstaunlich guten Zustand befanden, weil sie aus Edelhölzern hergestellt waren. In einem Teil waren nun die Bestände der Familie Mary, die in einer normalen Wohnung eine Bücherwand aufs Beeindruckendste ausgefüllt hätten, jedoch in dieser monumentalen Bibliothek eher verloren wirkten. Simone hatte ihrem Vater schon mehrmals vorgeschlagen, die Bücher in einem anderen Raum unterzubringen, denn solange diese noblen Regale nicht würdig bestückt werden konnten, sollten sie lieber leer bleiben. Ein weiterer Kampf, den Simone bislang nicht hatte gewinnen können.

Der ganze Raum strahlte Improvisation aus, wirkte jedoch trotzdem oder vielleicht deswegen auf subtile Weise heimelig. Gruppiert um einen für die Größe der Bibliothek zu kleinen Eisenofen in der Schreibtisch-Sektion standen einige Sitzmöbel, die weder stilistisch noch farblich zueinander passten, jedoch sehr gemütlich waren. Dazwischen ein niedriger Holztisch, auf dem Vincent das Käsebüfett aufgebaut hatte.

„Keiner muss ins Exil gehen, wenn ihm ein Stück Käse runterfällt", verkündete er, während Simone, Frank und Isabelle es sich auf den Sofas bequem machten. „Der Teppich sieht nur teuer aus, und der Parkettboden steht seit einem Jahrhundert zur Renovierung an." Vincent zuckte fröhlich die Achseln. „Entspannt euch. *Voilà.*" Er legte zwei Holzscheite ins Feuer, schloss die quietschende Tür des Ofens und zeigte auf eine Truhe. „Wem trotz meiner Bemühungen kalt wird – da drin findet ihr Decken."

„Vincent, du bist eine Wucht", sagte Isabelle, während ihr Blick zuerst den Raum und dann das Käsebüfett taxierte. „Du solltest eine Fromage-Bar aufmachen."

Frank kommentierte den Raum mit offen stehendem Mund. Simone beobachtete ihn ebenso verstohlen wie amüsiert. Sein Blick wanderte zuerst über die Regale, dann über die Decke, an der Spuren eines Blumenornaments sichtbar waren, und blieb schließlich an einer rollbaren Leiter hängen, dem Prachtstück des Mobiliars. Frank brauchte offenbar etwas Zeit, bis er zum Thema der Zusammenkunft zurückfand. Verwirrt blickte er in die Runde, dann sagte er: „Wahrscheinlich ist das hier der beste Platz, um über ein Buch zu sprechen." Dann wandte er sich an seine Reisegefährtin. „Isabelle?"

„Genau!", rief die aus. „Buch!" Sie griff nach einem Aktenkoffer und legte ihn auf ihren Schoß. „Mein Magen wird ohnehin noch eine Weile mit dem Blancmanger beschäftigt sein, von dem ich viel mehr gegessen habe als geplant. Aber bevor ich loslege: Sind wir alle bereit für eine Reise in die Vergangenheit?"

Nicken reihum. Vincent grölte: *„Baaah, oui!"*

„Gut. Das Wichtigste ist das hier." Sie holte ein schlicht gebundenes Kalenderbuch aus dem Aktenkoffer und hielt es in die Höhe. „Darin hat mein Großvater das Jahr 1943 dokumentiert. Nicht vollständig, nur hie und da eine Notiz. Ich bin alle Eintragungen durchgegangen und zu dem Schluss gekommen: Er wusste, dass das Buch jederzeit eingesehen werden konnte. Deshalb hat er nichts hineingeschrieben, was ihn oder jemand anderen kompromittieren könnte." Sie blickte in die Runde. „Somit werden wir keinen Fund machen, der auf den ersten Blick die überlieferte Geschichte erklärt. Das ist zunächst enttäuschend."

„Aha", sagte Simone. „Also kein Wort über Miriam Thal oder dieses Ereignis, von dem Michael Faunwald später gesprochen hat – dass er jemanden gerettet hat."

„Kein einziges persönliches Wort über Miriam", bekräftigte Isabelle. „Der Name kommt nirgendwo vor. Er verwendet häufig Initialen, aber die sind leicht zu erraten und gehören zu eher trivialen Einträgen. Auch M. T. kommt vor, logischerweise, denn mit Miriam Thal hatte er oft zu tun. Aber es sind lediglich Einträge wie ‚M. T. 9.00 Uhr, Wäscherei'. Also nichts, was über eine banale Notiz zum Tagesgeschäft hinausginge."

Vincent klatschte die Hände zusammen. „Tja, Freunde, das war's dann wohl. Widmen wir uns dem Käse!" Er griff nach dem Brotkorb, legte ein Stück auf seinen Teller und ließ seinen Zeigefinger über dem Käsetablett kreisen wie ein Habicht vor dem Sturzflug auf die Beute. „Mal sehen, mal sehen …"

„Papi, also wirklich", seufzte Simone und wandte sich Isabelle zu. „Das war nicht alles, was du uns erzählen wolltest, korrekt?"

Die Deutsche wirkte nun ein wenig entrückt. Sie war in die Vergangenheit abgetaucht. Nachdenklich sagte sie: „Wir müssen die Situation meines Großvaters berücksichtigen. Ich kann mir schwer vorstellen, dass er eine kritische Information im Klartext niedergeschrieben hätte. Andererseits ... wenn es wirklich stimmt, dass er während des Aufenthaltes in Frankreich jemanden gerettet hat, dann hat er mit Sicherheit eine Erinnerung an dieses Ereignis aufbewahrt. Und wenn die irgendwo zu finden ist, dann hier." Wieder hielt sie das Buch in die Höhe. „Wir müssen es nur erkennen. Das ist der Schluss, zu dem ich gekommen bin. Eine Rätselaufgabe, genau das Richtige für einen Winterabend in einem Schloss." Bei diesen Worten schien sie nun wohlig zu frösteln. Sie lächelte ihre Sitznachbarin an. „Sag mal, Simone, können wir uns eine Decke teilen? Mir wird allmählich kalt."

„Klar", sagte Simone. Sie holte eine Decke aus der Truhe und setzte sich neben Isabelle auf die Couch, ein bisschen überrascht, wie schnell die Deutsche auf Tuchfühlung ging. Frank musste sich wohl auf eine stürmische Nacht vorbereiten. Sie warf ihm einen Blick zu und signalisierte ihm diskret mit den Augenbrauen. Er verzog seinen Mund ein paar Millimeter, als ob er nicht wüsste, welches Gesicht er nun machen sollte.

„Aber ich habe trotzdem etwas gefunden, was schon auf den ersten Blick interessant scheint", fuhr Isabelle fort. „Ich gebe es mal herum. Bitte vorsichtig, da sind Sachen drin, die rausfallen können."

„Sachen?", blaffte Vincent. „Was für Sachen?"

„Erinnerungsstücke des Frankreich-Aufenthaltes. Ein paar getrocknete Blätter – ich glaube, die sind von Rebstöcken." Sie hielt eines der Blätter vor Simones Augen, die nickte. „Ein Wunder, dass die nicht längst zerbröselt sind. Vielleicht hat er eine Konservierungstechnik angewendet. Dann habe ich eine Eintrittskarte fürs Kino gefunden. Aus Tours. Dazu die passende Zugfahrkarte. Sogar einen Geldschein."

Sie hielt eine Banknote in die Höhe. „Die Deutschen konnten die Reichsmark zu einem Vorzugskurs einwechseln, deshalb war für sie alles sehr billig. Ah, und hier ist der Reiseplan des Bataillonskommandos, als es von der Ostfront nach Frankreich ging. Beinahe wie von einer Reiseagentur, als ob das normaler Tourismus wäre. Unglaublich. Ein paar Rechnungen von Geschäften in Limeray und Amboise ... seht selbst."

Sie ordnete die Dokumente und reichte das Buch an Simone weiter.

„Erzähl ihnen von der Zeichnung", sagte Frank.

„Ah, ja. Schaut euch das Blatt des 14. Juli an. Ein Mittwoch."

„Der 14. Juli!", rief Vincent und fing rechtzeitig ein Stück Käse auf, das ihm aus dem Mund fiel.

„Ja, Papi", stöhnte Simone. „Wir alle wissen: der französische Nationalfeiertag."

Vincent blickte verstört umher. „Und was ist damit?"

„Eine Windmessanlage", sagte Isabelle.

Simone nickte und zeigte das aufgeschlagene Buch herum. Zu sehen war die Zeichnung der Windmessanlage an der Spitze einer hoch aufragenden Stange, darüber ein Wetterhahn. „Das sind die Reste der meteorologischen Station, die im Verwalterhaus eingerichtet war. Die Instrumente liegen im Schutt begraben.“

„Unter der Zeichnung steht ein Wort. Kannst du es lesen?“, fragte Frank.

Simone kniff die Augen zusammen. „Das sieht aus wie … Zitadelle.“

„Bastille müsste das heißen“, polterte Vincent. „Der Sturm auf die Bastille. Die Revolution.“ Er blähte seinen Brustkorb auf und begann zu singen: *„Allons enfants de la patriiiie …“*

Simone setzte eine Schmerzgrimasse auf, hielt sich die Ohren zu und rief: „Da steht aber Zitadelle!“

„Eine Verwechslung.“ Vincent griff nach einem Messer, um mehr Käse abzuschneiden.

„Nein, das war Absicht“, widersprach Isabelle. „Und hier kommen wir zur Domaine de Charente.“

„Erstaunliche Verbindung“, bemerkte Vincent. „Wir haben hier keine Zitadelle. Dann erklären Sie mal, junge Frau. Übrigens: Haben Sie schon den Sainte-Maure de Touraine probiert?“ Er zeigte auf einen länglichen weißen Käse mit bläulicher Kruste. „Der beste Ziegenkäste der Welt.“

Isabelle lächelte. „Werde ich gerne probieren.“

„Bitte“, flehte Simone.

Isabelle legte ihren Arm auf Simones Schulter und hob den Zeigefinger. „Die Feier, bei der das Verwalterhaus abbrannte, fand am 14. Juli statt.“

„So eine Schweinerei!“, stieß Vincent hervor. „Ausgerechnet an unserem Nationalfeiertag!“

Isabelles Augenbrauen senkten sich. „Das wussten Sie nicht? Ich kann Ihre Erregung verstehen …“

„Das hat mir mein Vater nie erzählt“, sagte Vincent und wirkte nun ernsthaft verstört.

„Er hat sich wahrscheinlich geschämt“, vermutete Simone. „Stellt euch vor: An deinem Nationalfeiertag organisieren die Besatzungssoldaten eine Party in deinem Haus, und du kannst nichts dagegen tun, nicht mal den Mund aufmachen – kein Wunder, dass er dieses Detail aus seinem Gedächtnis gestrichen hat.“

„Daher auch die Weihnachtsdekoration“, verstand Frank. „Es durfte keinesfalls aussehen, als ob der französische Nationalfeiertag der Anlass wäre.“

„Ich glaube nicht, dass der Termin für die Feier gewählt wurde, um die Bewohner des Schlosses zu demütigen“, sprang Isabelle ihm zur Seite.

„Ah. *Quand même!*“, empörte sich Vincent. „So wie die gestrickt waren, *Mademoiselle*, also wirklich!“

Simone fixierte ihren Vater und gab ihm mit ihrer Miene zu verstehen, dass er ihre Gäste in Verlegenheit brachte. Wieder einmal.

„Zitadelle ist der Schlüssel“, erklärte Isabelle. „Sagt euch das nichts? Frank weiß es, wir haben bei der Herfahrt darüber gesprochen.“

Vincent nahm Frank ins Visier. „Dann erzähl mal, junger Mann!“

„Zitadelle“, sagte Frank, „war der Deckname der letzten großen Offensive der Wehrmacht an der Ostfront. Spätestens am 14. Juli 1943 wurde dem denkenden Teil der deutschen Bevölkerung klar, dass diese Schlacht verloren war. Und damit auch der Krieg.“

Simone runzelte die Stirn. „Ich dachte immer, Stalingrad sei der Wendepunkt gewesen.“

„Für die Männer des Polizeibataillons war es Zitadelle", sagte Frank. „Eigentlich kaum zu verstehen, warum diese Truppe ausgerechnet im Juli 1943 in Frankreich Urlaub machen durfte."

„Vielleicht schlechte Planung", mutmaßte Isabelle.

„Das Polizeibataillon 344 war im Nordteil der Russlandfront eingesetzt", erklärte Frank. „Zitadelle fand im Süden statt. Daher konnten sie Urlaub machen."

„Aber warum Zitadelle?", fragte Simone. „Was war daran anders als Stalingrad?"

„Partisanen", sagte Frank. „Eine der Hauptaufgaben der Polizeibataillone im Osten war die Partisanenbekämpfung. Und beim Unternehmen Zitadelle spielten die Partisanen eine wichtige Rolle zugunsten der Sowjets. Wahrscheinlich haben sie den Ausgang der Schlacht entscheidend beeinflusst. Sie waren so zahlreich, dass die normalen Polizeibataillone nichts mehr ausrichten konnten. Die Deutschen mussten zeitweise eine komplette Kampfdivision gegen sie einsetzen. Währenddessen saßen die Leute des Bataillons 344 hier in einem Schloss in Frankreich herum und konnten nur jeden Tag das Radio einschalten und die Berichte von der Front hören. Als klar wurde, dass Zitadelle fehlgeschlagen war, dämmerte es auch den fanatischsten unter ihnen, dass der Krieg verloren war. Dass es nur eine Frage der Zeit war, bis die Russen vor Berlin stehen würden. Nur konnte das niemand offen aussprechen. Damit hätte man seinen Kopf riskiert. Michael Faunwald wagte nur ein einziges Wort in seinen Kalender zu schreiben: Zitadelle. Er allein wusste, wie er darüber dachte. Es war der Tag, an dem Zitadelle verloren ging, an dem klar wurde, dass der Krieg verloren war, und der Tag, an dem die Männer des Polizeibataillons ihren Abschied feierten. Zurück an die Ostfront, wo genau ab diesem Zeitpunkt der Zusammenbruch begann. Das Scheitern von Zitadelle war der Anfang vom Ende."

„Das würde die Stimmung bei der Feier erklären", sagte Simone. „Aber es erklärt nicht die Zeichnung der Wetterstation."

Sie betrachtete die Details. Drei sternartig auseinanderstrebende Metallstäbe mit einer löffelartigen Form an jedem Ende.

„Das ist ein sogenanntes Schalenanemometer", erklärte Frank und löste damit betretenes Schweigen aus.

„Ein was?", fragte Vincent beinahe verärgert.

Frank mimte Bedauern. „Tut mir leid, wenn ich euch mit einem Fachbegriff schockiere. So nennt sich dieses Gerät halt. Der Wind versetzt die Struktur in Drehung, und die wiederum ist über eine Achse mit einer Messeinrichtung an der Basis verbunden. Mit dem Wetterhahn stellte man die Windrichtung fest und mit dem Anemometer die Windgeschwindigkeit."

Vincent schüttelte den Kopf. „Das war die Passion meines Großvaters. Er war scharf auf Wettermessungen. Na ja, jeder hat seine Vorlieben. Mir ist die Windgeschwindigkeit egal, solange sie mir nicht die Rebstöcke zerzaust oder das Dach abträgt. Ich bin eher scharf auf Käse." Demonstrativ nahm er wieder das Tablett ins Visier.

„Und was ist das?" Simone hielt ein abgegriffenes Stück Papier in die Höhe, auf dem ein Text geschrieben war, offenbar mit Bleistift.

Isabelle winkte ab. „Eine Arbeitsnotiz. Nur ein banales Blabla über Dinge, die in der Domaine zu erledigen waren."

„Auf Deutsch?", fragte Vincent und erhob sich, um das Papier anzusehen.

„Nein, Französisch." Simone hielt ihrem Vater das Papier vor die Nase.

„Warte, ich brauche meine Brille", sagte der und suchte seine Bruttaschen ab.

Simone machte ein erstauntes Gesicht. „Wie schafft es ein Stück Papier, meinen Vater vom Käsebüfett abzulenken?"

Vincent hatte seine Brille ausgegraben und musterte das Blatt. „Ganz einfach: Ich kenne die Handschrift meines Vaters, und die meiner Großeltern könnte ich vergleichen. Dann wissen wir, wer das geschrieben hat ... hallo, was ist denn das für ein Mist?"

Isabelle nickte. „Habe ich auch gedacht. Merkwürdiges Französisch. Wahrscheinlich von einem der Arbeiter."

„Lies es bitte vor", sagte Frank.

Simone nahm das Blatt wieder an sich und las:

Für Hrn. Faunwald – Arbeitsnotiz 15. Juli 1943
Ich schreibe das zwischen Trümmern. Lasse spezifische Informationen aus. Morgens in die inspizierten Weinfelder, diese Hasen verjagen. Danach die Ladung Überschussöl zusammenstellen. Hinbringen wo es nicht stinkt.
Mindestens fünf Stunden.
Viel Arbeit. Wir reservieren zwei schwere mobile Geräte.

Vincent machte ein mürrisches Gesicht und schüttelte den Kopf. „Von meinem Vater ist das nicht, aber das dachte ich mir schon. War noch zu jung."

„Was fällt euch auf?", warf Frank ein.

„Neben dem sprachlich nicht eben ausgefeilten Stil?", merkte Simone ironisch an.

„Was heißt A. F. M.?", fragte Vincent.

„Des Rätsels Lösung", sagte Frank. „Die wir leider noch nicht kennen. A. F. M. müssen die Initialen des Verfassers sein." Er wandte sich Vincent zu. „Habt ihr noch ein Verzeichnis der Namen aller Personen, die im Juli 1943 hier beschäftigt waren? So ließe sich herausfinden, ob sich ein gewisser A. F. M. in der Domaine herumgetrieben hat."

„Albert Francois …", Vincent stockte. „Merde! Mir fällt kein Nachname mit M. ein!"

Simone verdrehte die Augen. "Maigret, Matisse, Monet …"

„Klar", maulte ihr Vater. „Kommissar Maigret wird hier im Zweiten Weltkrieg Trauben gepflückt haben." Er pochte sich an die Stirn. „Das ist eine fiktive Person, Tochter!"

„Mary?", schlug Isabelle schüchtern vor.

„Gott, sind wir bescheuert", rief Simone aus und wandte sich an ihren Vater. „Auf diesen Nachnamen mit dem Anfangsbuchstaben M. hätten wir auch selbst kommen können. Mensch, ist das peinlich! Wahrscheinlich gehören die Initialen zur Familie oder einem Verwandten, der damals im Schloss gelebt hat. Oder die Initialen passen zu jemandem vom damaligen Personal."

„Möglich", sagte Vincent. „Ich gehe sofort nachsehen." Er zeigte auf den Tisch. „Bedient euch ohne Hemmungen von dem Käse. Das kann sich etwas hinziehen, und ich will nicht, dass hier jemand verhungert."

„So wie ich die Ordnung in seinem Arbeitszimmer kenne, ist die Gefahr real", warnte Simone. Dann legte sie ihren Zeigefinger auf das Blatt: „Das Datum muss irgendeine Bedeutung haben."

Isabelle nickte. „Der Tag vor der Abreise. Daher auch die Anmerkung ‚zwischen Trümmern‘, denn geschrieben wurde die Botschaft ganz offensichtlich nach dem Brand des Verwalterhauses. Wahrscheinlich ist das der Grund, warum Michael Faunwald dieses Stück Papier aufbewahrt hat. Wir wissen ja, dass er von Leutnant Jaeger bevorzugt für alle möglichen Arbeiten eingesetzt wurde, weil er Französisch konnte. Ein Teil der Kommunikation zwischen ihm und den Bewohnern ist bestimmt auch schriftlich abgelaufen. Das wird wohl die allerletzte Arbeitsnotiz vor der Rückkehr nach Deutschland gewesen sein. Geschrieben von einem der Beschäftigten oder von einem Mitglied der Familie. Ein Erinnerungsstück, genau wie die Banknote, das Zugticket und die Eintrittskarte für das Kino in Tours."

„Dieses X …?", wunderte sich Frank laut.

„Vielleicht eine Kurzbezeichnung, die für einen bestimmten Ort oder eine Tätigkeit verwendet wurde", mutmaßte Isabelle.

„Ah", machte Simone. „Könnte sein. Im Ziergarten befindet sich eine Kreuzung, die wir oft als X bezeichnen, weil die Wege einander in einem spitzen Winkel kreuzen."

Isabelle überflog das Blatt und sagte dann: „Der Text ist sehr knapp gehalten und ein Blutbad an der französischen Sprache. Halt eine simple Arbeitsnotiz. Ich habe noch etwas gefunden, vielleicht interessanter." Sie zeigte eine Schwarz-Weiß- Postkarte herum. Darauf zu sehen war die Uferlandschaft der Loire mit dem Schloss von Amboise im Hintergrund. „Oder mysteriöser. Auf der Rückseite steht nur ein einziges Wort: flèche. Und erst beim genauen Betrachten ist mir aufgefallen, dass auf dem Foto ein Punkt am Ufer der Loire mit einem X markiert ist."

„Wieder ein X!", rief Simone aus. „Dann gibt es möglicherweise eine Verbindung zwischen der Postkarte und der Arbeitsnotiz." Sie stockte und schüttelte den Kopf. „Klingt absurd. Ich spinne schon. Wir sitzen hier wie in einem Krimi. Gleich kommt der Kommissar zu Tür herein, um zu ermitteln, wer von uns der Mörder ist."

„Da bin wohl ich der Hauptverdächtige", raunte Frank und sagte zu Isabelle, während er auf Simone zeigte: „Bei unserem ersten Gespräch im Melzi hat diese Frau offen darüber spekuliert, ob ich ein flüchtiger Mörder sei."

Isabelle drückte Simone an sich. „Verständlich. Das war auch mein erster Gedanke, als ich Frank kennengelernt habe."

„Mobbing", murmelte Frank und rief aus: *„Vincent, ich bin hier als Mann ganz allein, wo bleibst du?"*

Simone lächelte süffisant. „So wie ich sein Arbeitszimmer kenne, werden wir ihn frühestens zu Neujahr wiedersehen."

Doch Vincent kehrte überraschend schnell zurück, die Brille auf der Nase und eine Kladde in den Händen. „Unser Arbeitsregister des Jahres 1943. Ich habe es erst entstauben und von toten Insekten befreien müssen. Leider kein Ergebnis – außer dass es jetzt sauber ist. Damals wohnten vier Dienstmädchen im Schloss, und zwei Arbeiterfamilien waren im Nebenhaus untergebracht. Kein Name beginnt mit den Initialen A. F. M." Er klappte die Kladde zu und war augenblicklich in eine Staubwolke gehüllt.

Simone mimte Applaus. „Toll, wie du das entstaubt hast."

Ihr Vater erlitt einen Hustenanfall. „Das Archiv müssen wir mal ernsthaft sauber machen. Aber in diesem verdammten Château gibt es immer so viel zu tun."

„Wenn wir euch irgendwie helfen können ..." Isabelle zeigte auf sich selbst und Frank. „Wir würden uns gerne nützlich machen, um uns für eure Gastfreundschaft erkenntlich zu zeigen."

„Das kommt nicht infrage", erwiderte Vincent. „Ihr seid unsere Gäste. Wollt ihr noch Käse?"

Simone bleckte die Zähne. „Der Käse muss, glaube ich, erst entstaubt werden."

Vincent ignorierte seine Tochter. „Und – habt ihr noch etwas gefunden?"

„Ja, ein weiteres X", erwiderte Isabelle. „Wenn ich ehrlich bin, ermüdet mich dieses Rätselraten. Das war ein langer Tag, ich muss mich hinlegen. Kommst du mit, Frank, oder bleibst du noch eine Weile auf?"

Alle Augen richteten sich auf Frank. Simone fand es bemerkenswert, wie Isabelle ihre Frage ausgesprochen hatte. So als wären sie seit Monaten ein Paar. So locker wie diese Deutsche wäre sie gerne gewesen. Zumindest mit Frank. Aber auch ihm blieb das Kuriose an der Situation nicht verborgen, und er antwortete betont sachlich: „Ich bleibe noch ein wenig, *mein Schatz*.“

Isabelle lächelte kryptisch und räumte ihre Kalendersachen zusammen.

„Warte.“ Simone holte ihr Handy hervor. „Darf ich ein Foto von dieser Arbeitsnotiz machen? Ich will mir das noch mal in Ruhe ansehen.“

„*Naturellement*“, erwiderte Isabelle und hielt ihr das Papier vor den Apparat.

Simone prüfte das Foto und nickte. „Jetzt darfst du schlafen gehen.“

Isabelle schaffte es, simultan zu lächeln und zu gähnen. Sie drückte Simone und Vincent je einen dicken Schmatz auf die Wange und verabschiedete sich von der Tür aus noch mit Winken und Luftküssen.

Eine Weile blieb es still im Thronsaal. Erst als Isabelles Schritte verhallt waren, warf Vincent dem Deutschen einen bedeutungsvollen Blick zu. „Mein lieber Junge! Dich erwartet eine anstrengende Nacht.“

Frank druckste verlegen herum. „Wir verstehen uns gut, aber ich glaube nicht, dass ich ihr Typ bin.“ Er musterte Simone mit einem Seitenblick, den sie nicht zu deuten wusste.

Vincent schüttelte den Kopf. „Im Dunkeln spielt der Typ keine Rolle.“

„Papi“, flehte Simone. „Wechseln wir bitte das Thema?“

Kapitel 14

Pour M. Faunwald – note travail 15 Juillet 1943
J'écris tout entre debris. Omet informations spécifiques. Matin aux vignes inspectées, expulsons ces hases. Ensuite rangeons charge huile excessive. Menons ou inodore.
Cinq heures au moins.
Beaucoup ouvrage. Reservons deux lourds appareils mobiles.
Opératif ustensile reparé.
Épucer uniformes.
X...
A. F. M.

Simone betrachtete den Bildschirm, auf dem sie das Bild der Arbeitsnotiz aufgespielt hatte. In ihrem Bett hatte sie sich eine Lehne aus Kissen gebaut, das Notebook lag auf ihrem Schoß. Und ihre Gedanken wanderten ab.

Sie war todmüde und wusste, dass sie trotzdem Schwierigkeiten haben würde, Schlaf zu finden. Der alte Zettel war aller Wahrscheinlichkeit nach ohne Bedeutung, doch sie brauchte dringend eine Aufgabe. Die Ereignisse des Tages hatten sie aufgewühlt. Vor allem eine Erkenntnis nagte an ihr: Zum schlechtesten aller

Zeitpunkte wurde ihr bewusst, was ihr an Frank gefiel. Und vor allem: *dass* er ihr gefiel.

Frank, der jetzt im Gästezimmer mit Isabelle in einem Bett lag. Wenn sie denn nur dalagen ...

Sie stieß einen zornigen Laut aus. *„Stupide!"*, zischte sie und zwang sich, den Bildschirm zu betrachten. Genauso gut hätte sie ein Kreuzworträtsel in Angriff nehmen können. Aber da sie nun rätselhafte Dokumente zur Verfügung hatte, wollte sie ihre Energie auf etwas Nützliches lenken. Auch wenn der Nutzen aller Voraussicht nach darin bestand, mit einiger Sicherheit festzustellen, dass dieses Stück Papier nichts zur Lösung des Rätsels beitragen konnte.

Suchen wir Unstimmigkeiten, sagte sie sich.

Und stieß schon nach ein paar Sekunden auf eine erste Frage: Warum war die Jahreszahl angegeben? Wenn es sich um eine Arbeitsnotiz handelte, die nur für diesen Tag gedacht war – was hatte die Jahreszahl darin zu suchen? Sie stellte sich vor, wie einer der Beschäftigten dem Unteroffizier Faunwald das Papier aushändigte. Alle Beteiligten wussten, in welchem Jahr sie lebten. Eigentlich war sogar die Monatsangabe überflüssig, gereicht hätte „Donnerstag, 15.". Monat und Jahreszahl gab der Verfasser nur an, wenn er meinte, dass das Dokument über den Moment hinaus Bedeutung haben würde.

Was zum Teufel kümmert mich im Jahr 1944, dass ich am 15. Juli 1943 in das inspizierte Weinfeld gehen wollte, um die verdammten Hasen zu verjagen? dachte Simone.

„J'écris tout entre debris." Und warum schreibt der Verfasser dieses Papier zwischen Trümmern? War das

Miriam Thal, die am Tag nach der Katastrophe die wahrscheinlich noch schwelende Ruine des Verwalterhauses nach Gegenständen durchsuchte, die den Brand überstanden hatten? Gehörte das in eine Arbeitsnotiz? Wen kümmerte es, wo der Verfasser diese banalen Zeilen schrieb?

Darauf gab es eigentlich nur eine Antwort: Die Zeilen sollten nur den Anschein erwecken, banal zu sein.

Schlagartig fühlte sich Simone hellwach. Für die selbst gewählte Aufgabe, ursprünglich zur Ablenkung gedacht, zeichnete sich eine Bedeutung ab. Es wurde interessant. Vielleicht konnte sie Frank morgen mit einer interessanten Entdeckung beeindrucken.

Verflixt, da war er wieder.

Der erste Eindruck von Frank Jaeger täuschte. Er war nicht wirklich schüchtern, nur zurückhaltend und respektvoll. Wenn es darauf ankam, überwand er seine Scheu und tat, was er für richtig hielt. Manchmal drückte er sich merkwürdig aus, oft fehlten ihm die Worte. Er war wohl nicht der Redegewandteste, aber das hielt ihn nicht davon ab, zu sagen, was gesagt werden musste. Das Risiko, ins Fettnäpfchen zu treten oder missverstanden zu werden, nahm er in Kauf. Seine Aktion zu Beginn – der Besuch unter falschem Namen – widersprach ganz offensichtlich seinem Naturell. Darum hatte er sich dabei auch so tollpatschig angestellt. Aber er hatte gute Gründe gehabt, und vor allem: Er hatte es getan. Er war kein Mann der großen Worte, der pathetischen Gesten, er war einfach ein anständiger Kerl und folgte seinem Gewissen. Blöd war er auch nicht.

Das war schon etwas.

Simone blies die Luft aus. Ihr großartiger Plan, sich mit der Arbeitsnotiz abzulenken, drohte in einem Fiasko zu enden. Sie ertappte sich dabei, wie sie in die Nacht hineinhorchte. Das Gästezimmer war weit entfernt, doch die Geräusche konnten überraschende Distanzen überwinden in diesem Gebäude. Lag nicht eine Ahnung von Gelächter in der Luft, gedämpft von zwei Zimmertüren und vielen alten Wänden?

„Simone, *tu es une conne!*", knurrte sie und fixierte ihren Blick wieder auf den Bildschirm. Für gut eine halbe Stunde gelang es ihr, sich auf „diese Hasen" zu konzentrieren, die aus dem Weingarten vertrieben werden sollten – dafür hatten die vorherigen Bewohner Hunde gehalten.

Moment mal. Dann reichte es ja, die Hunde in den Weingarten zu lassen, Aufgabe erledigt. Warum hatten sich dort überhaupt Hasen einnisten können, wenn es auf dem Anwesen Hunde gab?

Und das überschüssige Öl? Das konnte nur gebrauchtes Speiseöl sein, das in einem Fass gesammelt wurde. In den Kompost durfte man es nicht schütten. Wahrscheinlich wurde es später verbrannt. Bis dahin musste man es lagern. Nichts Außergewöhnliches.

Dann die Maschinen. „... zwei schwere mobile Apparate." In einem Steinschuppen beim Drachenfeld lagerten noch einige ältere Geräte. Darauf könnte sie einen Blick werfen. Doch wonach sollte sie suchen?

Amüsant war der Punkt *„Épucer uniformes".* War das vielleicht ironisch gemeint? Die Uniformen von Flöhen befreien. Flöhe waren an der Front ein Problem, aber hier, im Urlaubsdomizil?

Vielleicht hatten die Deutschen allzu enge Freundschaft mit den Hunden der Domaine gepflegt. Simone zuckte die Achseln und gähnte.

Eine Weile lang starrte sie auf den Bildschirm und ertappte sich bei Fantasien über eine Radtour mit Frank Jaeger. So ein Zufall, dass sie beide gerne mit dem Rad unterwegs waren. Er wäre bestimmt ein angenehmer Reisegefährte. Auf der einen Seite bewies er Initiative, auf der anderen stellte er sich mit Leichtigkeit auf sein Umfeld ein. Seit er in der Domaine aufgetaucht war, konnte sie sich an keinen Moment erinnern, da sie gedacht hatte: Nun ist es gut, wann zieht der Junge wieder ab? Im Gegenteil: Wann immer Frank Abschied genommen hatte, befiel sie das Gefühl, dass ihr etwas fehlte.

„Stopp!", rief Simone sich selbst zu und vergrub das Gesicht in den Händen. Sie musste akzeptieren, dass ihre Realität eine andere war. Sie hatte ja einen Verehrer, und auch dessen Vorzüge konnten sich sehen lassen. Eigentlich ... sie warf einen Blick auf die Uhr, zuckte die Achseln und griff nach dem Handy. „Mal sehen", murmelte sie, „wie Marcel auf einen Anruf um ein Uhr nachts reagiert."

„*Oh, là, là!*", ertönte seine Stimme. „Simone, was ist los? Alles in Ordnung?"

„Alles bestens", summte sie. „Und bei dir? Du klingst ja nicht, als hätte ich dich gerade geweckt." Die Hintergrundgeräusche suggerierten eine Bar oder ein Restaurant, in dem es hoch herging. „Auf Tour, um diese Zeit?"

„Ja, bin nach Paris abgehauen. Zu meinem Bruder. Sagt Hallo zu Simone!" Sie hörte einen vielstimmigen Chor „Hallo" grölen. Dann beschied Marcel, dass er sich an einen ruhigen Ort zurückziehen wolle. „Ich werde ja eher selten von meinem *poussin* zu einer so sündigen Stunde kontaktiert. Das möchte ich ungestört auskosten." Das Geräuschkonzert wechselte die Register, dann wurde es ruhig. „So, jetzt bin ich in einem Innenhof. Sag, was ist los?"

„Gar nichts", log Simone. Los war, dass sie ihre Gefühle testen wollte. Dass sie Marcel eine Gelegenheit geben wollte, diesen Frank Jaeger aus ihrem Kopf zu verjagen. „Ich kann nicht schlafen. Wir versuchen uns gerade an einem Rätsel der Familiengeschichte." Und sie erzählte vom Besuch der beiden Deutschen und dem Gespräch in der Bibliothek.

Marcel hörte geduldig zu, doch hörte sie mehrmals tiefes Durchatmen. Als sie geendet hatte, meinte er nur: „Da habt ihr euch vielleicht in etwas festgebissen. Ist dir nie der Gedanke gekommen, dass eure beiden Gäste mit Absicht aus einer Mücke einen Elefanten machen, nur um ein paar Luxustage gratis in einem Château zu verbringen?"

Simone saß plötzlich aufrecht. „War das eben dein Ernst, Marcel?"

Er schien ihre Verärgerung zu spüren. „Na ja, ist nur so eine Idee. Aber ihr kennt diese Leute kaum. Die *nana* aus Deutschland ... gut, ich verstehe euch. Das ist eine interessante Art, den Abend zu verbringen, wenn man keine Alternativen hat. Jean Michel hat mich mit Jane Wilkinson in eine ziemlich angesagte Bar geschleppt. Hier lassen gerade einige prominente Figuren der Pariser Szene die Weihnachtsfeiertage ausklingen. Ein paar Kolleginnen von Jane sind dabei, die würdest du von Zeitschriften-Covers wiedererkennen."

„Ich habe keine Zeit für Zeitschriften", gab Simone eisig zurück.

„He, sei nicht so streng mit mir." Marcel lachte ins Telefon. „Wir haben hier schon einige Flaschen Champagner geköpft, das hat Wirkung gezeigt. Warum kommst du nicht nach Paris, wenn die Rätselrallye beendet ist? Vielleicht würde es dir guttun, ein wenig die Sau rauszulassen. Du brauchst Abwechslung!"

Sie presste die Lippen aufeinander. „Ich hatte gedacht, du wolltest vielleicht mal zu uns kommen."

„Ja, gerne", sagte er. „Wenn die Luft wieder rein ist und die Domaine de Charente deutschenfrei."

„Das kannst du jetzt nicht ernst meinen ..."

„Der Champagner, *mon poussin*. War ein Scherz, den man nur mit Alkohol im Blut macht und auch nur alkoholisiert lustig findet. Jetzt versuche ich mal, ernst zu sein: Ich liebe die Deutschen. Was bleibt mir anderes übrig im Vereinten Europa?" Er machte eine kurze Pause. „Ist dieser ... wie heißt er noch ...?"

„Frank."

„Genau. Ist er bei dir?"

Sie seufzte. „Natürlich nicht. Er schläft im selben Gästezimmer wie die *nana* aus Berlin. Was soll die Anspielung?"

„Vergiss es. Wenn ihr mit eurem Rätselraten nicht weiterkommt, kann ich euch vielleicht helfen. Jean Michel hat eine Frau im Team, die früher beim militärischen Nachrichtendienst gearbeitet hat, Expertin für Entschlüsselung."

„Ehrlich?" Simone runzelte die Stirn. „Entschlüsselung ...?"

„Klar. Geheime Botschaften und so Zeug. Texte, die etwas anderes sagen, als der Wortlaut vorschützt ...“ Marcel ließ eine Reihe von „Ähs“ und „Hms“ hören. „Zum Beispiel: Nimm jeden dritten Buchstaben oder jeden vierten, und plötzlich hast du einen neuen Text. Primitivste Ebene, das Mädchen aus Jean Michels Team kann dir ein paar Geschichten erzählen ... Moment, *poussin*, ich glaube, die rufen nach mir. Nicht böse sein, wir müssen es kurz machen. Wolltest du noch etwas mitteilen, oder war es das?“

„Na ja. Bleibst du Neujahr in Paris?“

„Klar. Vielleicht fliegen wir mit Jean Michel für zwei Tage an die Côte d'Azur. Privatflieger, Luxushotel ...“

Simone verspürte einen Stich im Magen. „Wir?“

Ein kurzer Moment, als ob Marcel den Atem angehalten hätte. Dann polterte er mit lang gedehnten Vokalen: „Na, wir, also du und ich, wenn du mitkommen willst. Oder wir anderen alle, die ganze Gruppe. Wir sind eine nette Gruppe. Komm doch mit, *mon poussin*.“ Er gab ihr Zeit, darauf zu antworten, doch ihr hatte es momentan die Sprache verschlagen. Fröhlich plapperte Marcel weiter: „Muss jetzt Schluss machen, sonst versäume ich die nächste Champagnerflasche. Ich wünsche euch noch ein nettes Kaffeekränzchen, und wenn ihr mit dem großen Familienrätsel nicht weiterkommt, dann probiert es mit *Mensch ärgere dich nicht* oder *Monopoly*. Aber diesen Part bitte ohne mich, ja? *Bisous, mon poussin!*“

Noch ehe sie ihre Verblüffung überwinden und antworten konnte, kappte er die Verbindung. Sie hatte nicht einmal Zeit, ihn *mon agriculteur* zu nennen.

„*Mince*", sagte sie in die Stille des Raumes hinein und ließ sich in die Kissen fallen.

Ihr Blick wanderte zurück auf den Bildschirm. Primitivste Ebene. Und wenn der Text nun eine verschlüsselte Botschaft war? Dann musste es zwangsläufig ein simpler Schlüssel sein. Simpel genug, damit Michael Faunwald ihn von allein knacken konnte, aber immer noch raffiniert genug, damit nicht jeder Idiot auf den ersten Blick erkannte, dass er es mit einer Geheimbotschaft zu tun hatte.

Simone druckte das Blatt aus und versuchte es mit dem Allereinfachsten: Sie baute aus allen ersten Buchstaben eines jeden Wortes einen neuen Satz.

Als sie das getan hatte, blieb ihr der Mund offen stehen.

Kapitel 15

Vincent schlurfte ins Esszimmer und stockte.

Simone saß am Tisch, vor sich eine Tasse Kaffee, den Kopf in eine Hand gestützt, und winkte ihm zu. Sie war müde, aber sehr zufrieden.

Ihr Vater starrte kurz auf die Wanduhr. „Um diese Zeit? Was ist denn mit dir los?" Dann fiel sein Blick auf den Tisch. „Und was soll das sein?"

Simone hatte vier Blätter mit der Rückseite nach oben auf den Tisch gelegt. Neben jedem Blatt stand die typische Riesentasse, mit der Franzosen ihren Frühstückkaffee tranken. Sie blinzelte ihren Vater an. „Das drehen wir um, wenn alle da sind." Mit dem Zeigefinger klopfte sie auf das Blatt, das sie vor sich hatte. „Ich habe den Code geknackt, Papi. Das ist eine Bombe!"

Vincent unternahm nicht einmal den Versuch, beeindruckt zu wirken. Er kratzte sich nur am Kopf und hob die Augenbrauen. „Toll. Bevor die explodiert, gehe ich die Bibliothek aufräumen, wenn du erlaubst."

„Schon erledigt."

„Ah." Vincent nickte, setzte sich zu ihr und faltete die Hände. „Könnte noch eine Weile dauern, bis die Turteltäubchen zum Frühstück kommen." Er schickte seinen Worten einen bedeutungsvollen Blick hinterher.

Simone verzog den Mund. „Egal. Sag mal – wie hat unsere Familie diese Großtante noch mal genannt, die im

Krieg das Schloss aufgemischt hat mit ihren Wutanfällen? Vor der sogar einige Deutsche Angst hatten?"

„Adeline."

„Genau, die zornige Adeline. Was war ihr *nom de guerre?*

Vincent zuckte die Achseln. „Na ja. So was wie Adeline *la enragée* Mary."

Simones Miene verdüsterte sich. „*Enragée?* Das wäre A. E. M. Vielleicht hat sie das E wie ein F geschrieben, und wir lesen es falsch."

„Ah, du meinst, sie wäre die geheimnisvolle Verfasserin der Botschaft?"

Simone zuckte die Achseln. Dann verengten sich ihre Augen. „Und wenn sie anders genannt wurde? Adeline *la furieuse* Mary?"

„Ja", sagte Vincent wie nebenbei. „So haben die sie genannt, glaube ich. Aber sie war eine Matrone von fünfzig Jahren, als sie hierherkam."

„Dann hätten wir ja unsere A. F. M. Weißt du, was aus ihr geworden ist?"

„Klar." Vincent lachte. „Sie hat einen Kriegsversehrten geheiratet und bis an sein Ende gepflegt. Nicht weit weg, in Tours. Ist neunzig Jahre alt geworden. Ich war bei ihrem Begräbnis."

„Aha." Simone senkte den Kopf. „Merkwürdig."

„Warum merkwürdig?"

Sie winkte ab. „Das passt nicht zur Botschaft. Die ist so ... romantisch."

„Romantisch? Das würde wirklich nicht zu ihr passen, ha!" Vincent erhob sich. „Jetzt mache ich einen Kaffee. Willst du auch noch?"

Simone ließ die Arme sacken und nickte. „Unbedingt, sonst schlafe ich ein."

Welche Art von Nacht jemand verbracht hat, lässt sich mühelos an dessen Gesicht ablesen. Simone hatte dazu eine Theorie entwickelt: Frauen sahen nach einer Liebesnacht ungefähr doppelt so schön aus wie nach einer normalen und siebenmal so schön wie nach einer durchstrittenen. Es war, als vermittelte das Gesicht ein inneres Strahlen. Bei Frauen war dieser Effekt subtil und ästhetisch. Bei Männern eher plakativ, hatte manchmal etwas Triumphales, je nachdem, wie die Sache gelaufen war ...

Als daher sehr, sehr spät die beiden Gäste auftauchten, verdächtigerweise gemeinsam, analysierte Simone deren Gesichter. Sie tat das so intensiv, dass Isabelle wie erschrocken innehielt und mit der Hand auf ihrer Brust sagte: „Habe ich eine Wespe auf der Nase?"

Auch Frank bemerkte Simones taxierenden Blick, gab aber vor, es nicht zu tun, was wiederum Simone auffiel. Das Ergebnis war, dass beide grinsen mussten.

Es war wohl da, dieses Strahlen, meinte sie. Aber warum vermieden die beiden nun jegliche Berührung? Vielleicht war es ihnen peinlich, und sie taten auf distanziert. Spielten Theater. Auch das wäre typisch für den Morgen danach. Diese Heimlichtuerei, wenn man offiziell noch kein Paar ist.

„Na, habt ihr euch gut ausgeruht?", fragte Vincent mit sarkastischer Betonung.

„Wenig", sagte Frank, während er die vier Blätter Papier wahrnahm. „Wir haben fast die ganze Nacht durchgequatscht."

Vincent grinste breit. „Ah, so nennt man das heutzutage."

„Du siehst auch nicht gerade frisch aus", wandte sich Frank an Simone und langte nach einem der Blätter.

„Nicht anfassen!", befahl sie. „Setzt euch. Ich brauche eure volle Aufmerksamkeit."

Vincent hob den Zeigefinger. „Wegen der Bombe."

Isabelle strahlte. Sie genoss die Situation, aber bestimmt kam dieses Strahlen auch daher, dass sie eine „dieser Nächte" hinter sich hatte. Simone erinnerte sich an ihre wenig romantische Konversation mit Marcel und fragte sich, ob dieses Strahlen je auch auf ihrem Gesicht zu sehen sein würde. Dieses „Nach-der-Liebesnacht"-Strahlen. Sie war neidisch, kein Zweifel. Aber Isabelle gehörte zu jener Art von Personen, denen man nur schwer böse sein konnte. Daher fühlte sich Simone weniger niedergeschlagen als aufgeputscht.

Denn sie konnte der Runde eine Entdeckung verkünden.

„Seid ihr bereit?", fragte Simone.

Alle nickten.

„Gut, dann dreht jetzt jeder sein Blatt um."

Viermal hatte sie das Foto des Zettels ausgedruckt, und viermal den ersten Buchstaben eines jeden Wortes mit rotem Kugelschreiber eingekringelt.

Pour M. Faunwald – note travail 15 Juillet 1943
J'écris tout entre debris. Omet informations spécifiques. Matin aux vignes inspectées, expulsons ces hases. Ensuite rangeons charge huile excessive. Menons ou inodore.
Cinq heures au moins.

Beaucoup ouvrage. Reservons deux lourds appareils mobiles.
Opératif ustensile reparé.
Épucer uniformes.
X...
A. F. M.

Simone blickte in die Runde. „Wer will vorlesen?"

Isabelle hob die Hand. Die anderen blickten sie erwartungsvoll an und konnten dabei zusehen, wie ihr die Augen übergingen. Stockend las sie: „*Je te dois ma vie. Merde*, das glaube ich ja nicht!"

Ich schulde dir mein Leben. Das war der erste Teil der Botschaft. Zufall konnte das nicht sein. Der vermeintliche Arbeitszettel war tatsächlich eine simpel verschlüsselte Nachricht.

„Weiter", ermunterte Simone.

Isabelle rutschte auf ihrem Stuhl herum, und mit bebender Stimme fuhr sie fort: „*Cherche moi chambord lamoureux.*"

Suche mich Chambord Geliebter.

„Wow!", entfuhr es Frank. Er blickte Simone mit einem Ausdruck der Bewunderung an, der für den Moment alles ausradierte, was sich in ihr an Neid und Enttäuschung breitgemacht hatte. „Das hast du gestern herausgefunden?"

Sie lächelte stolz. „Mit Marcels unfreiwilliger Hilfe. Ich habe ihn spontan angerufen. Er war in einer Bar in Paris, offenbar etwas angetrunken, und quasselte von einer ehemaligen Verschlüsselungsexpertin, die in der

Firma seines Bruders arbeitet. Das gab mir die Idee." Simone zwinkerte ihrem Vater zu. „Na, Papi? Ist das eine Bombe, oder ist das keine Bombe?"

„Ich habe Hunger", sagte Vincent und verschwand Richtung Küche. Auch er drückte sich in einer Weise aus, die man zuerst entschlüsseln musste. Wenn er auf ein sehr banales Thema umschwenkte, signalisierte er damit, dass er zutiefst beeindruckt war. Simone konnte zufrieden sein.

„Und was heißt das jetzt?", fragte Isabelle. „Chambord Geliebter?"

Simone, zu aufgeregt, um Schlaf zu finden, hatte noch lange über dem Text gebrütet. „Die Satzzeichen müssen wir uns dazudenken. Meiner Ansicht nach lädt die Verfasserin, die sich mit A. F. M. ausweist, Michael Faunwald dazu ein, sie in Chambord zu suchen. Wahrscheinlich bezieht sie sich auf die Zeit nach dem Krieg."

„Chambord ist ja nicht weit weg", sagte Vincent, der mit einer Kanne frischem Kaffee aus der Küche kam. „Eine halbe Stunde mit dem Auto. Eine Dreiviertelstunde, wenn Simone am Steuer sitzt." Er schenkte allen ein und wackelte wieder davon.

„Du bist doof", erwiderte sie. „Ich fahre halt vorsichtig."

„Jetzt haben wir die Nachricht entschlüsselt", warf Isabelle ein, „und alles wird noch rätselhafter. Wir wissen nur, dass mein Großvater offenbar im Juli 1943 während seines Aufenthaltes in Frankreich jemandem das Leben gerettet hat. Aber wir wissen immer noch nicht, wie, und wir wissen nicht, wem."

„Doch, wissen wir." Simone legte ihre Hand auf das Blatt. „A. F. M. Obwohl ... die einzige Person, die momentan infrage kommt, ist eine rabiate Tante, Adeline *la furieuse* Mary. Diesen Spitznamen erhielt sie wegen ihres Temperaments." Sie wandte sich an Isabelle. „Ist dein Großvater nach dem Krieg oft nach Frankreich gereist?"

Die Deutsche schüttelte den Kopf. „Er ist nach seiner Rückkehr aus dem Krieg nur selten verreist. Vielleicht ein- oder zweimal nach Frankreich. Aber jedes Mal gemeinsam mit seiner Frau. Wenn er sich hier mit jemandem getroffen hätte, in dessen Leben er eine so wichtige Rolle gespielt hat – darüber wüssten wir Bescheid."

Vincent erschien mit einem riesigen Tablett, auf dem sich das Frühstück türmte. „Quittenmarmelade oder Erdbeer?"

Der Tag war grau, gelegentlich ging ein Regenschauer nieder. Sie saßen wohl zwei Stunden zusammen und besprachen alle Mutmaßungen, die ihnen in den Sinn kamen. „Lamoureux" gab ein zusätzliches Rätsel auf, denn damit war ein männlicher Liebender bezeichnet. Korrekt mit Satzzeichen wurde das Wort *L'amoureux* geschrieben. Eine Frau wäre *L'amoureuse*. Auch war „Lamoureux" nicht das letzte Wort, somit nicht die Unterschrift. Wegen der geahnten Zärtlichkeit in dieser zwangsweise abgehackt formulierten Botschaft gingen sie davon aus, dass es sich wohl um eine Frau handeln musste. Die Verfasserin identifizierte sich offenbar mit A. F. M. Dass die zornige Tante hinter dem Kürzel steckte, war schwer vorstellbar. Obwohl ... was wussten sie schon?

Frank war es, der nach einer langen Sitzung Ordnung in den Gedankensalat brachte. Er schlug vor, das übrige Material nach Spuren abzusuchen. Dazu konnte er selbst beitragen, denn er hatte das komplette Tagebuch seines Großvaters gescannt im Computer. Und vielleicht, meinte er, fände sich im Schloss oder im Garten ein Hinweis. Zum Beispiel diese als „X" bekannte Wegkreuzung im Ziergarten.

„Aber wenn ihr meine Theorie hören wollt", sagte er am Ende. „Der Schlüssel ist Miriam Thal. Wir wissen ja, dass sie und Faunwald einander mochten. Dieser Spur sollten wir folgen. Könnte es nicht sein, dass Miriam nach dem Krieg in Chambord untergekrochen ist? Angeblich ist sie Richtung Tours abgereist, aber vielleicht war das nur zufällig der erste Zug, den sie erwischt hat, oder der Augenzeuge hat sich getäuscht und sie ist tatsächlich in die Gegenrichtung gefahren. Wenn ihr mich fragt: Wir sollten Chambord nach den Spuren von Miriam Thal abklopfen."

„Genial", sagte Vincent, während er mit einem Löffel in der Quittenmarmelade baggerte. „Laurie hat in Blois Verwandte. Das ist nur ein paar Kilometer entfernt. Irgendjemand kann uns bestimmt Türen öffnen."

Endlich, dachte Simone, hatte ihr Vater die Gelegenheit gefunden, seine Freundin mit an Bord zu holen. Ein wenig schauderte es sie bei dem Gedanken, welches Bild Laurie in einer Gruppe wie der ihren abgeben würde. Sie konnte nur auf die Toleranz der beiden Deutschen hoffen.

Kapitel 16

Laurie Duval erfüllte Simones schlimmste Erwartungen. Für die „Expedition nach Chambord" hatte sie Wanderstiefel und einen beinahe militaristischen Overall angezogen. Auf dem Kopf trug sie ein rotes Barett, auf dem nur noch ein Fallschirmjäger-Emblem fehlte, und ihre Sachen hatte sie in einem beigen Rucksack verstaut. Simone mutmaßte, dass sie eine Wasserflasche, Verbandspäckchen, Kompass und möglicherweise auch eine Handgranate mitführte – man wusste ja nie, welche Gefahren im Schloss Chambord und dem gleichnamigen Dorf lauern konnten!

„Vincent hat mir viel von Ihnen erzählt!", quiekte sie die beiden Deutschen an. „Wir fahren natürlich in meinem Wagen."

Laurie, Vincent und Isabelle quetschten sich in den winzigen Peugeot der Friseurin. Zurück blieben Simone und Frank. Vincent bellte seiner Tochter noch Anweisungen zu, weil Bernardo auf Urlaub war.

Frank hatte darauf bestanden, im Schloss zu bleiben. Er wolle die Spurensuche in der Domaine fortsetzen. Simone fragte sich, ob das der einzige und wahre Grund war. Als der Peugeot verschwunden war und eine wohltuende Stille auf den Vorplatz niedersank, kreuzten sich ihre Blicke, und Simone beschlich die Ahnung, dass sie beide in diesem Moment genau dasselbe dachten: Endlich allein.

Sie ließ ihn denken. Er stand da, als hoffte er auf ein Signal von ihr, doch sie blickte ihn nur an, erwartungsvoll. Machte es ihn verlegen? Ein bisschen, hatte sie den Eindruck.

Schließlich räusperte er sich. „Wollen wir mit dem X beginnen?"

Simone war derart in ihre Spekulationen vertieft, dass sie zuerst nicht verstand, wovon er sprach. „Welches X?" Dann schlug sie sich an die Stirn. „Ah, das X! Natürlich. Am besten hier lang."

Die spitzwinkelige Kreuzung der Wege im Ziergarten. Simone ging voraus.

„Offen gestanden habe ich keine Ahnung, wonach wir suchen", sagte Frank, als sie den Verkosterraum durchquerten und durch eine Seitentür die große Terrasse hinter dem Schloss erreichten. Dort verharrten sie und sahen auf den Garten hinunter, der in zwei Ebenen den Höhenunterschied zwischen dem Schloss und den Weingärten überbrückte. Sie lehnten sich an die Brüstung und ließen wortlos den Blick schweifen. Wieder so ein wohltuender Moment. Nach langer Zeit verspürte Simone ein Gefühl des tiefsten Friedens.

Frank war es, der am Ende das Schweigen brach. „Und du? Weißt du, wonach wir suchen?"

Sie lächelte ihn an. „Gehen wir hinunter. Vielleicht stolpern wir über die Antwort so wie ich gestern Nacht."

Frank stieß einen Protestlaut aus. „Du bist nicht gestolpert, Simone. Das war erstklassige Kopfarbeit!"

Simone vollführte eine barocke Geste. *„Merci beaucoup!"*

Sie schlenderten über den zentralen Weg zum Brunnen, in dem sich 1943 die Wehrmachtspolizisten erfrischt und über den einzigen anständigen Mann in ihrer Truppe lustig gemacht hatten. Der Tag versprach wieder einmal Regen, die ersten Tropfen waren zu spüren. Dasselbe Wetter wie an jenem Morgen, als Simone den jungen Deutschen bei der Ruine des Verwalterhauses entdeckt hatte. Sie verspürte beinahe Wehmut, wenn sie an diesen Moment dachte.

Frank sah sie an und lachte.

Sie versuchte, ein strenges Gesicht zu machen. „Was ist hier so lustig?"

„Mein Auftritt dort drüben." Er zeigte auf die Ruine. „Du machst dir keinen Begriff, wie nervös ich war. Mein Gott, war ich fertig."

„Doch, kann ich mir vorstellen." Sie richteten ihre Schritte auf die Ruine. Vergessen waren die Wegkreuzung und das Geheimnis, das sie möglicherweise barg. „Es war deutlich zu spüren. Du hast viele Qualitäten, aber als Schauspieler taugst du überhaupt nichts."

„Tja." Er kickte einen Stein davon. „Man kann nicht alles haben. Eine Karriere beim Film – dann halt im nächsten Leben."

Ein paar Meter vor der Ruine stoppte er und stand einfach nur da. Simone war zunächst amüsiert, aber dann verspürte sie eine leichte Irritation in sich aufsteigen. Wollte Frank diesen Moment heraufbeschwören, als er seine selbst auferlegte Mission offenbart und die Familie Mary damit zutiefst berührt hatte? Das wäre wohl pathetisch, und er hatte es auch nicht nötig.

Simone verschränkte die Arme. Wartete Frank etwa darauf, dass sie etwas Staatstragendes von sich gab? Dass sie ihre Dankbarkeit ausdrückte, die ohnehin stets präsent war und nicht aufgetragen werden musste wie eine Überdosis Marmelade auf einer dünnen Schreibe Brot?

Das fand sie nun ein wenig enttäuschend. Sie schnaubte und wandte sich ab.

„Simone", hörte sie seine Stimme.

„Jaaa", gab sie in der Tonlage einer genervten Ehefrau zurück.

„Was ist denn los?", fragte er verwundert.

Sie beschloss, die Karten auf den Tisch zu legen. „Frank, du weißt genau, woran dich und mich dieser Ort erinnert. Irgendwie ist das jetzt zu viel für mich ... gehen wir doch das mysteriöse X besichtigen."

Er grinste breit. „Du nennst mich Frank statt Hans. Also, *der* Code ist einfach zu entschlüsseln." Frank zeigte auf sie. „Das bedeutet, du bist sauer. So gut kenne ich dich schon. Jetzt musst du mir nur noch erklären, warum."

Simone verschränkte die Arme und versuchte, ein nicht allzu wütendes Gesicht zu machen. „Schau mal, wir haben es nicht einfach gehabt mit deiner Aktion. Das war so überraschend und nobel – wir sind noch immer ratlos, wie wir damit umgehen sollen. Mit ein paar Flaschen Wein und zwei, drei Gratisnächten im Château ist das nicht abgegolten. Vincent und ich erwägen ernsthaft, hier eine Statue aufzustellen: Frank Jaeger mit dem Umschlag in der Hand, den gütigen Blick in die Ferne gerichtet, rundherum gelbe Rosen ... oder nein, besser noch, ein Kartoffelbeet, in Würdigung deiner Herkunft ... wir haben schon einen Bildhauer beauftragt, damit er uns einen Entwurf macht."

„Ach so!" Er lachte und klopfte ihr gutmütig auf die Schulter. „Quatsch, Simone, ich bin auf einer komplett anderen Spur unterwegs. Entschuldige bitte, ich hätte daran denken sollen, dass ... na ja, du wirst jetzt hoffentlich nicht jedes Mal sauer, wenn ich einen Briefumschlag in die Hand nehme, weil dich das an die leicht verspätete Zahlung einer Weinlieferung des Jahres 1943 erinnert."

„Idiot!" Simone musste nun ebenfalls lachen und holte zu einem Boxhieb aus. „Darum geht es nicht."

Frank hob abwehrend die Arme. „Ich verstehe dich, ehrlich! Aber das war es nicht."

Simone machte mit ihrer Rechten eine Komm-komm-Geste. „Raus mit der Sprache! Ich bin gespannt, wie du dich aus dieser Situation herausredest. Darin bist du ja relativ gut."

Frank zuckte die Achseln. „Einverstanden. Mal sehen, wie es dieses Mal gelingt. Mir ist gerade etwas Merkwürdiges aufgefallen. Ich frage mich, warum hier eine Wetterstation eingerichtet worden ist." Er zeigte auf die Ruine, aus deren Hauptwand weitgehend unbeschädigt der Kamin emporragte. Daran wiederum war eine Metallstange befestigt, auf welcher die Windmessanlage sich zwar nicht mehr drehte, aber immerhin die Stellung hielt. Darüber der vollkommen verrostete Wetterhahn.

Simone senkte die Augenbrauen. „Na, weil mein Uropa ein Wetterfreak war. Das ist zwar merkwürdig, aber nicht mysteriös. Andere Leute haben Kaninchen gehalten oder Bilder gemalt oder heimlich nackt gebadet. Mein Uropa hat lieber die Windgeschwindigkeit gemessen." Sie verzog den Mund. „Jetzt, wo ich es sage, klingt das mehr als ein bisschen merkwürdig. Aber so war es halt."

„Das meine ich nicht. Schau doch." Frank zeigte auf das Schalenanemometer, das in einer Höhe von schätzungsweise fünf Metern montiert war. „Ich verstehe das nicht."

In gespielter Verzweiflung breitete Simone die Arme aus. „Hans, ich verstehe nicht, was du nicht verstehst!"

„Na, die Höhe." Frank streckte die Rechte nach oben. „Wenn dein Uropa unbedingt den Wind in dieser Höhe messen wollte, warum hat er die Anlage nicht einfach auf dem Dachgiebel des Schlosses montiert? Das hätte viel höher gelegen." Er zeigte auf den Ziergarten und das Hauptgebäude. „Der gute Mann hätte an die fünfzehn oder zwanzig Meter gewonnen. Warum also hier unten?"

„Vielleicht war ihm die Höhe egal. Vielleicht wollte er die Windgeschwindigkeit in Bodennähe messen."

Frank negierte mit dem Zeigefinger. „Warum dann die hohe Stange? Das Ganze passt nicht. Was genau liegt hier unter den Trümmern?"

„Das Kellergewölbe, schätze ich."

„Gewölbe?" rief Frank aus. „Sagtest du Gewölbe?"

Simone verschränkte die Arme und grinste. Sie fand es witzig, wenn Frank sich an einer Sache festbiss. Und jetzt waren sie auf dem Umweg über die Wetterstation wieder bei seinem Lieblingsthema: der Architektur.

„Ja, Herr Architekt. Gewölbe."

Eine Weile sagte Frank nichts und starrte nur die Ruine an. Simone stupste ihn. „Netter Versuch. Aber dein Gedankengang führt zu nichts. Nur in ein Gewölbe. Schon klar, dass sich der Herr Architekt dort wohlfühlt, aber …"

Er brachte sie mit einer Geste zum Schweigen. Ehe sie fragen konnte, was in ihn gefahren war, befand er sich schon auf der Mauer und versuchte, die Reste des Kamins zu erklimmen.

„He!", rief sie. „Das ist gefährlich! Der Kamin kann jeden Moment zusammenbrechen."

Frank schüttelte den Kopf. „Nein, der ist stabil. Glaube dem Herrn Architekten." Er hielt inne und fummelte an der Metallstange herum. „Sieh einer an. Na, so was!"

Simone stemmte die Fäuste in die Hüften. „Was hast du gefunden?"

Mit sicherem Tritt stieg Frank von der Ruine und klatschte sich die Hände sauber. Er blickte sie herausfordernd an, sagte aber zunächst kein Wort.

„Was?", rief sie aus.

Er lächelte. „An der Stange führt ein Draht entlang. Kann eigentlich nur eine Antenne sein. Habt ihr das Ding mal für eine Antenne benutzt?"

Sie schüttelte den Kopf.

„Und du sagst, hier unten liegt ein Gewölbe. Nicht ein Kellerraum mit einer Balkendecke. Ein richtiges Steingewölbe."

„So genau weiß ich das nicht. Vermute ich mal."

„Und euch hat nie interessiert, was in diesem Gewölbe erhalten geblieben ist? Der alte Wohnraum von Miriam Thal! Ihre Sachen. Möglicherweise ein paar

Flaschen Wein aus den Vierzigerjahren. Der Instrumentenkasten der Wetterstation. Ihr habt nie daran gedacht, da mal reinzubuddeln und euch das anzusehen? Das kann eine historische Schatztruhe sein!"

Simone wurde nachdenklich. Vincent hatte ihr immer erzählt, dass die Familie diesen Ort als Denkmal betrachtete, als Erinnerung an die damaligen Geschehnisse, vergleichbar mit einem Schiffswrack, möglicherweise voller interessanter Objekte, doch zur Gedenkstätte erklärt und daher unantastbar. Daran, was Frank nun sagte, hatte sie nie gedacht. Wahrscheinlich war sie von der Familientradition so indoktriniert, dass ihr der Gedanke gar nicht kommen konnte.

„Und dann das Antennenkabel", setzte Frank fort. „Wenn mein Nachname Mary wäre, würde ich vor Neugier umkommen." Er zeigte auf die Ruine. „Ihr solltet mal da reinschauen. Wenn es wirklich ein Gewölbe ist, könnte es den Brand unbeschadet überstanden haben. Vielleicht ist Miriams Zimmer noch vollkommen intakt. Und mich würde interessieren, wohin das Antennenkabel führt."

„Vielleicht zu einem Wehrmachtsempfänger. Vielleicht haben die Soldaten hier die Nachrichten gehört. Oder Musik."

Frank machte beinahe einen Hüpfer vor Aufregung. „Siehst du! Wir könnten ein siebzig Jahre altes Radiogerät finden!"

„Wahrscheinlich nur noch ein verkohltes Gehäuse. Gehen wir zurück? Du wirst da jetzt nicht anfangen zu buddeln, oder?"

Sie richteten ihre Schritte wieder dem Schloss zu. Frank blieb immer wieder stehen und wandte sich zur

Ruine um. Das Thema ließ ihm keine Ruhe. Als sie an der Brüstung der Schlossterrasse ankamen, blieb Simone stehen und blickte ihn an. Er wirkte unbedarft, als ob sie ihm vorhin nicht niedere Motive unterstellt hätte. Ihr Verdacht war absurd gewesen. Sie spürte Verzweiflung über sich selbst aufwallen. Dieses Temperament! Musste sie von ihrem Vater geerbt haben. Gut so. Vincent war schuld.

Simone formulierte in ihrem Kopf eine Entschuldigung, doch Frank hatte die Szene offenbar schon lange vergessen. Energisch klopfte er auf die Steinbrüstung. „Du hast eine Menge Arbeit, Simone. Wenn ich dir helfen kann, sag mir bitte Bescheid.“

„Einverstanden. Vielleicht schicke ich dich zu den Schafen im Drachenfeld, damit die sich nicht so allein fühlen.“

„Klar.“ Er zeigte auf die Tür. „Bis dahin würde ich im Tagebuch meines Großvaters schmökern.“

„Auf der Suche nach dem X!“, ergänzte Simone mit spöttischem Unterton.

„Genau. Auf der Suche nach dem X.“

„Zu Mittag lade ich ein. Bis später, *mon petit* Hans.“

Sie gingen auseinander, und Simone schlug sich auf die Stirn. Wie war sie bloß auf die Idee gekommen, ihn „meinen kleinen Hans“ zu nennen?

„Mmmh.“ Frank machte große Augen. „Spaghetti!“

Simone stellte den Teller vor ihm auf den Tisch und funkelte ihn an. „Darfst dich ruhig lustig machen. Aber das sind spezielle Spaghetti nach Art der Domaine de Charente. Meine Erfindung. Gemüsecremesoße mit Weißwein.“

Sie saßen in der Küche, nicht im Speisezimmer. Das informelle Ambiente behagte ihr. Es war ein Gefühl, als kannten sie einander schon seit Jahren. Als wäre Frank kein Gast, sondern ein Mitbewohner. „Da ist nichts drin, was sich bewegt", kommentierte sie sein intensives Beäugen ihrer Kreation. „Und das X schon gar nicht. Hast du denn das X gefunden? Oder sonst etwas Interessantes?"

„Totaler Fehlschlag", erwiderte er. „Reine Zeitverschwendung. Der einzige Erfolg, den ich heute verbuchen konnte, war mein Besuch bei den Schafen. Die haben sich echt gefreut, mich zu sehen."

„Wie steht's mit dem Wasser?"

„Sollten wir am Nachmittag nachfüllen. Mach ich gerne, wenn du mir zeigst, wie das geht."

„Mit einer Handkarre." Sie mimte mühsames Ziehen. „Wir haben zwar auch ein Quad, aber ich bevorzuge die Handkarre."

„Wegen der Ökologie."

„Du machst dich schon wieder lustig!"

Er schüttelte den Kopf und hielt inne. „Mmmh. Sehr gut. Italienisch-französisches Fusion Food. Eine Wucht! Nein, ich bin komplett auf deiner Seite. Ich ziehe das Wasser gerne ökologisch zu den Schafen. Aber wo wir gerade von Lustigmachen sprechen ... darf ich ein persönliches Thema aufs Tapet bringen?"

Sie blickte ihn erstaunt an. „Ah?"

„Nur eine Beobachtung. Wenn ich damit eine rote Linie überschreite ... vielleicht sollte ich besser den Mund halten."

Frank wirkte unsicher. Er hatte offenbar Angst, sie zu verletzen, und sie war besorgt, dass so etwas geschehen könnte. Aber genau das weckte ihre Neugier. Sie wollte ergründen, wie er tickte. Wenn man jemanden idealisiert, dann funktioniert das nur, bis man ihn besser kennt. „Nur zu", sagte sie. „Sei mutig. Mehr als stinksauer werden kann ich ja nicht."

„Also gut." Er gab sich einen Ruck. „Es geht um Laurie."

Simone blieb der Mund offen stehen. „Laurie Duval!? Der Schwarm meines Vaters?"

„Siehst du? Schon wie du den Namen aussprichst!"

Sie zeigte auf sich und schleuderte dabei fast eine Ladung Nudeln über den Tisch. „Wie spreche ich den Namen denn aus?"

„Lau-rie." Er imitierte sie. Es klang in der Tat ein wenig abschätzig.

„So sage ich das?"

Er nickte. „Ich habe euch beobachtet, als sie heute gekommen ist. Du hast sie von oben bis unten angesehen und dir sichtlich das Lachen verbissen. Sie hat das bemerkt. Du hast kein Geheimnis daraus gemacht, wie lächerlich du ihr Outfit fandest."

Simone fuchtelte mit den Armen. „Das war lächerlich. Ihr fehlte nur ein Sturmgewehr und ein Gurgeldurchschneider. Wie soll man da sonst schauen?"

„Nein, es war lustig, nicht lächerlich. Dein Vater hat sich ja auch über sie lustig gemacht. Er nannte sie ‚meine kleine Fallschirmjägerin'."

„Das habe ich nicht mitbekommen."

„Natürlich nicht, du hast dich ganz deiner Entrüstung über ihren Mangel an Stil hingegeben. Vincent dagegen kam sympathisch rüber mit seiner Bemerkung. Laurie hat darüber gelacht, sie hat sich gefreut. Die beiden haben eine tolle Chemie. Egal, was du über Laurie denkst …“

Frank stoppte. Simone antwortete nicht. Eine Weile sahen sie einander nicht an und aßen nur.

Dann sagte Simone: „Scheint sehr offensichtlich zu sein, was ich über sie denke. Vincent sagt genau dasselbe. Ihr seid ein grandioses Team.“

„Tut mir leid.“ Frank ließ hilflos die Hand kreisen. „Ich dachte schon, dass dich das ärgern würde. Es steht mir nicht zu, über dich zu urteilen. Das war eine Anmaßung. Ich sollte besser den Mund halten. Kannst du mir verzeihen?“

Simone ging auf seine Entschuldigung gar nicht ein. Sie musterte ihn geistesabwesend, während seine Miene immer besorgter wurde. Er wollte schon etwas hinzusetzen, aber sie schnitt ihm das Wort ab: „Zu Weihnachten habe ich einen ernsthaften Versuch unternommen, freundlich zu sein. Ich dachte, das hätte funktioniert.“ Sie presste die Lippen aufeinander. Zum Teufel, wenn es sogar Frank auffiel, dann musste etwas dran sein. „Du beobachtest gerne Menschen, oder?“, fragte sie betont sanft, um ihm zu signalisieren, dass sie keinen Groll hegte.

Er nickte. „Vor allem Menschen, die mir wichtig sind.“

Beinahe verschluckte sie sich. Bevor sie nachbohren konnte, begann er zu erzählen. Über seine Eltern, das jahrelange Nebeneinander, pures Funktionieren, keine zärtlichen Gesten. Und wie ihn Paare faszinierten, bei denen das Miteinander noch etwas Gewolltes und Angenehmes an sich hatte. Zum Beispiel Vincent und Laurie. Mochte ja sein, dass sich die Liebe mit den Jahren abnutzte, aber warum sollte man das einfach hinnehmen? Es gab doch nichts Schöneres!

Simone kam aus dem Staunen nicht heraus. In der Tiefe seiner Seele war der spröde Architekt ja ein echter Romantiker! Und sie spürte den schrecklichen Verdacht, dass er mit seinem Loblied auf die Liebe in Wahrheit über seine frische Beziehung mit Isabelle sprach. Andererseits: Was zum Teufel tat er dann hier?

Die Spaghetti à la Charente waren gegessen, sie saßen beide am Tisch, und nach einer Weile des beidseitigen Grübelns bemerkte Frank: „Ich glaube, jetzt habe ich mehr gesagt, als du verdauen konntest. Ich wollte nicht sentimental werden. Aber auch Architekten haben Gefühle, das sei hiermit festgestellt." Er zeigte auf das Geschirr. „Ich wasche gerne ab, wenn ich darf. Mir fällt nur selten was herunter."

Er wollte aufstehen, doch Simone bedeutete ihm mit einer winzigen Geste, sitzen zu bleiben. Sie hatte ihren Kopf in die Hand gestützt, die andere spielte mit der Gabel. Faszinierend, dass er diese millimeterkleine Geste bemerkt und darauf reagiert hatte. Der Architekt hatte einen wachen Geist und gute Augen.

„Hans."

„Ja?"

„Ich wollte dich schon die ganze Zeit um Verzeihung bitten."

Er sah sie verwundert an. „Wofür denn?"

„Am Vormittag, unten bei der Ruine. Als ich sauer wurde, weil ich dachte, du wolltest dir selbst ein Denkmal setzen. Das war extrem dämlich von mir. Ich habe dich falsch eingeschätzt. Bitte entschuldige."

Frank suchte nach Worten. „Alles in Ordnung. Danke. Du bist …"

Sie zwinkerte ihm zu. „Manchmal anstrengend, aber generell eiffelturmig."

Er nickte. „Sehr eiffelturmig. Mach dir keine Sorgen, ich kann deine Gedankengänge nachvollziehen. Vielleicht verstehst du jetzt auch, warum ich mit Isabelle nicht direkt ins Schloss gekommen bin. Nach allem, was bei meinem ersten Besuch geschehen ist, fühlt Ihr euch mir gegenüber verpflichtet. Nicht weil es nötig wäre, sondern weil ihr einfach so seid. Freundlich und großzügig. Ich will das nicht strapazieren. Andererseits …"

Beide dachten den Satz zu Ende, jeder auf seine Art. Simone lächelte versonnen. Plötzlich sah Frank ihr mit einer theatralischen Geste tief in die Augen und sagte nach ein paar Wimpernschlägen mit sinnlichem Timbre: „Abwaschen?"

„Witzbold." Sie stützte sich auf den Tisch und erhob sich. „Angebot akzeptiert. Aber das machen wir lieber gemeinsam. Du bist in die Mysterien dieser Küche noch nicht eingeweiht. Danach lege ich mich eine Weile hin, ich bin vollkommen kaputt. Um drei muss ich wieder ins Melzi. Bis dahin ist die Expedition hoffentlich schon zurückgekehrt."

Kapitel 17

Simone erwachte von einer Hand, die sanft auf ihre Schulter drückte. Sie lag auf der Couch in einem kleinen Wohnzimmer neben dem Speiseraum, das sie wegen der hellblauen Steckdosen scherzhaft *Salon bleu* nannten, und erinnerte sich entfernt an ein Gefühl der Kälte, an einen Traum mit Schnee. Doch nun war sie in eine Decke gehüllt.

Frank saß neben ihr auf der Couch. Erschrocken fuhr sie hoch. „Wie spät ist es?"

„Nur die Ruhe. Viertel vor drei."

„Merde!" Offenbar hatte sie vergessen, in ihrem Handy den Wecker einzustellen. Die Müdigkeit! Doch nun war sie schlagartig hellwach. „Das schaffe ich nie. Um drei beginnt meine Schicht!"

Frank wirkte vollkommen entspannt. „Kein Problem, habe ich eingerechnet. Ich bringe dich mit meinem Auto nach Amboise."

Simone fuhr sich durchs Haar. „Ich muss furchtbar aussehen."

Frank schüttelte sich demonstrativ. „Schlimm. Du könntest ohne Schminke in einem Horrorfilm mitwirken. Ich warte auf dem Vorplatz."

Simone hastete in ihr Zimmer und machte sich rasch zurecht. Drei Minuten später saß sie neben Frank im Auto. Die „Expedition" war noch nicht zurückgekehrt.

Auf ihrem Handy fand sie eine Nachricht von Vincent. Der Besuch in Chambord sei bisher ein Riesenerfolg gewesen, allerdings nur in touristischer Hinsicht. Am Abend würden sie mit Lauries Verwandten in einer „angesagten Crêperie" in Blois einkehren, Simone und Frank wären daher noch ein Weilchen allein. Brav bleiben, hähähä.

Offenbar hatte Vincent nicht mehr auf dem Schirm, dass sie den ganzen Nachmittag im Melzi arbeitete. Das hieß, sie musste Frank im Schloss allein lassen.

Der hob die Augenbrauen. „Ich werde euer Schloss behüten? Euer Vertrauen ehrt mich."

Simone betrachtete sich im Spiegel des Autos und schnitt eine Grimasse. Heute würde sie definitiv die Kunden erschrecken. „Wir haben ein kleines Problem. Du musst die Domaine nicht nur gegen Eindringlinge verteidigen, sondern es gibt auch ein paar Arbeiten zu erledigen, die nicht bis morgen warten können. Vincent hat das Melzi vergessen, er dachte, ich wäre zu Hause. Darf ich ihn bitten, dass er dir ein paar Anweisungen gibt? Bei den Gärtanks muss man kontrollieren und nachjustieren."

„Natürlich."

„Gut. Das wäre geklärt." Sie betrachtete ihn von der Seite. Die Decke – das war Frank gewesen. Auch hatte er sie geweckt und daran gedacht, wann sie im Melzi sein musste und wie sie rechtzeitig hinkam. Etwas Banales und Alltägliches. Doch Simone erschien es großartig. Sie fühlte sich auf angenehme Weise behütet. Auch war sie überzeugt davon, dass Frank im Schloss einen guten Job machen würde. Wenn sie darüber nachdachte: Ihm würde sie ohne Wimpernzucken den Schlüssel zur Domaine anvertrauen.

Sie legte ihre Hand auf seine Schulter. „He, Hans. Danke. Auch für die Decke."

„Musste ich tun, aus humanitären Gründen. Du hast gebibbert." Er stieg auf die Bremse. „Hier rechts?"

„Nein, geradeaus, dann die zweite rechts." Simone beschloss, einer spontanen Eingebung zu folgen. „Hör mal, wenn sich mein Vater mit Laurie und Isabelle einen schönen Abend macht, können wir doch dasselbe tun. Ich arbeite bis neun. Wollen wir danach irgendwohin essen gehen?"

„Fantastisch. Aber nur, wenn diesmal ich einladen darf. Ich hole dich ab. Neun Uhr dann. Frohes Schaffen!" Der Wagen stoppte vor dem Melzi.

Simone öffnete die Tür und wollte schon rausspringen. Doch dann hielt sie inne, wandte sich um und drückte Frank einen festen Kuss auf die Wange. *„Merci, mon ami."*

Noch so eine spontane Eingebung. Beim Betreten des Melzi beschlich sie das Gefühl, das entrückte Grinsen einer frisch Verliebten auf dem Gesicht zu tragen.

Es würde ihr bald vergehen.

Die Schicht flog dahin. Alle Gäste schienen heute angenehm zu sein. Schon um halb neun ertappte sich Simone dabei, wie sie erwartungsvoll den Eingang beobachtete.

Es war kurz vor neun, als sie ihn erblickte.

Marcel Gauthier.

Simone blieb der Mund offen stehen.

„Damit hast du nicht gerechnet, was, *mon poussin*?“, sagte ihr Verehrer und zeigte auf einen gelben Boliden, der vor dem Melzi im Halteverbot stand. „Neuer Wagen übrigens. Eine Rakete. Eineinhalb Stunden von Paris. Darf ich dich zum Abendessen einladen?“

Sie versuchte, ein nicht gänzlich entgeistertes Gesicht zu machen. „Wer … wie …?“

„Ich habe einfach angerufen. Zuerst im Schloss und dann hier im Café. Dein Chef hat dich verraten. Ich wollte dich überraschen.“ Er strahlte. Wie immer war Marcel tadellos gekleidet, seine Schuhe glänzten wie frisch poliert, und der dunkle Mantel war von keiner Fussel entweiht. „Die Überraschung ist mir offenbar ein bisschen zu gut gelungen. He, *poussin*“, er fuhr mit der Hand vor ihren Augen auf und ab. „Ich bin's!“

„Ich dachte, du bist an der Côte d'Azur?“

Er blickte wie suchend um sich. „Irgendetwas hat mich nach Amboise getrieben. Keine Ahnung was.“

Simones Blick hingegen irrte authentisch suchend über die Glasfassade. Und da sah sie die Silhouette von Frank, der draußen brav auf dem Gehsteig wartete. Natürlich. Wie vereinbart.

Sie ließ sich umarmen und bat um einen Moment, die Schicht sei noch nicht ganz zu Ende, ob sie ihm etwas bringen könne.

Marcel setzte sein charmantestes Lächeln auf. „Ich brauche nur dich.“

Es kostete Simone eine übermenschliche Anstrengung, sich in den verbleibenden Minuten auf ihre Arbeit zu konzentrieren. Zwei Mal verrechnete sie sich, beinahe kam es zum Streit mit Gästen. Sie musste sich entschuldigen und war heillos verunsichert, als sie ihre

Schürze am Haken deponierte, ihre Schuhe wechselte und dachte: Verdammt, was mach ich jetzt?

An der Theke erwartete sie der bestgelaunte Marcel. „Ich hatte an das ‚Louisienne‘ gedacht. Hast du Hunger? Sag mal, freust du dich denn gar nicht?"

„Nicht besonders. Ich meine ja. Klar freu ich mich. Mit ‚nicht besonders‘ habe ich meinen Hunger gemeint." Sie schielte nervös Richtung Straße und beschloss, die Karten auf den Tisch zu legen. Schlimmer konnte es kaum werden. „Marcel, ich wusste ja nicht, dass du hier auftauchen würdest, und habe ich mich verabredet. Mein Bekannter wartet da draußen."

Erwartungsgemäß verdunkelte sich Marcels Miene, und Simone setzte rasch hinzu: „Unser Gast aus Deutschland. Er saß allein im Schloss und hat mich zum Abendessen eingeladen. Was tun wir nun?"

In Marcels Gesicht ging eine Serie bemerkenswerter Wandlungen vor sich. Von bestürzt über amüsiert bis zu unternehmungslustig. „Kein Problem", sagte er mit beinahe verdächtigem Enthusiasmus. „Dann lade ich eben euch beide ein. Wollte ihn sowieso kennenlernen."

„Genial", erwiderte Simone ohne rechte Überzeugung, verließ mit Marcel das Lokal und winkte Frank zu.

Der verstand gar nichts. Und dann alles. „Um Gottes willen", sagte er. „Sie sind extra von Paris hierhergekommen, um Simone zu sehen. Ich werde euch doch nicht den Abend ruinieren."

„Wenigstens einen Aperitif?", flehte Simone.

Frank richtete diesen für ihn typischen Blick auf sie, prüfend und wahrheitssuchend. Augenblicklich begriff er, dass der gemeinsame Aperitif die einzige Lösung war, damit jeder das Gesicht wahren konnte. Alles andere wäre peinlich geworden. Franks Enthusiasmus hatte etwas Bemühtes an sich, als er zusagte.

Marcel zeigte auf seinen gelben Mercedes-Sportwagen. „Deutsche Qualität. Fahr mir einfach nach. Keine Sorge, ich werde nicht rasen. Bitte duzen wir uns doch."

Das „Louisienne" war ein herrschaftliches Anwesen etwa zehn Kilometer außerhalb von Amboise, mitten im Nirgendwo. Dort saßen sie bald zu dritt an einer Bar mit luxuriös-rustikalem Flair, umgeben von asiatischen Geschäftsleuten und lokalem Publikum mit klarer Dominanz älterer Semester.

Selten in ihrem Leben hatte Simone sich so unbehaglich gefühlt. Sie konnte weder Marcel davonschicken, der extra angereist war, noch Frank, der sich heute in seiner sympathisch unaufdringlichen Weise um sie bemüht hatte. Andererseits: Der junge Mann aus Deutschland war bedient. Auf ihn wartete die temperamentvolle Berlinerin, die ihn offenbar so fest im Griff zu haben wähnte, dass sie ihn bedenkenlos mit einer anderen Frau allein ließ.

„Du bist Architekt?", eröffnete Marcel mit einem Gesicht, das sagte: Mir ist keine bessere Frage eingefallen, und nein, das tut mir jetzt nicht leid.

Frank nickte. „Stimmt. Ich arbeite seit drei Jahren in einem Büro, das auf Einfamilienhäuser spezialisiert ist."

„Dann sind wir in verwandten Berufen tätig." Marcel hob das Glas. „Ich bin Makler und verkaufe hauptsächlich Einfamilienhäuser. Mein letzter Deal war das Einfamilienhaus Château Savaugnier. Siebzehntes Jahrhundert. Fünfundzwanzig Zimmer. Zweieinhalb Hektar Garten und Wald. Das Haus einer Familie. Also im strikten Wortsinn ein Einfamilienhaus." Er gluckste amüsiert und prostete ihnen zu. „Aber ich nehme an, du beschäftigst dich mit einer anderen Art von Einfamilienhäusern."

Frank tauschte einen verstohlenen Blick mit Simone aus. „Unsere Châteaus sind tatsächlich ein paar Nummern kleiner."

„Drei-Zimmer-Châteaus, nehme ich an." Marcel lachte laut. Frank lachte höflich mit, Simone sah verlegen dem Eiswürfel in ihrem Glas beim Klinkern zu.

Frank ließ den milden Spott gleichmütig über sich ergehen. „So etwas in der Art. Manchmal auch vier oder fünf Zimmer. Nicht jeder kann ein Château haben." Er zuckte die Achseln. „Und wie ist der Immobilienmarkt dieser Tage?"

Marcel fuchtelte mit dem Glas in der Hand und hielt einen kleinen Vortrag über die Marktlage. Am Ende dozierte er: „Egal, wo der Markt steht, Verkaufen ist immer schwierig. Man muss konstant am Ball bleiben. Ich lege Wert darauf, meine Kunden sehr genau kennenzulernen. Nur so kommt man zu einem guten Deal. Da ist eine Menge Psychologie dabei."

„Das kann ich mir vorstellen." Frank deutete auf ihn. „Hast du Psychologie studiert?"

Der Makler tippte sich an die Stirn. „Angeboren. Aber zugegeben – ich lese auch viel. Wer denkt, er könne nichts mehr dazulernen, hat schon verloren. Wie siehst du das?"

Frank nickte. „Ein wahres Wort." Dann trank er in einem Zug sein Glas leer und stellte es ab. „Wenn du ein günstiges Château im Angebot hast, gib mir Bescheid. Zwanzig Zimmer reichen vollkommen. Ach ja, wichtig: Ein schönes Türmchen muss es haben. Ich bin Romantiker."

Nun waren es Marcel und Simone, die verstohlene Blicke austauschten.

„Und als Romantiker", setzte Frank fort, „weiß ich, dass ein Abendessen zu zweit romantischer ist als ein Abendessen zu dritt." Er hob die Hand zu einem kurzen Winken. „Marcel, es war mir ein Vergnügen! *Au revoir et bon appétit,* ihr beiden. Bis morgen, Simone!"

Die beiden waren so verblüfft, dass sie die Münzen neben dem Glas erst bemerkten, als Frank die Bar bereits verlassen hatte.

„Sehr korrekt, der Junge", merkte Marcel an und nahm das Geld an sich. „In jeder Hinsicht. Ich glaube, wir werden gut miteinander auskommen."

Simone blies die Backen auf. Sie hatte Frank genau beobachtet und keine Spur von Verärgerung bemerkt. Genau das machte sie misstrauisch. Er konnte sehr undurchsichtig sein, ihr deutscher Freund. An ihrem Gesicht hingegen waren die gemischten Gefühle ablesbar wie der Text eines Autobahn-Werbeplakats. Frank war anders. Er würde Taten sprechen lassen. Ein klarer Punktesieg für Isabelle. Na dann.

Unter diesem Licht beschloss sie, das Abendessen im „Louisienne" zu genießen. Wie Marcel mit Frank umgegangen war, gefiel ihr nicht wirklich, aber die Situation hatte ihn wahrscheinlich überfordert. Immerhin war sie, die Partnerin, mit einem „fremden Mann" zu einem

Tête-à-Tête verabredet gewesen. Da hätte Marcels altmodische Ader durchbrechen können. Aber vielleicht kam er ja doch allmählich im 21. Jahrhundert an, was die Beziehung Mann-Frau anlangte.

Tatsächlich gab Marcel einmal mehr den perfekten Gentleman. Sie vermutete zwar, dass Franks frühzeitiger Abgang zu seiner Stimmung beigetragen hatte, doch in Anbetracht des turbulenten Starts konnte der Abend noch als angenehm durchgehen. Marcel erzählte vom faszinierenden Dunstkreis seines Bruders, der offenbar in der Pariser High Society Fuß gefasst hatte, ein aufsteigender Stern der Hightech-Unternehmer-Szene, nun auch mit Glamour-Faktor dank des Supermodels Jane Wilkinson. Simone hingegen erzählte darüber, was Marcel mit einem Hauch von Abschätzigkeit die „Rätselrally" nannte. Dass sie eine geheime Botschaft aus dem Jahr 1943 entschlüsselt hatte, beeindruckte ihn zumindest für einen Moment. Danach stand die Frage im Raum, wie lange sie weiter im Melzi rackern würde und ob sie ihn wohl diesmal auf einem Glamour-Trip begleiten würde. Côte d'Azur über Neujahr. Drei, vier Tage nur. Wenn sie sich die Fahrt nach Paris sparen wollte, würde der Privatjet auf dem Flughafen Tours Val de Loire extra für sie einen Zwischenstopp einlegen!

„Ich werde darüber nachdenken", versprach Simone, als Marcel sie spät nachts auf dem Vorplatz des Schlosses verabschiedete.

Im Haus schliefen schon alle. Ihr Vater hatte einen Zettel mit einer Nachricht hinterlassen.

Frank und Isabelle reisen morgen ab. Wenn du dich verabschieden willst, musst du vor halb zehn auf den Beinen sein.

Kapitel 18

Der Grund für die plötzliche Abreise war, versicherte Frank, ein touristischer. Genauer gesagt: Architektur. Er war auf die Idee gekommen, auf der Rückfahrt „La Cité Radieuse" zu besuchen, einen legendären Wohnkomplex von Le Corbusier. Der lag beinahe an der Strecke.

Sie saßen zusammen im Esszimmer. Simone machte ein tapferes Gesicht und ließ sich von Frank über die Meisterwerke von Le Corbusier aufklären. Ihr entging nicht der merkwürdig prüfende Blick von Isabelle, der während des ganzen Frühstücks auf ihr ruhte. Plötzlich hörte sie draußen eine Tür schlagen. Sie sah ihren Vater an. „Wer kann das sein? Bernardo hat doch Urlaub!"

„Das, äääh ...", Vincent rieb sich die Hände am Hemd ab und blickte wie ertappt um sich. „Das ist wohl eine Schlafmütze namens Laurie ..."

„Laurie!?", entfuhr es Simone, und sie handelte sich eine mikroskopische Oje-Geste von Frank ein. Sie erinnerte sich an ihre Konversation vom Vortag. Frank meinte ja auch, dass Simone ihre Abschätzigkeit für Laurie mehr als nur diskret durchschimmern ließ.

In der Tür erschien eine Figur im eleganten Schlafmantel, die Haare waren mit einer grellgrünen Schleife hochgebunden, und in Lauries Gesicht war deutlich jenes Am-Morgen-danach-Strahlen zu erkennen, über das Simone ihre Theorie entwickelt hatte.

Aha!

„Kaffee?", fragte Vincent und warf Simone einen warnenden Blick zu, der sagte: Keine Bemerkung jetzt!

Laurie trug ein Dauerlächeln auf dem Gesicht und vermied es, den Anwesenden in die Augen zu schauen. Sie war noch ganz in ihrem Universum und fühlte sich dort offenbar sehr wohl. Ihre fiepende Stimme drang wie ein Wecksignal in die Gehörgänge. *„Bonjour, tout le monde."*

Die Runde murmelte: *„Bonjour."*

„Ich komme ja gerade noch rechtzeitig. Huh!" Laurie ließ sich auf einem Stuhl nieder. „Was für ein Tag gestern!"

„Und was für eine Nacht!", fügte Vincent überflüssigerweise hinzu. „Kaffee?"

„Ja, mein Schatz", entfuhr es Laurie, und sie hielt sich den Mund zu. „Huch!"

„Ihr hattet wenig Glück gestern", kam Frank zu Hilfe. „Keine Spur von unserer Miriam Thal in Chambord."

Dankbar stieg Laurie auf den Themenwechsel ein. „Leider! Nicht die leiseste Spur! Isabelle hatte dann die brillante Idee, dass Lamoureux nicht Verliebter bedeutet, sondern ein Familienname sein könnte. Tatsächlich gibt es diesen Namen in der Region. Wir haben einige Lamoureux angerufen. Huch, wie peinlich!" Sie hielt sich wieder die Hand vor den Mund. „Einige meinten, wir spüren einer aktuellen Affäre nach. Hatten Sie etwas mit einer Miriam Thal? Natürlich nicht! Nein, wir meinen: vor siebzig Jahren!"

Laurie fand das extrem komisch, und sie begann zu lachen, dann zu wiehern und drohte die Kontrolle zu verlieren. Sie war offensichtlich sehr glücklich. Simone gönnte es Vincent. Wenigstens einer in der Familie, der es schaffte, seinen Partner glücklich zu machen.

„Auf dem Nachhauseweg hatte ich noch einen Gedanken …“, plapperte Laurie weiter, und Simone dachte: Bitte nicht!

„Hier ist der Kaffee“, verkündete Vincent.

Laurie sah lächelnd zu, wie er einschenkte, und die beiden blickten einander an wie verliebte Siebzehnjährige. Unglaublich, dachte Simone. Das funktionierte offenbar in jedem Alter. So gesehen musste sie selbst keine Eile haben. Irgendwann würde zwischen Marcel und ihr die große Romantik ausbrechen. Irgendwann würde sie nachts erwachen und das dringende Bedürfnis verspüren, dass er neben ihr lag und sie umarmte und streichelte und mit ihr die Liebe machte …

Irgendwann.

„Simone, was ist denn los?“, blaffte Vincent. „Warum schaust du Frank so böse an?“

Sie schreckte aus ihren Gedanken hoch. „Habe ich böse geschaut?“

Frank wirkte betroffen. Er sah Isabelle an. „Wir müssen uns allmählich auf den Weg machen.“ Und an die anderen gewandt: „Ich setze sie in Frankfurt am Flughafen ab. Wir haben gestern noch einen günstigen Flug für sie gebucht. Und für die Cité Radieuse wollen wir uns ausreichend Zeit nehmen. Darum die Eile. Wir wollen nicht unhöflich sein. Tut uns leid!“

Die Gastgeber unterbrachen ihr Frühstück und begleiteten Frank und Isabelle hinaus auf den Vorplatz.

Dort hielt Simone es nicht länger aus. Unter den fragenden Blicken der anderen zog sie Frank am Ärmel weg, um außer Hörweite mit ihm zu sprechen. „Hans, du bist so ernst seit gestern Abend. Ich hoffe, du bist mir nicht böse. Das ist mir wichtig. Bitte!"

Frank schüttelte den Kopf. „Ich war natürlich enttäuscht, auf das Abendessen mit dir hatte ich mich gefreut. Aber die Situation war doch klar. Du hättest nicht anders handeln können. Mach dir also keine Gedanken."

„Danke für dein Verständnis. Ich habe mich furchtbar gefühlt."

„Kein Grund dafür."

„Dann *au revoir!*" Sie umarmte ihn. Er wirkte zunächst verblüfft, dann drückte er sie fest an sich.

„Wir bleiben in Kontakt?", fragte er. Es klang beinahe flehend.

Simone knetete an seinem Oberarm herum. „Das hoffe ich sehr. Und viel Glück für euch beide!"

Diese letzte Bemerkung schien ihn zu verwirren. Simone verstand nichts mehr, aber wozu auch? Sollte einer schlau werden aus diesem Kerl!

Laurie verabschiedete die Deutschen so herzlich, dass es wieder einmal peinlich wurde. Klarerweise lebte sie nur ihren Glückszustand an jedem aus, der ihren Weg kreuzte. Frank und Isabelle trugen es mit Fassung. Und Simone nahm sich vor, nicht ein Gramm Geringschätzigkeit zu vermitteln. So zu tun, als sei das alles normal. Im Übrigen – Vincent musste schon was draufhaben, wenn eine Frau am Tag danach in dieser Stimmung durch die Landschaft tänzelte ...

„Was ich vorhin sagen wollte", nahm Laurie den Faden wieder auf, als der Skoda davongefahren war und die Franzosen wieder unter sich waren.

„Ah ja, dein Gedanke." Vincent machte aus seinem Spott kein Geheimnis. „Dann rück mal rüber mit deinem Gedanken, du hübsche kleine Denkerin!"

„Ach, alter Charmeur!", winkte sie ab. Als sie die Aufmerksamkeit der beiden auf sich gebündelt sah, schnitt sie ein paar Denkgrimassen und sagte mit erhobenem Zeigefinger: „Gestern dachte ich mir noch, vielleicht haben wir im falschen Chambord gesucht."

Vincent lachte gutmütig, doch in Simones Kopf machte es klick. „Wie meinst du das?"

„Na, diese Miriam wollte doch eigentlich so weit weg wie nur möglich. Wenn man bedenkt, was sie hier erlebt hat! Blois und Chambord – das ist quasi um die Ecke. Vielleicht sollten wir im anderen Chambord suchen."

„Du bist doof", versetzte Vincent. „Welches andere Chambord?"

Laurie gab sich entrüstet. „Selber doof. Im französischen Teil von Kanada gibt es bestimmt einen Haufen Städte mit Namen französischer Orte. Viele Auswanderer haben ihrer neuen Siedlung in Amerika den Namen des Heimatortes gegeben. Darüber hat mir mal ein Kunde einen Vortrag gehalten. Ein Geografie-Professor mit wenig Haaren und viel Freizeit. Ich glaube, der kam nur, um mit mir zu plaudern, hihi." Sie machte eine Pause, damit die anderen mitlachen konnten, doch die kauten nur gedankenverloren. Laurie imitierte den Professor mit erhobenem Zeigefinger: „In den USA zum Beispiel gibt es ein Paris, das in Texas liegt, und ein neues Orléans, das sie New Orleans genannt haben, und New York erhielt seinen Namen von den Engländern aus York und New Rochelle von Franzosen aus La Rochelle. Hat er mir mindestens fünfmal erklärt, der Herr Professor. Darum habe ich mir das gemerkt. Aber wenn ihr meint, das sei zu weit hergeholt ..." Sie machte eine Mir-egal-Geste und schnappte sich eine Baguette. „Ich esse jetzt was."

Simone war zunächst wie versteinert. Dann sprang sie auf und rief im Davonlaufen: „Laurie, du bist ein Genie!"

Obwohl Simone die von Laurie vorgeschlagene Spur nur kurz verfolgen konnte, machte sie eine Entdeckung, die ihren Puls beschleunigte. Doch die Zeit drängte. Heute war sie für die Mittagsschicht eingeteilt. Über die Saison Weihnachten-Neujahr war die Personalorganisation im Melzi ein ziemliches Durcheinander. Simone sprang ein, wann immer Abou sie brauchte. Vincent war wohl in einem der Weinfelder oder im Keller. So schwang sie sich auf ihr Fahrrad, ohne mit ihm gesprochen zu haben.

Worauf sie gestoßen war, absorbierte sie derart, dass sie erst im Café daran dachte, einen Blick auf ihr Handy zu werfen. Sie fand eine Nachricht ihres Vaters.

Tochter, wir müssen ein ernstes Wort miteinander reden. Laurie ist todunglücklich!

Dazu die Emoticons von Blitzschlag, Gewitter und Totenkopf.

Die Emoticons beunruhigten sie nicht. Aber „Tochter“! Das Wort benutzte er als Anrede nur, wenn er mehr als nur sauer auf sie war. Simone hatte keine Ahnung, was sie wieder angestellt haben sollte. Sie war sich keiner Schuld bewusst. Neutraler als beim Frühstück heute konnte sie beim besten Willen nicht dreinschauen. So gründlich sie ihr Gedächtnis durchforschte – es fiel ihr nichts ein, was den heiligen Zorn ihres Vaters rechtfertigen würde.

Am Nachmittag bat sie Abou um ein paar Minuten Pause, um einen privaten Anruf zu tätigen. Der erkannte sofort, dass ihr Anliegen wichtig war. „Du kannst in mein Büro gehen“, bot er an. „Unter der Bedingung, dass du nicht schreist.“

Simone machte ihren Anruf. Das Resultat übertraf ihre kühnsten Erwartungen. Kurz überlegte sie, Vincent, Frank und Isabelle – und natürlich Laurie – direkt zu verständigen, doch zuerst wollte sie das Problem mit ihrem Vater klären.

Am späten Nachmittag kehrte sie ins Schloss zurück. Sie fand Vincent beim Zeitunglesen im Esszimmer. Ohne seine Augen von der Lektüre zu nehmen, bellte er einen betont knappen Gruß. Simone legte die gelbe Allwetterjacke – Lauries Geschenk – gar nicht erst ab. In vollem Radfahrer-Outfit setzte sie sich ihm gegenüber und faltete die Hände.

Vincent zeigte das Gebaren eines Richters, der nur noch überlegte, ob er dem Angeklagten die Todesstrafe oder gnadenhalber „lebenslänglich“ aufbrummen sollte. „Ich weiß nicht, was ich machen soll, damit du Laurie gegenüber ...“

Nun verlor Simone die Geduld. „Was habe ich denn gemacht?", kreischte sie mit gespreizten Händen.

Vincent schreckte zurück. Als er sich gefangen hatte, breitete er ratlos die Arme aus und erwiderte: „Du hast gemacht, was du immer machst. Du bist arrogant und ironisch mit ihr. Immer!"

„Ironisch?" Simone gingen die Augen über. „Wann war ich heute ironisch?"

„Na, dieser Ausruf: Du bist ein Genie!"

Simone klappte der Mund auf. *„Mais c'est pas vrai!* Deshalb ist Laurie todunglücklich!?"

„Na klar. Wenn jemand wie du jemanden wie Laurie ein Genie nennt, kann das nur ironisch ..."

Simone flog endgültig der Deckel vom Topf. Sie sprang auf, stützte die Arme auf dem Tisch ab und blickte ihrem Vater in die Augen, offenbar mit einem Mördergesicht, denn er wirkte ernsthaft geschockt. „So, du Idiot. Jetzt bleibst du hier sitzen und wartest, bis die arrogante Tochter dir erklärt hat, warum sie Laurie ein Genie genannt hat. UND ZWAR IM ERNST!"

Die letzten Worte brüllte sie so laut, dass sie Vincent damit beinahe den Haarschopf ausgerichtet hätte. Er blieb wie angeschraubt sitzen, und sie marschierte mit zornigem Schritt ins Appartement, um ihren Notebook zu holen. Wieder zurück im Speisezimmer, war sie versucht, den Computer vor ihrem Vater auf den Tisch zu knallen, brachte ihr Temperament jedoch gerade noch rechtzeitig unter Kontrolle. Empfindliches Gerät.

Mit zitternden Händen legte sie das Notebook vor ihm hin, klappte den Bildschirm hoch und setzte sich daneben. „So", sagte sie. „Dann schau dir das mal an."

Auf dem Bildschirm war ein schmuckes Wohnhaus zu sehen. Über dem Eingang hing ein Schild. Darauf war zu lesen: „Maison Faunwald".

Vincent rang nach Worten. *„Pu …!"*

„Und nun rate mal, wo dieses Haus steht. Da!" Simone zeigte auf den unteren Bildrand.

Vincent beugte sich vor, um die Schrift zu entziffern. Mit leiser Stimme las er: „Chambord, Quebec."

„Ein winziges Dorf in Kanada. 1.700 Einwohner. So ein Zufall!" Simone fletschte die Zähne. „Das, Papi, war jetzt ironisch. Natürlich kein Zufall! Laurie hat uns den entscheidenden Tipp gegeben. Deshalb habe ich sie ein Genie genannt. Und weißt du, mit wem ich heute telefoniert habe?"

„Äh …"

„Nein, *Monsieur* Äh konnte leider nicht ans Telefon kommen, *Monsieur* Äh hatte einen wichtigen Termin auf dem Friedhof und ist seither permanent verhindert. Aber ich hatte Glück und konnte mit einem Herrn Michel Lamoureux telefonieren. Netter alter Herr. Einziger Sohn von …" Mit einer Geste forderte sie Vincent auf, den Satz zu Ende zu sprechen.

Der schaute sie mit überquellenden Augen an. Seine Lippen formulierten unhörbar.

Simone stupste ihn unsanft an. „Lauter, ich höre nichts."

„… Miriam …?"

„Miriam Thal, bingo! Hundert Punkte! Was sage ich? Tausend!" Simone klappte den Computer zu und schnitt eine Grimasse zwischen Wut und Stolz. „Lass mich nachdenken, unter welchen Bedingungen ich dir und Laurie verzeihen kann. Ihr habt mich für eine arrogante Göre gehalten, die sich auf perfide Weise über Laurie lustig macht. Puh, ob mir da etwas ausreichend Starkes einfällt?"

„Simone", murmelte Vincent. „Es tut mir schrecklich leid, ich konnte ja nicht ahnen ..."

Doch sie ließ ihn nicht vom Haken. „Klar konntest du. Aber ihr habt das Schlimmste angenommen. Siehst du, *das* ist Geringschätzung."

Nun machte Vincent sein zerknirschtes Gesicht mit den traurigen Hundeaugen. „Und wenn ich heute ganz toll für dich koche?"

„*Bétise!*"Simone winkte ab und schlenderte rund um den Tisch. „Viel zu wenig. Mit einer Suppe und Rouladen ist diese Monstrosität nicht aus der Welt geschafft. Da musst du dir etwas Besseres einfallen. Halt!" Sie blieb stehen und blickte ihren Vater triumphierend an. „Ich hab's."

Vincents Miene signalisierte eine nochmals gesteigerte Verzweiflung. „Was für eine Idee ist meiner verrückten Tochter jetzt gekommen?"

Ihre Augen verengten sich zu Schlitzen. „Wir graben Miriam Thals Kellerraum aus."

Er stützte seinen Kopf in die Hände. „Dann vergibst du mir?"

Ihre Worte kamen spitz wie Pfeile. „*Nur*dann!"

Kapitel 19

Einmal in ihrem Leben wollte Simone alles richtig machen. Die Neujahrsreise mit Marcel musste sie wegen ihrer Verpflichtungen im Melzi absagen. Doch sie telefonierte lange mit ihrem Verehrer, schlug ein gemeinsames Wochenende im Januar vor und lud ihn zur Ausgrabung ein. „Wir räumen erst die Trümmer weg, machen den Weg zum Keller frei und sichern die Struktur. Dann warten wir, damit unsere engsten Freunde dabei sein können, wenn es interessant wird.“

„Das klingt spannend!“, erwiderte Marcel. „Was hofft ihr denn zu finden? Einen mumifizierten Nazi? Eeeh ... wird dein *petit-ami* aus Deutschland auch kommen?“

Simone seufzte. Der *petit-ami*, der keiner war, ging Marcel nicht aus dem Kopf. „Ich habe ihn *und seine Freundin* natürlich eingeladen. Die Idee von der Grabung ist ja von Frank gekommen.“

„Na gut. Bin gerne dabei. Dann wünsche ich dir und Vincent eine schöne Feier. Oder arbeitest du?“

Simone erzählte, dass sie bei der Neujahrsparty als Kellnerin einspringen würde, weil die Kollegin aus Nantes wieder einen Hinderungsgrund gefunden hatte. Sie fühlte sich dabei, als würde sie ein Geständnis ablegen. Vincent war versorgt, er feierte mit Laurie. Von Frank wusste sie, dass Isabelle ihn zur Neujahrsfete nach Berlin eingeladen hatte. Und ihr hübscher

Marcel würde sich an der Côte d'Azur vergnügen, obwohl es dem Wetterbericht zufolge dort sehr ungemütlich würde.

Mit wem sie sich momentan am besten verstand, war Michel Lamoureux. Der siebzigjährige Witwer hatte zuerst Mühe, so weit in die Vergangenheit zu reisen. Doch mit jedem Gespräch kamen zusätzliche Details ans Licht. So konnte er sich an eine Begebenheit seiner Jugend erinnern, die stets ein Rätsel für den Rest der Familie dargestellt hatte. Über mehrere Jahre hinweg, wohl in den frühen Sechzigern, mietete sich drei oder viermal ein Besucher aus Deutschland für ungefähr jeweils eine Woche in einer Pension in der nahen Stadt Alma ein und traf sich mit seiner Mutter. Die war damals glücklich verheiratet und hieß nun Miriam Lamoureux. Sie war in der Stadt auch bekannt, weil sie bei der großen Holzfirma Price Brothers and Company als einfache Sekretärin begonnen und sich aufgrund ihrer Fähigkeiten emporgearbeitet hatte. Das Auftreten einer Frau auf der Bühne des mittleren Managements einer großen Firma war damals eine Sensation gewesen, zumal in der Provinz.

Miriam Lamoureux war bekannt in Alma, darum machte sie keinen Versuch, ihre Treffen zu verheimlichen. Man erzählte, sie habe mit dem Fremden lange Spaziergänge unternommen und viel Zeit an öffentlichen Plätzen verbracht. Und man erzählte, dass sie die Pension, geschweige denn das Zimmer des Gastes, demonstrativ nie betreten hatte. Wenn man sie fragte, erwiderte sie kurz angebunden, dass der Besucher ein Freund aus Kriegstagen war und dass sie in seiner Schuld stand. Bekannten gegenüber, die sie auf der

Straße trafen, stellte Miriam den Fremden als Herrn Faunwald aus Deutschland vor.

Eine Affäre konnte sich schon deshalb niemand so recht vorstellen, weil Herr Faunwald, wie erzählt wurde, krank und gebrechlich schien, ein Mann, der vorzeitig gealtert war und dem schon vom Aussehen her niemand ein romantisches Abenteuer zutraute.

Ihrer Familie gegenüber erklärte Miriam lapidar, dass der Besucher Teil ihrer Vergangenheit sei und auch bleiben sollte. Kein einziges Mal brachte sie ihren Ehemann und ihren Sohn mit Faunwald zusammen.

Doch sie bestand darauf, das Haus nach ihm zu benennen. Und ihr Sohn, so wurde jedenfalls vermutet, erhielt nicht zufällig den Namen Michel.

Frank und Isabelle erhielten ausführliche Berichte. Und Isabelle war es, die umgehend anrief, obwohl ihr die Worte fehlten. Mit beherrschter Stimme dankte sie Simone für die Mails und die Fotos. Doch als sie auf das Bild mit „Maison Faunwald" zu sprechen kam, war es vorbei mit der Kontrolle. Sie schluchzte ins Telefon, und Simone konnte sich aus den wenigen verständlich formulierten Satzteilen nur zusammenreimen, dass Isabelle das Bild im Schöndruck einrahmen und in ihrer Wohnung aufhängen wolle. Und dass sie Simone eine Million Küsse schickte für alles, was sie getan und erreicht hatte, und dass ... und dass ... nun ja, die Ehre der Familie sei wiederhergestellt, obwohl, das klinge so nach arabischem Clan. Egal, irgendwie habe sie so ein ungewohntes archaisches Gefühl. Aber auch ein befreiendes, denn nun sei klar, welchen Zweck die wenigen Fernreisen gehabt hatten, die ihr Großvater damals allein unternommen hatte.

Und dann schluchzte sie wieder, und auf der Suche nach einer Dankesgeste fiel ihr in dem Moment nichts Besseres ein, als beim nächsten Besuch im Schloss eine Berliner Spezialität zu kochen und das beste Berliner Bier mitzubringen. Isabelle rezitierte, hörbar unter Tränen, das Kochrezept für Eisbein. Das Gespräch endete mit Liebesbekundungen.

Als Simone auflegte, war sie emotional erschöpft.

Franks Reaktion war, wie erwartet, leichter verdaulich. Er schrieb eine lange Mail, in der Simone zwischen den Zeilen tiefe Zuneigung las. Allerdings berichtete er auch von seiner nächsten Reise mit Isabelle. Sie sei zum Architektur-Fan geworden, gemeinsam wollten sie die baulichen Juwelen von Wien bestaunen. Ob Simone nicht dazustoßen wolle. Mit Marcel.

Nicht mal besoffen, dachte sie. Auch würde ihr Verehrer wenig Verständnis dafür haben, wenn sie bei ihm eine Einladung nach der anderen absagte und dann quasi auf Zuruf nach Wien flog, weil Frank mit dem Finger schnippte.

Ihre Absage formulierte sie so freundlich wie möglich.

Claude Bruneau war ein beleibter Baumeister mit wie vor Aufregung abstehenden Haaren, lauter Stimme und einem begrenzten Vokabular, das rund um sein Lieblingswort gruppiert war: „Normen". Den Normen zufolge musste nicht nur die Gemeinde Limeray ihren Segen geben, bevor sie auch nur den ersten Kieselstein der Ruine des Verwalterhauses anrühren konnten, sondern auch die Denkmalschutzbehörde. Vincents Einwand, dass die Ruine nicht unter Denkmalschutz stand, wurde von der Entdeckung ausgehebelt, dass zwar nicht das Verwalterhaus, wohl aber der Keller ein „historisch interessanter Bereich" war. Nicht wegen Miriam Thals Wohnräumen, sondern wegen des Gewölbes.

Denn im Zuge seiner Recherchen bei den Behörden war Bruneau auf einen Bericht gestoßen, wonach das Verwalterhaus auf dem ehemaligen Eislager des Fischhändlers errichtet war. In diesem unterirdischen Gewölbe lagerte Rodolphe Charente das seinerzeit aus den Alpen blöckeweise herbeigeschaffte Eis, mit dem er seine Ware kühlte, um den Adel auch außerhalb der Fangzeiten mit dem begehrten Lachs zu versorgen.

Eine weitere Spezialität Bruneaus war das Aufbauschen einfachster Vorgänge. Seinem Freund Vincent verkaufte er die Grabung als ein Projekt, dessen Komplikationen in etwa mit dem Bau des Ärmelkanaltunnels vergleichbar waren. Als es Mitte Januar endlich so weit war – an einem Wochenende natürlich, denn Bruneau war solide ausgebucht –, ließ der Baumeister zwei Bagger vorfahren, einen gigantischen und einen winzigen. Am Ende war nur der winzige nötig, um einige schwere Brocken der eingestürzten Bruchsteinmauer zu bewegen.

Rasch fanden sie die Treppe, die in das Gewölbe führte. Obwohl Vincent und Simone mit anpackten, brauchten sie das gesamte Wochenende, um das Treppenhaus von Schutt zu befreien. Unten angekommen, standen sie vor zwei Eingängen mit den verfaulten Resten von Holztüren sowie Schutt, der bei der linken Tür nur etwa eineinhalb Meter hoch lag. Mit einem potenten Handscheinwerfer leuchteten sie in den Raum hinein und entdeckten, dass das linke Gewölbe zumindest teilweise intakt geblieben und der Schutt darin wohl aus dem Treppenhaus gekommen war. Aufgrund der Lage des Kamins, an dem die Stange der meteorologischen Messeinrichtungen entlangführte, kamen sie zu dem Schluss, dass es sich bei diesem Raum um Miriam Thals Quartier handeln musste.

Für einen Augenblick war es still. Ihre Augen folgten dem Lichtstrahl.

„Was denkst du?", fragte Vincent.

Simone rieb sich die Wange. „Ich habe eine Gänsehaut."

Bruneau entzauberte die andächtige Atmosphäre mit der Bemerkung, dass für die kommenden Tage noch kälteres Wetter angesagt und nun der ideale Moment für eine kleine Mahlzeit gekommen sei.

Sie wollten sich schon abwenden, um die Treppen hochzusteigen, als Vincent rief: „He, was ist das?" Er fuhr mit der Hand in den Schutt und holte ein rötliches Objekt hervor. Metall. Eine Art Plakette, von Rost überzogen. Mit einem Symbol.

„Putain!", entfuhr es Vincent. Auf der Metallplakette zeichnete sich das Relief eines Hakenkreuzes ab.

„Heil Hitler, mein Freund", rief Bruneau und klopfte Vincent auf die Schulter. „Guter Start. Vielleicht finden wir eine unterirdische Raketenfabrik. Hehe!"

„Hier machen wir für heute halt", entschied Simone. „Wenn wir weiterbuddeln, möchte ich unsere Freunde dabeihaben."

Vincent nickte. „So soll es geschehen. Claude, passt dir nächstes Wochenende?"

Auf dem Weg zum Haus dachte Simone mit wohligem Schaudern: Gut möglich, dass im Gewölbe eine verstörende Entdeckung auf sie wartete.

Damit lag sie falsch. Die verstörende Entdeckung lauerte ganz woanders.

Beglückt stellte Simone fest, dass sie zuerst an Marcel dachte als an Frank. Die Dinge in ihrem Kopf schienen allmählich in Ordnung zu kommen. Wahrscheinlich eine Nebenwirkung der Sache Faunwald. Und so beschloss sie, ihren Verehrer als Ersten zu verständigen.

Etwas verwundert war sie, dass Marcel sie bei den ersten beiden Versuchen wegdrückte. Simone übte sich in Geduld. Vor Weihnachten hätte sie direkt Frank und dann Isabelle angerufen. Sie war stolz darauf, wie sie ihren Trotz-Impuls unter Kontrolle brachte und Marcel den gebührenden Vortritt einräumte.

Beim dritten Mal funktionierte es. Doch schon an Marcels Ton erkannte Simone auf Anhieb, dass etwas nicht stimmte.

„Ich wollte dich schon vor Tagen anrufen", sagte er mit nervösem Tremolo. „Wir sind länger an der Côte d'Azur geblieben als geplant, obwohl das Wetter scheußlich war."

Simone wollte Marcel von der Grabung berichten, doch er schnitt ihr das Wort ab. „Stopp, liebe Simone, sprechen wir später darüber. Ich muss dir etwas sagen, was ich dir eigentlich lieber von Angesicht zu Angesicht sagen wollte, aber das ging ja nicht. Du bist dort, und ich bin hier."

Simone fiel dazu nur ein ratloses „Aha" ein.

Doch was Marcel zu übermitteln hatte, wurde rasch klar. Er ließ Revue passieren, wie Simone ihn trotz seiner „ehrlichen und anständigen Bemühungen“ auf Abstand gehalten hatte. Wie er trotz seines Begehrens immer ein Gentleman geblieben war. Wie er in all den Monaten – waren es zehn oder elf? – keine andere Frau auch nur angesehen hatte.

Und dass er nun ... tja ... jemanden kennengelernt hätte. Es täte ihm sehr leid, diese Nachricht in diesem Moment und auf diese Weise zu überbringen, aber er könne jetzt nicht ein Telefongespräch über eine „banale Baggerei im Garten“ führen, während sich seine Freundin, seine neue Freundin, für einen gemeinsamen Ausflug bereit machte. Übrigens schliefen sie im selben Zimmer. Nur so als Anmerkung.

„Ich habe dieser Frau keinen Widerstand entgegensetzen können“, rechtfertigte sich Marcel. „Sie ist eine Kollegin von Jane Wilkinson. Ein Bild von einer Frau. Wenn du wissen willst, wie sie aussieht, musst du nur zu einem besser sortierten Kiosk gehen. Auf irgendeinem Cover wirst du sie garantiert finden. Sie heißt Carmen Santacruz.“

Simone fiel im Moment nichts ein, was sie darauf sagen konnte. Also schwieg sie ins Telefon, bis Marcel fragte: „Bist du noch dran?“

„Jaja.“

„Also?“

Simone seufzte. „Marcel, ich höre dir zu. Mehr kann ich ja nicht tun.“

„Bist du mir böse?“

„Ich habe keine Ahnung, was ich bin. Ich muss das erst verdauen.“

Ehe er weitersprechen konnte, unterbrach sie die Verbindung. Dann ging sie in ihr Zimmer und ließ sich so, wie sie war, ins Bett fallen. Sie fühlte keinen Zorn. Nur eine Leere, die auf unbestimmte Weise wehtat.

Kapitel 20

Das Winterlicht im Loire-Tal war von einer Klarheit, die aus Steinen Musik machte. Entlang des Flusses flaches Land und immer wieder Hügel und an diese angelehnt kleine Städte, die wie an einer Perlenkette aufgereiht waren, mit Schlössern, von denen viele beherrschend und schützend auf Erhöhungen lagen, wie Amboise, andere wiederum majestätisch in ausgedehnten flachen Parks, wie Chambord, oder inmitten einer Stadt, wie Blois. Frank Jaeger erzählte, dass er eine Runde durch diese Zauberlandschaft gedreht hatte, bevor er seinen Skoda zur Domaine de Charente gelenkt hatte.

Er kam allein, weil Isabelle zu einer Hochzeit im engeren Familienkreis eingeladen war. Wie zu erwarten, geriet seine Ankunft gegen Mittag zu einem höchst diskreten Ereignis. Lange klopfte er nicht besonders laut und nicht besonders oft an die Tür des gemeinsamen Wohntraktes, bis er diese ein paar Zentimeter aufmachte und rief, ob denn jemand da sei.

Simone hatte das Auto gehört und war durch den Verkosterraum zum Vorplatz gelangt. Als sie ihn sah, beschloss sie, ihm einen Streich zu spielen. Kurios, dachte sie. Frank löste in ihr zuverlässig das Bedürfnis aus, irgendeinen Quatsch anzustellen. Also schlich sie sich von hinten an.

Frank rief ins Haus: „Hallo, ist jemand da?“

„Klar ist jemand da“, sagte Simone und schnitt eine Geisterbahngrimasse.

Erschrocken wandte sich Frank um. „Wie schaffst du es, so lautlos über Kies zu gehen?“

Simone zeigte auf ihre Taille. „Ich habe abgenommen. Weniger Gewicht, weniger Krach.“

Was sich wie ein Scherz anhörte, war eher traurig. Seit dem Telefonat mit Marcel hatte sie jeglichen Appetit verloren. Lustlos verspeiste sie die Hälfte dessen, was Vincent ihr vorsetzte. Wäre nicht die faszinierende Geschichte rund um Miriam Thal und ihre neue Freundschaft mit dessen Sohn gewesen, sie wäre wahrscheinlich in eine Depression verfallen.

Simone zeigte auf den Lieferwagen von Bruneaus Firma „Loire Construit“. „Heute wird es ernst. Schön, dass du da bist. Wie geht es Isabelle?“

Frank stand etwas ratlos herum, als hätte er etwas vor, wollte sich aber nicht entschließen. „Herzliche Grüße soll ich ausrichten. Und viele Küsse.“

Simone deutete auf ihre Wange. „Wenigstens einen davon könntest du mir vielleicht geben.“

Sie tauschten Wangenküsse aus. Die Berührung reichte, um in ihr ein Gefühl der Melancholie auszulösen, das ihr Gemüt überschwemmte und sich beinahe in Form von Tränen den Weg bahnte. Frank blickte sie verwundert an. Er spürte das offenbar. Sie musste sich einen Ruck geben. „Dein Zimmer steht bereit, du kennst ja den Weg. Vincent hat gekocht. Etwas eher Einfaches heute, weil wir die Grabung vorbereiten mussten. Nach dem Essen geht es los.“

Frank dankte ihr und verschwand mit seiner Tasche im Haus. Danach saßen sie zusammen, gemeinsam mit Bruneau, der ebenfalls eingeladen war. Der Baumeister hatte Schutzhelme mitgebracht, dicke Arbeitshandschuhe und ein paar Formulare, die sie unterschreiben mussten, alles wegen der Normen, damit kein Haftungsproblem entstand, wenn jemandem ein Steinbrocken auf den Kopf krachte.

Frank schwärmte von Tours, von den mittelalterlichen Häusern des Zentrums und den Art-déco-Gebäuden, und erzählte von der gemeinsamen Wien-Reise mit Isabelle. Simone war froh, als sie endlich aufbrachen, um das Kellergewölbe des Verwalterhauses zu durchsuchen. Bruneau warnte, es könne Tage dauern, bis sie den Raum von Schutt befreit hätten.

Doch Frank erwiderte nach einer ersten Inspektion, dass der wichtigste Part sehr nahe am Eingang lag. Nämlich jener, der sich direkt unter dem Schornstein befand. Er wirkte nun sehr unternehmungslustig und zwinkerte Simone aufmunternd zu. Irgendwie schaffte sie es, eine angemessen positive Laune zu entwickeln.

Claude Bruneau übernahm das Kommando am Eingang und reichte ihnen der Reihe nach die Mauerbrocken weiter. Etwa eine Stunde werkelten sie und fanden einige alltägliche Gegenstände, viele Flaschensplitter, ein paar verfaulte Holzteile, offenbar von Stützbalken und von der Stützleiste der Treppe, jedoch keine weiteren Kriegsreliquien.

Wesentlich früher als gedacht verkündete der Baumeister: „Sieh mal einer an. Ich denke, wir haben gefunden, wonach wir gesucht haben. Guckt mal.“

Er richtete den Handscheinwerfer auf eine Seitenwand rechts hinter dem Eingang, an der ein Metallkasten sichtbar wurde.

„Der ist ja riesig“, sagte Bruneau. Er fuhr mit dem Lichtstrahl mehrmals rauf und runter. „Da seht ihr die Stange, die zum Wetterhahn führt.“

„Und zum Schalenanemometer“, ergänzte Simone.

Der Baumeister mimte Erstaunen. „Ganz wie du meinst. Dann machen wir mal diese Ecke frei. *Allez, hop!*“ Und er reichte wieder ein paar Brocken weiter. Direkt hinter ihm stand Frank. Dem war die Erregung anzusehen, obwohl er kein Wort sagte. Er schien wie hypnotisiert von dem Metallkasten. Vincent, der die Brocken nach oben brachte und schon schwer keuchte, fluchte, was das Zeug hielt.

„Guckt mal, ein Tisch!“, rief Bruneau aus und machte direkt unter dem Metallkasten eine stark beschädigte Holzfläche frei.

Bald waren sie so weit, dass sie über den verbleibenden Schutt zum Kasten gelangten. Alle Blicke richteten sich auf Frank.

Simone stupste ihn an. „Das ist jetzt dein Part, Hans.“

„Brauchst du Werkzeug?“, keuchte Vincent.

„Eine Metallzange bitte“, sagte Frank und hielt ihm die offene Hand hin, während er den Blick starr auf den Metallkasten gerichtet hielt.

„Eine Metallzange, Herr Doktor, zu Diensten“, brummte Vincent und legte ihm das Werkzeug in die Hand.

Mit dem Lichtstrahl seiner Stirnlampe untersuchte Frank die Ränder des Kastens. Zwar hatte sich überall

Rost breitgemacht, doch in Teilen war die ursprüngliche grünblaue Farbe sichtbar. Zum Öffnen musste man eine Klinke betätigen, die jedoch mit einem Schloss gesichert war. Frank leuchtete auf das gerade noch erkennbare, vollkommen oxidierte Schlüsselloch und fragte: „Von euch hat nicht zufällig jemand den Schlüssel dabei?“

Ratloses Schweigen. „Das war ein Scherz“, fügte Frank hinzu.

„Sehr witzig“, kommentierte Vincent.

„*Tiens*, die Deutschen haben ja doch Humor“, flüsterte Bruneau.

„Haltet den Mund!“, fauchte Simone.

Auf gut Glück ergriff Frank die Klinke und zog daran. Metall schepperte, der gesamte Kasten schien aus der Halterung zu springen, doch am Ende war es nur die aufklappbare Deckplatte, die den vieren entgegenkam. Eine Wolke aus Roststaub ging auf sie nieder.

„Hoppla, das wollte ich nicht“, sagte Frank und zog die Deckplatte an sich. „Jemand verletzt?“

Alle hatten die Arme über dem Kopf, husteten und lugten vorsichtig hervor. Bruneau langte nach seinem Handscheinwerfer und richtete den Strahl auf das Innere des Kastens.

„Das ist aber ein großer Schalendingsbums“, sagte der Baumeister.

„Das ist keine Wetterstation.“ Frank leuchtete mit seiner Stirnlaterne in eine Ecke des Kastens. „Das kleine Ding rechts unten, damit wurde die Windgeschwindigkeit gemessen. Ihr seht, dass es mit der Stange verbunden ist.“

Bruneau zeigte auf das andere Gerät, viereckig, das den Metallkasten zur Hälfte ausfüllte und an dem einige Knöpfe und Regler sichtbar waren. „Und was ist dann der große Apparat?"

„Mich soll der Teufel holen", sagte Frank atemlos, „wenn das kein Funkgerät ist."

„Deutsch!?", rief Vincent aus.

Frank lachte auf. „Ein deutsches Funkgerät im Schlafzimmer einer Französin? Nein, Vincent. Ich glaube, wir sind hier auf etwas ganz anderes gestoßen. Die Geschichte wird von Mal zu Mal verrückter." Er sah Simone an. „Ich glaube, es wird Zeit, Herrn Lamoureux in Chambord, Quebec, ein paar konkrete Fragen zu stellen."

„Das mache ich gerne. Und was tun wir mit dem Apparat?"

Frank hob die Augenbrauen. „Den müsst ihr schleunigst einem Militärhistoriker zeigen."

Vincent beschloss, seinen Freund Bruneau mit der kompletten Wiederherstellung der Gewölbe zu beauftragen. Die Bezahlung würde aufgrund der finanziellen Situation der Domaine in Weinflaschen erfolgen. Bruneau meckerte, so viel Wein, wie er dafür kassieren müsse, könne er in seinem ganzen Leben nicht trinken. „Aber gut. Weil du es bist."

Frank musste noch am selben Tag abreisen, das Büro schrie nach ihm. Wegen der langen Rückfahrt – er war buchstäblich nur für diesen Moment den langen Weg von Nürnberg gekommen – hatte er es eilig. Simone wusste nicht recht, was sie ihm sagen sollte, war aber entschlossen, ihr persönliches Drama nicht zum Thema zu machen. Auf Mitleid wollte sie verzichten.

Am Ende verplapperte sie sich doch, weil Frank nach Marcel fragte und Simone die Bemerkung entfuhr, dass der nun „andere Verpflichtungen" habe. Und das mit einem Gesicht, in dem Frank, wenn er nur einen Funken Menschenkenntnis besaß, die ganze Story ablesen konnte.

„Das tut mir leid", sagte er mit gesenktem Kopf und wusste offenbar nicht, was er darauf noch sagen sollte. Er schien ein wenig verstört, als er endlich ins Auto stieg, noch ehe Simone ihn mit Wangenküssen offiziell verabschieden konnte. Ciao, *petit* Hans, dachte sie, als der Skoda durch die Ausfahrt verschwand. Weg war ihr Marcel, weg war ihr Hans. Sie kämpfte aufwallende Schwermut nieder und krempelte demonstrativ die Ärmel hoch. Zurück an die Arbeit. Das war noch immer die beste Medizin.

Frank war somit nicht dabei, als die ganze Bedeutung des Fundes ans Licht kam. Simone telefonierte wohl eine Woche lang herum, bis ein gelangweilt wirkendes Mitglied der *Association Étude sur la Résistance en Indre-et-Loire* ankam und gleich zum Einstieg Anekdoten darüber erzählte, wie viele angebliche Funkanlagen, Waffen und Dokumente der Résistance er schon begutachtet und als uninteressanten Plunder aus den Fünfziger- und Sechzigerjahren eingestuft habe. Was er auf dem – übrigens nicht sehr gelungenen – Foto gesehen habe, könne genauso gut ein alter Umspannkasten sein oder schlichtweg ein überdimensionierter Verteiler des Stromnetzes.

Der Mann gab Simone das Gefühl, als hätten Vincent und sie eine Prüfung zu bestehen. Der Zugang zum Gewölbe war mittlerweile komfortabel, und sie mussten nicht mehr über Schutt kriechen, um zu dem Metallkasten mit der Windmessanlage und dem rätselhaften anderen Gerät zu gelangen.

Sie hatten auch eine batteriebetriebene Beleuchtung installiert, sodass der Experte bei besten Verhältnissen arbeiten konnte. So viel er auf dem Weg gemault hatte, so still wurde er beim ersten näheren Blick auf das Gerät. Er kratzte hier herum, bewegte dort einen Schalter und prüfte den Ausgang eines Kabels *Richtung* oben.

Schließlich entfuhr ihm ein herzhaftes: *„Nom de Dieu!"*

Er drehte sich zu den beiden um und wirkte, als ob seine heruntergeklappte Kinnlade das Sprechen erschwerte. „Britisches Funkgerät, Standardausführung für verdeckte Operationen im Zweiten Weltkrieg. Das wurde damals mit dem Fallschirm für den Widerstand abgeworfen." Ungläubig schüttelte er den Kopf. „Ich lasse mich vierteilen, wenn das nicht die geheime Funkstelle der Résistance ist, nach der wir seit unserer Gründung vor zwanzig Jahren vergeblich gesucht haben." Sein Blick richtete sich auf Vincent. „Ich muss mich irgendwo hinsetzen. Haben Sie vielleicht ein *Eau de Vie?* Ein richtig starkes?"

Kapitel 21

Mitte Februar. Über Nacht war Schnee gefallen, und das Schloss war mit einer weißen Haube aufgewacht. Die Arbeit in den Weingärten ruhte, nur Vincent patrouillierte die Reihen der Rebstöcke und schnitt von ausgewählten Sorten die schönsten Triebe ab, um sie einzutopfen und die Bepflanzung eines neuen Feldes vorzubereiten, das seit zwei Jahren brachlag. Simone war von dieser Arbeit freigestellt, sie half schon seit einiger Zeit ganztägig im Melzi.

Die vergangenen Wochen waren aufregend gewesen, und Simone war froh, dass etwas Ruhe in ihr Leben eingekehrt war. Die Nachricht über die Entdeckung einer geheimen Radiostation der Résistance hatte die Runde gemacht. Historiker und Journalisten besuchten die Domaine, auch das „Centre de la Résistance, de la déportation et de la mémoire" in Blois hatte sich gemeldet. Von der Einrichtung einer Außenstelle war die Rede, mit dem teilweise restaurierten Verwalterhaus als Mittelpunkt. Doch der Rummel hatte auch finanzielle Auswirkungen: Die Weine der Domaine verkauften sich mit einem Schlag blendend.

So bewegend die Geschichte war, die sie mit Franks Hilfe entdeckt hatten – es reichte nicht aus, um ihre Traurigkeit über die Gegenwart zu überwinden. Dass

Jane Wilkinsons Freundin „ihren“ Marcel weggeschnappt hatte, war ja noch beinahe ein Kompliment gewesen. Immerhin, ein Supermodel hatte es gebraucht, um einer Beziehung ein Ende zu bereiten, die eigentlich nie über ihre Anbahnungsphase hinausgekommen war. Das konnte sie verkraften.

Was sie wirklich schmerzte: Frank war sang- und klanglos aus ihrem Leben verschwunden. Für einen Augenblick hatte sie gemeint, in ihm eine verwandte Seele gefunden zu haben. Und hatte er nicht, wenn auch in seiner eigenen, unbeholfenen Art, seine Zuneigung gestanden? Offenbar war diese nicht stark genug gewesen, um über bloße Sympathie hinauszugehen. Auch er war von einer starken Rivalin weggeschnappt worden: dieser explosiven, intelligenten und attraktiven Jungprofessorin aus Berlin.

Nun fuhr Simone mit dem Rad Richtung Amboise und zeichnete eine Linie in die dünne Schneedecke, die gegen Mittag wieder geschmolzen sein würde, eingehüllt in ihre grellgelbe Winterjacke mit den allzu vielen Taschen und mit einem Rucksack, in dem sie die Sportschuhe für die Arbeit im Melzi mitführte.

Trotz des geschäftlichen Aufschwungs der Domaine hatte sie beschlossen, zumindest noch ein paar Monate im Café zu arbeiten. Sie wollte Abou nicht im Stich lassen, und sie brauchte Abwechslung. Zwar fragte sie sich jedes Mal mit leichtem Unbehagen, welche Typen ihr heute wieder Augen machen würden. Doch das nahm sie in Kauf – in ihrer aktuellen Stimmung fiel ihr im Schloss die Decke auf den Kopf.

Als sie beim Melzi ankam, hatte sie ihre dunklen Gedanken bereits überwunden. Sie freute sich auf die

Schicht. Abou war ein guter Arbeitgeber, ihre Kollegen waren trotz aller Marotten liebenswert und die Gäste überwiegend angenehm.

Sie schob das Rad in den Gang, wechselte die Schuhe, band sich die Schürze um und marschierte los, um die ersten Bestellungen entgegenzunehmen.

Schlagartig hielt sie inne. Im Eingang sah sie gegen das Licht der Glastür die Umrisse einer Gestalt, die ihr bekannt vorkam.

Nein, dachte sie. Nicht wieder.

Frank Jaeger kam mit einem seltsam angespannten Gesicht auf sie zu. *„Bonjour."*

„Was machst du denn hier?", fragte Simone. Sie fühlte sich überrumpelt und wollte ihn schon zur Schnecke machen, weil er wieder ohne Ankündigung in Amboise aufgetaucht war, obwohl er doch wusste, dass ihr das nicht gefiel. Doch etwas an seinem Ausdruck beunruhigte sie. „Ist alles in Ordnung mit dir?"

„Keine Ahnung", erwiderte Frank und streckte die Hand aus. Darin hielt er ein Kuvert. „Für dich."

Simone wedelte abwehrend mit dem Zeigefinger. „Das ist nicht wieder ..."

„Nein", sagte Frank. „Kein Geld. Das ist ein Brief. Äh, ein Brief zum Lesen. Nichts weiter. Lies ihn, und gib mir Bescheid, was du darüber denkst. Tut mir leid, dass ich dich damit überfalle, aber ... ich weiß einfach nicht ... bis später!"

Er legte den Umschlag auf einem Tisch ab, wandte sich um und verließ ohne weitere Worte das Lokal.

Nun war Simone ernsthaft besorgt. Was war in den Kerl gefahren? Rasch nahm sie eine Bestellung auf, gab sie an die Theke weiter und zog sich in den Gang neben der Küche zurück, um ungestört den Brief zu lesen.

Liebe Simone,
als ich das erste Mal nach Limeray kam, wollte ich nur eine Familienschuld begleichen. Für alles, was ich danach getan habe, hat es nur einen einzigen Grund gegeben: Ich habe nach einem Vorwand gesucht, um Dich wiederzusehen. Deshalb habe ich die Geschichte recherchiert, in dem mein Großvater eine unrühmliche Rolle gespielt hat. Und nicht, weil ich ein Geheimnis gewittert hätte. Ich hatte keine Ahnung, worauf wir stoßen würden. Als ich das zweite Mal nach Limeray kam, hatte ich riesige Angst, dass meine Strategie in sich zusammensinken würde wie ein schlecht gemachtes Soufflé. Dass wir nur ein paar Banalitäten ausgraben würden und Schluss. Dass ich wie ein Idiot dastehen würde. Was für ein Glück, dass es nicht so kam und dass wir tatsächlich etwas entdeckt haben, was Euer und unser Leben verändert hat.
Bei unserer letzten Begegnung hast Du mir zu verstehen gegeben, dass Deine Beziehung zu Ende ist. Ich war darauf nicht vorbereitet und wollte auch nicht wie ein Ersatzmann beim Fußball aufs Spielfeld springen. Du kennst mich ja schon ein wenig – das ist nicht meine Art. Ich brauchte Zeit, bis ich Dir offen sagen konnte, was ich fühle, und um darüber nachzudenken, wie ich Dir das am besten mitteile.
Um es kurz zu machen: Ich liebe Dich. Total und absolut. Können wir darüber sprechen? Schick mir nur ein Ja oder Nein. Wenn Nein, dann werden wir einfach weiter Freunde sein. Mögen werde ich Dich auf jeden

Fall, das kannst Du nicht verhindern. Ich warte im Café gegenüber (Euer Kaffee ist um Klassen besser!) und werde Dir bei einem Nein nicht weiter auf den Wecker gehen.

Dir alles das von Angesicht zu Angesicht zu erklären – das hätte ich nicht geschafft. Darum musste es ein Brief sein. Ich wollte mich nicht wieder mit einer spontanen Metapher der Marke Eiffelturm blamieren. Dafür ist mir die Sache zu wichtig.

Dein Frank alias Dein Hans alias Dein Fritz

PS: Isabelle fiebert mit mir!

Simone spürte einen Stups im Rücken. „He, was ist los?", hörte sie Abous Stimme.

Sie blickte ihn an, lachte und schüttelte den Kopf. „Eine verrückte Sache. Ist noch ein Tisch frei?"

Er blickte um die Ecke. „Ja, einer noch. Nummer vier."

„Könntest du ihn bitte reservieren?"

Abou sah sie erstaunt an. „Weißt du, Simone – eigentlich bin ich hier der Chef."

Sie legte die Hände aufeinander und setzte ihren flehendsten Blick auf. *„S'il te plait, s'il te plait!"*

Er zuckte die Achseln und schnappte sich kopfschüttelnd eine *Réservé-*Tafel.

Währenddessen holte Simone ihr Handy heraus und schickte Frank eine der kürzesten Textnachrichten ihres Lebens.

Tisch 4.

„So, Hans", murmelte sie danach. „Jetzt werde ich dir zeigen, wie man die Marseillaise singt."

Nach einigen Minuten betrat Frank zögernd das Lokal. Sie wusste nicht wie, doch Simone schaffte es, ein todernstes Gesicht zu machen. Wortlos wies sie auf den reservierten Tisch.

Dort setzte Frank sich auf einen Stuhl. Er trommelte mit den Fingern auf die Tischplatte und blickte bang um sich, als fürchtete er einen Hinterhalt.

Irgendwie war es das auch.

Simone baute sich mit ihrem Bestellblock vor ihm auf und fragte betont geschäftsmäßig: „Was darf es sein, *Monsieur?*"

Frank war nun ernsthaft verstört. „Wie, was darf es sein? Mein Brief ..."

Simone setzte sich auf den Stuhl neben ihn und knallte den Bestellblock auf den Tisch. „Was denkst du eigentlich? Kommst einfach hierher und ..." Sie verstummte und sah ihn nur an. Ehe er reagieren konnte, umfasste sie mit der Linken seinen Kopf, zog ihn zu sich, drückte ihre Lippen auf die seinen und küsste ihn, bis ihr schwindlig wurde und ihm hoffentlich auch.

Mit einem Seufzer ließ sie ab. „Das war ein *Bisou d'Amboise*", erklärte sie. „Lokale Spezialität. Wollte ich dir schon seit Langem zeigen. Aber du warst ja anderweitig engagiert. Was ist eigentlich zwischen Isabelle und dir passiert? Warum fiebert sie mit dir? Soll das eine Dreiecksbeziehung werden? Ich sag dir gleich: Da bin ich konservativ."

Frank war zunächst nicht in der Lage, Auskunft zu geben. Für einen Moment fürchtete sie, er könne ohnmächtig vom Stuhl sinken. „Nein", sagte er, als er sich einigermaßen gefangen hatte. „Kein Dreieck. Isabelle und ich, wir verstehen uns großartig. Nur ..." Er zeigte auf sie. „Verknallt war sie in dich. Hast du aber nie gemerkt, du unsensibles Monster. Mit Männern hat sie nichts am Hut.“

„Ah, und das erfahre ich jetzt so nebenbei.“ Simone blickte ihn streng an. „Du bist ein Schuft. Jetzt fährst du zu mir nach Hause und sagst Vincent, dass du über Nacht bleibst und kein Gästezimmer brauchst.“ Dann lächelte sie und fasste nach seiner Hand. „Nur wenn du bleiben willst. Damit wir über alles reden können. Ich akzeptiere übrigens deinen Vorschlag. Für den Fall, dass das nicht deutlich genug rübergekommen ist.“

„Doch, doch“, erwiderte er. „Das ist trotz deiner subtilen Art deutlich rübergekommen.“ Franks Blick nahm etwas Flehendes an. „Aber es wäre besser, wenn du mit deinem Vater sprechen würdest. Ich kann ja nicht einfach auftauchen und sagen: Hallo, Vincent, alte Socke, ich schlafe heute Nacht im Bett deiner Tochter!“

Sie nickte fröhlich. „Gute Idee, genau so machst du es. Hans, im Ernst: Einen netten Brief schreiben und lustig herumküssen kann jeder. Ich brauche einen soliden Beweis für deine Liebe. Wenn du diese Mutprobe bestehst, gehöre ich dir. Das machen wir jetzt wie im Märchen. Also los, schnall die Rüstung an, und stürze dich in den Kampf mit dem Schlossgespenst des Château Charente!“

„Netter Brief! Also ehrlich. Du hast keine Ahnung – ich habe stundenlang daran gefeilt.“ Frank blickte sie mit einem Ausdruck an, den man mit „positiv fassungslos“ beschreiben könnte. „Du bist einfach unglaublich.“

Sie blinzelte. „Nicht wahr? Momentan hätte ich Lust, ein paar Gläser durchs Lokal zu werfen, aber das kann ich Abou nicht antun. Darum werde ich brav bis vier

Uhr arbeiten, dann komme ich nach Hause." Sie klopfte auf seine Schulter, sah ihm tief in die Augen und verabschiedete ihn mit einem kurzen, festen Kuss auf den Mund. *„Allez, mon amour!"*

Als Simone zur Theke zurückkehrte, stand dort Abou, der mit dem Kopf wackelte. „Ist ja schön, wenn du freundlich zu den Gästen bist, aber man kann es auch übertreiben."

Kapitel 22

Es war im Mai des folgenden Jahres, als die ganze Wahrheit über Miriam Thal und Michael Faunwald, soweit sie erforscht werden konnte, der Öffentlichkeit bekannt wurde. Die Affäre barg eine Überraschung, auf die keiner vorbereitet war.

Simone öffnete die Tür zum ehemaligen „kleinen Salon". Frank saß an seinem Schreibtisch, in Arbeit vertieft. Seit Monaten tüftelte er an kostensparenden Tricks, um das Château thermisch zu isolieren.

Der „kleine Salon" war siebenmal größer als sein ehemaliges Arbeitszimmer in Nürnberg. Der Blick ging hinaus in den Ziergarten, und wenn er entspannen wollte, konnte er sich in einer Sitzgruppe ausstrecken, die sein ehemaliges Wohnzimmer zur Gänze ausgefüllt hätte.

„Hier bist du!", rief sie aus. „Ich hätte es wissen müssen. Willst du eine Staatskrise auslösen?"

Erschrocken blickte Frank auf. „Ich musste noch schnell eine Idee zu Ende bringen. Ist er angekommen?"

„Klar, er ist da. Wir haben ihn schon begrüßt. Alle haben nach dir gefragt. Komm, in ein paar Minuten geht es los."

Frank erhob sich und griff nach seinem Sakko. „Entschuldige bitte. Dann begrüße ich ihn nachträglich."

Sie blickte ihn prüfend an. „Sag mal, haben alle deine Häuser ein Dach? Du bist manchmal so zerstreut ...“

„Genau deswegen haben sie ein Dach“, erwiderte er. Gemeinsam schritten sie durch den Gang Richtung Treppenhaus. „Weil ich mich konzentriere und alles andere vergesse.“

Sie klopfte ihm sanft auf die Stirn. „Das geht noch nicht in deinen Kopf hinein, dass du hier Gastgeber bist und nicht zu Besuch. Das bringt Verpflichtungen mit sich.“

Er nickte. „Stimmt, daran arbeite ich noch.“

„Mit deinen Eltern habe ich schon alle Konversationen durch, die ich mit meinen fünfzehn deutschen Vokabeln zustande bringe. Du kannst doch nicht einfach verschwinden!“

Frank blies Luft aus. „Ich habe so viel zu tun. Übrigens, diese Idee von Vincent, den nächsten Rotwein ‚Résistance‘ zu nennen ...“

„Findest du auch nicht großartig, wie?“

„Überhaupt nicht. Marcel hat vollkommen recht. Das würde aussehen, als ob wir aus dieser Geschichte auf billige Weise Profit schlagen wollten. Ist Marcel schon da?“

„Hans, alle sind da. Der Einzige, der fehlt, bist du! Und leider auch der zweite Ehrengast – keine Ahnung, wo der abgeblieben ist.“

„Oh Gott!“

Sie gingen die Treppen hinunter, verließen das Schloss durch den seitlichen Hintereingang und durchquerten den Garten. Es war ein warmer Tag, nur gelegentlich schob sich eine Wolke vor die Sonne. Am Brunnen trafen sie Marcel Gauthier in Begleitung einer jungen Latina, deren Outfit die Umrisse ihres Körpers nur ahnen ließ: formloses schwarzes Barett, unter dem sie wohl auch ihr hochgebundenes dunkles Haar versteckte, eine riesige Sonnenbrille und ein sackförmiger, grauer Overall, der Falten warf. Ihre Füße steckten in weiß-grauen Sportschuhen.

„Ihr habt euch noch nicht kennengelernt", sagte Marcel und wies auf seine Begleiterin. „Darf ich vorstellen: Carmen Santacruz – Frank Mary."

„Angenehm." Frank gab ihr einen Kuss auf die Wange.

„Freut mich sehr, dich endlich kennenzulernen", sagte Carmen mit markant südamerikanischem Akzent.

„Hast du es ihm gesagt?", fragte Marcel.

„Habe ich", erwiderte Frank. „Und ich glaube, er sieht es ein. ‚Résistance‘ ist eine Schnapsidee. Wir müssen mal mit deinem Werbemenschen reden."

Marcel zeigte Daumen hoch. „Freue mich, dass du das auch so siehst. Wir kommen gleich."

Frank und Simone richteten ihre Schritte auf das Verwalterhaus.

„Ich hätte mich gar nicht zu schminken brauchen", maulte Simone und warf die Hände in die Luft. „Sein Bruder und Jane sind auch hier. Ein Albtraum. Da kann ich mein schönstes Kleid anziehen und sehe neben den beiden immer noch aus wie eine Vogelscheuche."

„Ich bin rettungslos verliebt in diese Vogelscheuche", erwiderte Frank.

„Ja, weil ich so ‚eiffelturmig‘ bin", versetzte sie und unterstrich ihre Worte mit ironischen Hüftschwüngen.

„Das muss ich mir wie lange noch anhören?"

„Nur noch ein paar Jahrzehnte. Ich hätte dir übrigens nicht den Schädel eingeschlagen, wenn du Carmen ein Kompliment gemacht hättest. Immerhin verdient sie mit ihrem Aussehen eine Menge Geld." Sie blieb stehen und umfasste nachdenklich ihr Kinn. „Warte mal, was hätte der Herr Architekt für eine Metapher gefunden?" Ihre Stimme nahm einen übertrieben deutschen Akzent an. „Du bist eine tolle Frau. Du bist ... wie soll ich sagen? ... so triumphbogig!"

„Hör auf, sonst werde ich dem Minister ins Gesicht prusten. Aber seien wir ehrlich: Das Kleid sah aus, als hätte sie es in einer Mülltonne gefunden."

Simone boxte ihn sanft in die Nieren. „Dummkopf, das ist Absicht. Rechne ich ihr hoch an. Die Frau war angeblich dieses Jahr auf der Shortlist bei der Wahl zur ‚Sexiest Woman alive". Sie wollte uns nicht die Show stehlen. Obwohl es eigentlich egal ist, was sie anhat. Die sieht noch in einem Strahlenschutzanzug erotischer aus als ich im Bikini."

Frank umarmte sie. „Du bist unmöglich!"

Simone schmiegte ihren Kopf an seinen Hals. „Wenn Carmen im engen Kleid hier auftaucht, kann sich keiner mehr auf die Ansprachen konzentrieren. Sie weiß das. Übrigens sehr sympathisch. Jane Wilkinson lacht immer nur, egal was man sagt. Schönes Wetter heute. Hihihi. Willst du was zum Trinken? Hihihi. In Russland ist ein Atomkraftwerk explodiert. Hihihi. Carmen dagegen hört dir wirklich zu, mit der kannst du ein normales Gespräch führen. Für eine, die mit zwanzig schon Multimillionärin ist und in dieser verrückten Welt der Haute Couture lebt, ist sie eine angenehm unkomplizierte Person geblieben ... komm, ich stelle dich den

Ehrengästen vor." Simone löste sich aus seiner Umarmung und zog ihn weiter.

Auf dem Platz vor dem Verwalterhaus hatten sie ein schlichtes Podium und mehrere Reihen Stühle aufgestellt. Neben dem Podium standen einige dunkel gekleidete Personen mit Vincent zusammen. Rundherum hatten sich Journalisten mit Kameras positioniert. Vincent hatte sich für den Anlass in Schale geworfen und wirkte eher komisch, wenn er sich in würdigem Schreiten übte.

Mit Frank im Schlepptau steuerte Simone auf einen dunkelhäutigen Hünen zu. „*Monsieur le Ministre*, ich möchte Ihnen meinen Ehemann vorstellen. Frank, ich stelle dir unseren Kulturminister vor, *Monsieur* Auguste Bennàssar."

„Ah, Frank!" Der Minister schüttelte ihm lange die Hand. „Freut mich sehr. Sie bleiben bei Ihrer Entscheidung?"

Frank nickte. „Ich bitte um Verständnis ..."

„Ist in Ordnung", sagte Bennàssar. „Wird respektiert. Dann wird auch Professor Quatresous die Geschichte eben mit dieser Lücke erzählen." Er blickte sich um und zwinkerte ihm zu. „Wir müssen noch Ihre Botschafterin informieren, damit hier keiner ins Fettnäpfchen tritt. Kompliment übrigens. Ich bin gerade durch den Laden geführt worden. Sehr schön geworden, gutes Sortiment. Aber können Sie erraten, was mir am besten gefällt?"

„Die Trennung", sagte Frank.

Der Minister klopfte ihm auf die Brust. „*Précisément*, junger Mann. Der Ausstellungsraum auf der einen

Seite und der Shop auf der anderen. Keine Vermischung. Der Besucher wird nicht zum Reingehen gezwungen. Sie behandeln die Geschichte mit Respekt. Da gibt es einige Orte, deren Verantwortliche von Ihnen lernen könnten."

„Seine Idee", warf Simone ein und pikste ihren Zeigefinger in Franks Rippen. „Darauf hat er von Anfang an bestanden."

Ein Assistent trat heran und zeigte auf die Uhr.

Bennàssar blickte in die Runde. „Wollen wir?"

Isabelle winkte ihnen zu, als sie sich setzten, gezwungenermaßen in der ersten Reihe, aber so weit am Rande, wie es eben ging. Simone blickte um sich. Ein wichtiger Besucher fehlte noch. „Ich hätte ihn abholen sollen", raunte sie Frank zu. „Aber er bestand darauf, mit dem Taxi zu kommen." Sie musterte die Anwesenden und zuckte die Achseln. „Schade."

Vincent ging ans Rednerpult und rief: „*Mesdames, Messieurs*, willkommen in der Domaine de Charente. Wir Weinbauern des Loire-Tals erzählen einander gerne einen Witz ..."

„Oh nein!", stöhnte Simone, klammerte sich an Frank und flüsterte: „Bitte keinen Witz, Papi!"

„Die Reblaus", donnerte Vincent, „trägt heute Anzug und Krawatte."

Verhaltenes Lachen im Publikum und verstohlene Blicke auf den Minister und die anderen hohen Würdenträger, die extra für diesen Anlass angereist waren, natürlich alle mit Anzug und Krawatte. Simone senkte den Kopf, bedeckte die Augen und murmelte: „Das nächste Mal sperre ich diesen Irren im Weinkeller ein."

Vincent strahlte unbeirrt in die Runde. „Aber es kommen die Momente, da merkt selbst ein verschrobener alter Weinbauer wie ich, dass wir oft zu oberflächlich urteilen. Genau darum geht es heute. Die Wahrheit des Weins liegt im Boden und im Klima. Was wir im Augenblick sehen, nämlich der Rebstock, ist nur die halbe Wahrheit und täuscht auch allzu oft. Wir haben ein Feld mit Trauben, die würde auf einem Markt keiner kaufen, weil sie klein sind und von einer blassen Farbe. Aus diesen Trauben machen wir unseren besten Wein.“

Er hielt inne und tastete an seinem Sakko herum. „*Voilà*, jetzt weiß ich nicht mehr, wie ich zu unserem Ehrengast überleiten wollte. Jemand hat mir meinen Spickzettel geklaut. Irgendetwas mit wahrer Qualität. Was soll's, ich habe genug gequatscht. Herr Minister, wir freuen uns riesig, dass Sie da sind. Ich übergebe Ihnen das Wort.“

Simone wollte vor Scham im Boden versinken, doch das Publikum applaudierte fröhlich. „Sei nicht so streng“, raunte Frank ihr zu. „Ich finde, das hat er gut gemacht.“

„Katastrophe!“, erwiderte sie.

Nachdem Minister Bennàssar, wie es bei solchen Anlässen üblich war, alle Würdenträger und die Familie Mary begrüßt hatte, holte er tief Luft und sagte: „Die Geschichte, die Ihnen heute von unserem Historiker Professor Quatresous erzählt wird, hat sich vor langer Zeit ereignet. Die überraschende Wahrheit ist vor Kurzem ans Licht gekommen und hat zur Gründung dieser Zweigstelle des Résistance-Zentrums von Blois geführt. Es freut mich, dass wir heute auch deutsche Freunde bei uns haben. Denn die Geschichte, um die es hier geht, handelt von Noblesse auf beiden Seiten damals, im Krieg. Aber auch von Niedertracht auf beiden Seiten. Patriotismus, der Stolz auf die eigene Nation, ist etwas Schönes und Erhebendes, vor allem, weil es uns eint. Aber das gelegentliche Bad in der Realität der menschlichen Verfassung hat eine gesunde Wirkung. Es fällt danach schwerer, sich per se für etwas Besseres zu halten. Es fällt leichter, andere zu respektieren."

Er blickte in erwartungsvolle Gesichter und gratulierte reihum. Vincent trat grinsend ans Podium.

„Nicht wieder einen Witz!", flehte Simone leise. Frank tätschelte sie beruhigend, doch ohne Wirkung.

„Herr Minister", sagte Vincent. „Sie haben klar gesprochen, auf Seitenhiebe gegen politische Gegner verzichtet, und Sie haben keine Verdienste anderer für sich selbst in Anspruch genommen. Ich prophezeie Ihnen ein rasches Ende Ihrer politischen Karriere."

Während schallendes Gelächter ausbrach, vergrub Simone ihr Gesicht in den Händen. Frank klopfte ihr auf den Rücken. „Ich weiß gar nicht, was du hast. Vincent ist der geborene Moderator."

Simone schüttelte den Kopf. „Naivling. Die Leute lachen nur, weil sie vorher Wein bekommen haben. Jetzt weiß ich, warum er damit so großzügig war."

Tatsächlich schien Vincent sich seiner Wirkung sicher. Mit einem sardonischen Lächeln verkündete er: „Kommen wir zum wichtigen Teil der Veranstaltung."

„Hast du das gehört?", stöhnte Simone. „Das bedeutet, der Minister war unwichtig. Weißt du, wie viel Geld das Kulturministerium …?"

„Das war nur ein Witz", beschwichtigte Frank.

„Er soll aufhören, Witze zu machen! Ich bringe ihn um!"

Immerhin schaffte es Vincent, ohne weitere Beleidigungen hochgestellter Anwesender das Mikrofon an den Historiker zu übergeben, einen blassen Mittfünfziger mit einem üppigen, eleganten weißen Haarschopf, an dem Laurie sich nicht sattsehen konnte. Nachdem Simone sich für ihren Vater in Grund und Boden geschämt hatte, fürchtete sie nun, ihre frischgebackene Schwiegermutter würde am Ende des Vortrags jene Frage stellen, die nach Lauries Meinung alle Anwesenden vorrangig beschäftigte: Herr Professor, wer ist Ihr Coiffeur?

Quatresous ließ sich Zeit. Er legte ein Dossier und ein Buch auf das Rednerpult und wirkte versonnen. Offenbar wollte er den Zuhörern Zeit geben, sich nach Bennàssars staatstragenden Worten und Vincents Gepolter auf eine ganz andere Art von Vortrag einzustellen. Das Publikum spürte es, und für einen Moment wurde es totenstill. Und so blieb es für die Dauer des Vortrags.

„Die Geschichte handelt von einer jungen Französin namens Miriam Thal. Sie hatte ihren Mann verloren und arbeitete als Verwalterin in diesem Weingut. Als der Zweite Weltkrieg ausbrach, wurde sie von einem jungen Radiotechniker kontaktiert, Louis Vion. Er hatte beschlossen, seine Fähigkeiten dem Widerstand zur Verfügung zu stellen, der sich nach der Niederlage gerade erst zu organisieren begann. Bei einem Besuch im Verwalterhaus fiel sein Blick auf den Metallkasten mit dem Barometer und einem Anzeiger für die Windmessanlage. In dem Kasten war ausreichend Platz für ein weiteres Gerät. Vion kam auf die Idee, die meteorologische Station der Domaine de Charente als Tarnung für eine Funkanlage zu nutzen. Miriam Thal war einverstanden und stellte ihre Dienste der Résistance zur Verfügung. Sie musste sich darüber im Klaren sein, dass sie damit ein hohes Risiko einging. Aber damals ahnte sie nicht, welches Ausmaß die Gefahr annehmen würde.

Die Familie Mary wurde nicht eingeweiht. Offenbar fiel auch niemandem auf, dass der Wetterhahn mit dem Windmesser plötzlich zwei, drei Meter höher stand, weil Vion die Metallstange verlängert hatte, um die Leistung der getarnten Antenne zu erhöhen. Vion hatte den Umbau der Anlage gerade abgeschlossen, als das Schloss von den Deutschen als eine Art Urlaubshotel für Soldaten in Beschlag genommen wurde.

Der junge Techniker bildete Miriam Thal zur Funkerin aus und knüpfte Kontakte zu einer Zelle der Résistance in Tours. Gemeinsam bildeten sie ein mysteriöses Team. Das Kennzeichen der Funkstation wurde zur Legende: A. F. M.

Das war, seien wir ehrlich, eine Herausforderung des Schicksals. Deutsche Soldaten, die in der Domaine ihren Urlaub verbrachten, hatten das Weingut wegen seiner üppigen Vorräte mit einem Spitznamen versehen, die deutschen Gäste mögen mir bitte die Aussprache verzeihen: ‚Abfüllstation Frankreich Mitte‘. Einen Geheimsender mit der Abkürzung des Spitznamens zu versehen, den die Deutschen selbst diesem Ort gegeben hatten, nämlich A. F. M., beweist entweder grenzenloses Selbstvertrauen oder beinahe schon eine Art Todessehnsucht.

Doch es funktionierte. Ganz egal, wie streng die Deutschen kontrollierten, A. F. M. war immer in Betrieb. Wurde nie gefunden. Nur eines war seltsam: Gelegentlich riss der Kontakt mitten in der Übertragung ab. Wenn das geschah, fürchteten die Briten, dass A. F. M. entdeckt und ausgeschaltet worden war. Doch die Station meldete sich immer wieder zurück. Niemand wusste, was und wer dahintersteckte.

Heute wissen wir es. Doch wie stand die Funkstation in Verbindung mit dem Rest der Organisation? Dafür hatte Vion sich ein originelles System ausgedacht: Er und seine Kontaktperson auf der anderen Seite der Loire banden einen Zettel an die Spitze eines Pfeiles und schossen diesen mit einem Bogen über den Fluss. Damit vermieden die Boten die gefährlichen Überquerungen, bei denen man jederzeit von den Deutschen kontrolliert werden konnte. Dank einer Postkarte mit einer X-Markierung wissen wir sogar, wo genau die Pfeile über den Fluss geschossen wurden.

Trotz aller Tarnung bekam die Gestapo natürlich Wind von den Aktivitäten der Résistance und der geheimnisvollen Funkstation. Zweimal tauchte die deutsche Abwehr mit Peilfahrzeugen in der Region auf. Beim ersten Mal konnte die Zelle Vion rechtzeitig warnen. Die Funkstation blieb stumm und entging somit der Entdeckung. Beim zweiten Mal funktionierte die Warnung zu langsam. Mit einer Dreieckspeilung orteten die Deutschen die ungefähre Position der Station. Ihnen war nun bekannt, dass sich in oder nahe der Domaine de Charente eine Funkanlage befand, die verschlüsselte Botschaften sendete und empfing.

Wir wissen von einer groß angelegten Suchaktion. Aber – und hier kommen wir zum entscheidenden Punkt – gesucht wurde in den Wäldern und auch in den Gebäuden der Domaine, nur nicht an einem Ort: dem Verwalterhaus. Denn dieses diente zum damaligen Zeitpunkt als Soldatenkneipe, betrieben unter Aufsicht eines deutschen Polizeibataillons, dessen Männer im Schloss Urlaub machten. Niemand konnte sich vorstellen, dass ausgerechnet hier, wo es von deutschen Wehrmachtspolizisten wimmelte, eine Funkstation der Résistance aktiv war – direkt unterhalb des Kneipenraums, im Kellerquartier der Verwalterwitwe Miriam Thal.

Man muss sich vorstellen, welchen Mut ihr Agieren erforderte. Der deutsche Kommandant, der die junge Frau begehrte, hatte ihr verboten, das Quartier abzusperren. Er oder jeder beliebige seiner Leute konnten in jedem Moment hereinplatzen. Wenn sie die Tür zum Treppenhaus aufgehen hörte, hatte sie nur wenige Sekunden Zeit, um eine Funkübertragung abzubrechen und die Wetterstation zu tarnen. Im britischen Militärarchiv haben wir Protokolle solcher Übertragungen gefunden, die plötzlich unterbrochen wurden. Sehr wahrscheinlich, weil Miriam in genau diesem Moment Besuch bekam.

Trotzdem wurde das Schloss durchkämmt, natürlich von den Wehrmachtspolizisten, die in jenem Sommer 1943 dort Urlaub machten. Bei genau dieser Razzia stieß ihr Kommandant auf ein Lager voller Weihnachtsdekoration der Familie Mary. Damit ließ er die Kneipe für eine Art Abschiedsfest dekorieren. Und dieses Fest stellt die Initialzündung für jene Geschichte dar, an die wir uns mit dieser Gedenkstätte erinnern wollen.

Die Deutschen wussten, dass es in wenigen Tagen zurück an die Ostfront gehen würde. Es war Sommer 1943. Der Sommer nach Stalingrad, und die Tage, in denen die letzte Großoffensive der Wehrmacht im Osten scheiterte, Unternehmen Zitadelle. Die Zeit der Triumphe war vorbei. Entsprechend gedrückt war die Atmosphäre.

Plötzlich hörten einige von ihnen Stimmen. Wahrscheinlich jene Männer, die nahe zum Treppenabgang saßen. An der Theke stand der Unteroffizier Michael Faunwald. Er kannte nur die halbe Wahrheit, denn er hatte Miriam beim Radiohören ertappt. Er glaubte, sie höre heimlich die sogenannten ‚Feindsender‘, was natürlich verboten und mit härtesten Strafen bedroht war. Die ganze Wahrheit erfuhr er kurze Zeit später.

Miriam vertraute ihm. Sie hatte erkannt, dass er in diese Truppe nicht hineinpasste und in einer Situation gefangen war, die nicht seinem Naturell entsprach. Aber sie wollte seine Loyalität nicht auf eine zu harte Probe stellen. Eine Sache war es, heimlich ‚Feindnachrichten‘ zu hören, eine ganz andere, für den bewaffneten Widerstand eine Funkstation zu betreiben.

Faunwald wiederum war von Schuldgefühlen geplagt. Er war in den besetzten Gebieten der Sowjetunion zum Verbrecher geworden und suchte nach einer Gelegenheit, Sühne zu tun. Diese Gelegenheit bot sich. Er verriet Miriam nicht und schützte sie. Am besagten Abend in der Soldatenkneipe wusste er sofort, woher die Stimmen kamen. Offenbar hatte Miriam beim Hantieren des Radios einen Fehler begangen und vergessen, den Lautsprecher der Funkstation abzuschalten. Sie selbst befand sich in der Wäscherei, die damals eingerichtet worden war, um die Kleidung der ungebetenen Gäste zu reinigen.

Als Faunwald die Stimme aus dem Keller hörte, verstand er die Situation sofort und reagierte. Seine Kameraden waren verblüfft, als er plötzlich brüllte, dass er im Keller einen ganz besonderen Wein gefunden habe und diesen zur Feier des Tages ausschenken wolle. Soldaten antworten auf solche Ankündigungen ganz automatisch mit Grölen. Das gab Faunwald die Sekunden, die er brauchte, um die Situation zu bereinigen. Er eilte in den Keller, um abzuschalten, was er für ein Radio hielt. Dabei öffnete er zum ersten Mal den Instrumentenkasten der Wetterstation.

Und entdeckte eine militärische Funkanlage.

Binnen Sekunden musste er entscheiden, wie er mit dieser Kenntnis umgehen sollte. Er wusste genau, was mit Miriam geschehen würde, wenn er sie verriet. Jeder wusste, wie die Gestapo mit Angehörigen der Résistance umging. Sie auszuliefern war für ihn undenkbar. Doch wollte er ebenso wenig zum Verräter seines eigenen Landes werden. Darum sah er nur einen Ausweg: Zuerst schaltete er das Radio aus, und bei einem späteren Besuch im Keller am selben Abend, noch während der Feier, machte er die Anlage unbrauchbar, indem er die Verbindung zur Antenne kappte.

Faunwald war sehr nervös. Er wusste, dass sein Kommandant Horst Jaeger ihn beobachtete. Jaeger hegte gegen Faunwald eine tiefe Abneigung und hatte den Unteroffizier im Verdacht, mit Miriam Thal eine Beziehung zu pflegen. Faunwald wusste, dass die Entdeckung der Funkanlage sein Ende bedeuten würde. Deshalb tat er nun alles, um die Männer mit einer möglichst turbulenten Feier abzulenken.

Wir wissen viel über diese Episode. Später werde ich Ihnen erzählen, woher. Aber eine Frage ist nie beantwortet worden: War der Brand wirklich ein Unfall, oder hat Faunwald das Feuer in Wahrheit provoziert?

Diesen Punkt müssen wir offenlassen. Jedoch wissen wir, was danach zwischen Miriam Thal und Michael Faunwald geschehen ist. Zu diesem Zeitpunkt fehlten nur 36 Stunden bis zur Abreise des Polizeibataillons, und die beiden hatten kaum Gelegenheit, unbeobachtet miteinander zu kommunizieren. Zwar sprach kein anderer Angehöriger des Bataillons Französisch so gut wie Faunwald, doch einige der Polizisten hatten sich in den Wochen des Aufenthaltes Grundkenntnisse angeeignet. Deshalb mussten Miriam und der Unteroffizier extrem vorsichtig sein.

In einem Moment gelang es Faunwald, ihr indirekt mitzuteilen, dass der Brand alle Beweise für ihre Tätigkeit vernichtet hatte. Und er flehte sie an, ihr Leben nicht weiter aufs Spiel zu setzen.

Miriam verstand, was geschehen war, und suchte nach einer Gelegenheit, um ihre Dankbarkeit auszudrücken. Doch Jaeger hatte bereits den Entschluss gefasst, Faunwald vor ein Militärgericht zu stellen, und ließ ihn nun ständig überwachen.

Deshalb überreichte Miriam ihm kurz vor der Abreise eine angebliche Arbeitsnotiz. Wir können uns nur vorstellen, wie sie ihm zu verstehen gab, dass es sich um eine verschlüsselte Botschaft handelte. Vielleicht nur mit ihrem Blick. Einer winzigen Geste. Jedenfalls: Faunwald verstand. Er verwahrte das Blatt Papier in einem Kalenderbuch mit anderen Erinnerungsstücken des Frankreich-Aufenthaltes und überreichte es beim Heimaturlaub seiner Ehefrau zur Verwahrung. Unmittelbar danach wurde er vor ein Gericht gestellt und zum Dienst in einer Strafkompanie verurteilt. Sein Haus wurde durchsucht, seine Familie erlitt Schikanen. Doch das Kalenderbuch blieb erhalten.

Faunwald gehörte zu den letzten deutschen Heimkehrern aus sowjetischer Gefangenschaft. Er kehrte in ein Land zurück, das ein Wirtschaftswunder feierte, und zu einer Familie, von der er entfremdet war. Die Jahre des Krieges und der schier endlosen Gefangenschaft hatten furchtbare seelische Wunden hinterlassen. Und obwohl er für sein Mitläufertum teuer bezahlt hatte, litt er weiter unter Schuldgefühlen. Darum wohl klammerte er sich an die Erinnerungen an diesen noblen Akt, mit dem er sich als anständiger Mensch hatte zurückmelden wollen.

Miriams verschlüsselte Botschaft lud ihn ein, sie zu kontaktieren, wenn alles vorbei war. In Chambord, einem Dorf in der kanadischen Provinz Quebec. Es gelang ihm tatsächlich, sie ausfindig zu machen. Drei Reisen unternahm Faunwald nach Kanada, um Miriam Thal wiederzusehen. Viel Zeit war vergangen seit jenem Sommer in Limeray. Faunwalds körperliche und seelische Gesundheit war angeschlagen. Die Begegnungen mit Miriam waren eine Therapie für ihn ebenso wie für sie. Zweifelsohne waren sie ein Liebespaar, doch wir haben allen Grund zur Annahme, dass die

Liebe platonisch war, dass die beiden ihren Partnern nicht untreu wurden.

Auch Miriam hatte den Krieg nicht unbeschadet überstanden. Nach dem Rückzug der Deutschen begannen in Frankreich die Racheaktionen gegen alle, die mit den Besatzern kollaboriert hatten. Mit besonderem Hass wurden Frauen behandelt, denen man nachsagte, dass sie mit deutschen Soldaten ein Verhältnis gehabt hatten. Miriams Sympathien für Faunwald waren bekannt und hatten schreckliche Konsequenzen. Angehörige und wahrscheinlich auch angebliche Angehörige der Résistance erschienen vor dem Schloss, um die „Nutte der Deutschen abzuholen".

Nun die Frage, die wir uns alle stellen: Warum gab Miriam in diesem Moment ihr Geheimnis nicht preis? Sie war die Funkerin mit dem Tarnnamen A. F. M. gewesen, die für das regionale Netz der Résistance mit dem britischen Geheimdienst kommuniziert hatte. Unter Einsatz ihres Lebens, umgeben von deutschen Soldaten. Als man sie packte und ein Mann den Haarschneider zückte, um sie kahl zu scheren, wie man es mit den „Nutten der Deutschen" damals in ganz Frankreich tat – warum schwieg sie?"

Quatresous griff nach dem Buch, das vor ihm auf dem Rednerpult lag, und hielt es in die Höhe. „Die Antwort auf diese und viele andere Fragen finden sich in diesem Buch. Miriam Thal hat es nach dem Krieg geschrieben, damit ihre Geschichte nicht in Vergessenheit geriet. Sie bot es Verlagen an, und aus Briefen kennen wir ihr Motiv: Sie hegte eine tiefe Abneigung gegen ihre Heimat. Gegen Frankreich. Zwei Jahre lang hatte sie für ihr Land Kopf und Kragen riskiert, und dann trieb man sie kahl geschoren durch die Straßen von Amboise, angespuckt von Opportunisten und Feiglingen. Wir wissen ja alle: Sowie die Deutschen weg waren und keine Gefahr mehr drohte, wollte plötzlich jeder bei der *Résistance* gewesen sein.

Miriam Thal war verbittert und wollte von Frankreich nichts mehr wissen. Sie hat sich in Quebec eine neue Existenz aufgebaut und nie wieder französischen Boden betreten. Mit dem Buch wollte sie ihre Landsleute beschämen, und sie wollte der Liebe ihres Lebens ein Denkmal setzen: Michael Faunwald.

Doch damals gingen viele Kriegsteilnehmer mit ihren Memoiren hausieren, und Miriam Thal fand keinen Verlag. So ließ sie auf eigene Kosten nur ein Exemplar drucken, das sie zu Hause aufbewahrte. Gegen Ende ihres Lebens war das Buch Bestandteil einer Schenkung an die Bibliothek von Alma, einer kleinen Stadt in der Nähe des Dorfes Chambord, wo sie den Rest ihrer Tage verbrachte.

Dort wäre das Buch unbeachtet in einem Regal verstaubt, wäre nicht eines Tages ein Nachkomme eines der deutschen Wehrmachtspolizisten hier aufgetaucht, in der Domaine de Charente, dem Schauplatz der damaligen Ereignisse. Die Begegnung hatte Folgen. Wie Detektive machten sich die Nachkommen der damaligen Feinde gemeinsam daran, der Geschichte von Miriam Thal und Michael Faunwald nachzuspüren. Sie machten die Familie in Kanada ausfindig, obwohl Miriam geheiratet und ihren Namen geändert hatte. Mit der Hilfe dieser Familie entdeckten sie, dass Michael Faunwald seine geliebte Miriam nach dem Krieg mehrmals besucht hat. Und die Kontakte führten zu der Entdeckung, dass die ganze Geschichte in allen Details dokumentiert ist. In diesem Buch, zu dem in einigen Punkten zweifelsohne auch Michael Faunwald beigetragen hat. Ich lese Ihnen nun vor, was in Miriam Thal damals vorging, als man sie wie eine Verräterin vorführte.“

Quatresous schlug es an der Stelle eines Lesezeichens auf und zitierte: „In der Menge erkannte ich die Gesichter von Bekannten, von Freunden, mit demselben Ausdruck von Hass und Häme. Ich war davon überzeugt, dass die meisten in den Jahren der Besatzung keinen Finger gerührt hatten, dass sie nur darauf bedacht waren, den Krieg unbeschadet zu überstehen. Manche hatten wahrscheinlich sogar profitiert. Nun mussten sie sich als beispielhafte Franzosen geben, und die beste Gelegenheit dafür war die Teilnahme an diesem Diffamierungszirkus. Da konnten die Feiglinge zeigen, was für grandiose Patrioten sie waren.

Zu Beginn versuchte ich einen der Wortführer dieser Menge anzusprechen. Ich dachte, das muss doch einer von der *Résistance* sein, der muss doch wissen, was hier gelaufen ist, und ich schrie ihm zu: A. F. M., ich bin A. F. M.! Aber er starrte mich nur an. Dann merkte ich, dass meine Worte ihn noch wütender machten. Er dachte offenbar, dass ich etwas erfand, um mich zu retten. In diesem Moment wurde mir bewusst, dass ich keine Beweise hatte. Beim Versuch, eine neue Funkstation einzurichten, war Louis Vion von der Gestapo geschnappt und in einem Gefängnis in Paris zu Tode gefoltert worden. Meinen Namen hatte er nicht genannt, sonst hätten mich die Deutschen ja sofort abgeholt. Louis war der Einzige, der wusste, was ich getan hatte.

Das war der Kern seiner Strategie. Auch unter Folter konnte kein Angehöriger der Résistance meine Identität und die Lage der Funkstation verraten, weil niemand anderer als Louis darüber Bescheid wusste. Und Louis hat auch unter Folter das Geheimnis für sich bewahrt.

Was mich in dieser gefährlichen Zeit geschützt hatte, wurde mir nun zum Verhängnis. Der Beweis für meine ‚Heldentaten‘ lag begraben unter den Trümmern des Verwalterhauses. Der Einzige, der meine Geschichte bezeugen konnte, war tot. Ich erkannte, dass niemand mir glauben würde. Sollte ich deshalb Verständnis aufbringen für meine selbstgerechten Landsleute? Ich habe viele Jahre darüber nachgedacht und bin immer wieder zum selben Schluss gekommen: Nein, nie im Leben. Welche Ängste hatte ich durchgestanden, nur um von Feiglingen angespuckt zu werden!

Ich bin nicht naiv. Ob wir anständig bleiben können, ist bis zu einem gewissen Grad auch dem Zufall zu verdanken, dem Ort und Zeitpunkt unserer Geburt und den Wendungen, die das Schicksal nimmt. Manchmal sind wir gefangen in der Geschichte und müssen Entscheidungen treffen, die uns überfordern. Würden mir meine Nachbarn in Chambord, Quebec, den Kopf scheren und mich mit Fußtritten und Schmähungen durchs Dorf treiben? Ich kann es mir schwer vorstellen. Aber ich kann es auch nicht ausschließen. Über die menschliche Verfassung muss mir niemand mehr etwas erzählen. Nur eines macht mir Hoffnung: Dass man noch in den schlimmsten Momenten auf Personen trifft, die es wagen, anständig zu bleiben. Dass man sogar unter einer Horde von Bestien auf Menschen stößt, die unter widrigsten Bedingungen und trotz aller Gefahren versuchen, das Richtige zu tun.“

Quatresous ließ das Buch sinken und lächelte ins Publikum. „Wir können der Geschichte der deutschen Besatzung und der Résistance ein neues Kapitel hinzufügen. Nun bitte ich die Vertreter beider Völker, diese Gedenkstätte offiziell zu eröffnen.“

Epilog

„Die Leckereien hat Laurie gemacht", verkündete Vincent jedem, der ihm über den Weg lief. Er schleckte sich demonstrativ die Finger ab.

„Papi", flüsterte Simone energisch. „Lass etwas für die Gäste übrig! Das ist ja peinlich, wie du zulangst!"

Vincent warf Frank einen Hilfe suchenden Blick zu. Der zog Simone davon.

„Wo gehen wir denn hin?"

„Ins Gewölbe", beschied Frank. „Ich will hören, was die Leute sagen."

„Und wenn niemand da ist, der etwas sagen könnte?"

Frank fuhr ihr zärtlich übers Haar. „Für diese Eventualität habe ich einen Plan B. Wir haben uns schon seit Stunden nicht mehr ordentlich geküsst."

„Ordentlich küssen!", äffte Simone ihn nach, mimte einen militärischen Gruß und sagte auf Deutsch: „Jawoll, Herr Architekt! Küssen!"

Frank lachte hilflos. „Du bist und bleibst ein Clown."

Sie gingen die Treppe in die nun vollständig restaurierten Kellerräume hinunter. Das alte Lager rechter Hand war ein Ausstellungsraum, in dem die Geschichte der Gewölbe als Eisdepot erzählt wurde. Auf der linken Seite war anhand der Reste der Einrichtung Miriam Thals ehemaliges Quartier rekonstruiert worden.

„Hoppla", sagte Frank erstaunt. „Ist ja beinahe leer."

Tatsächlich trafen sie unten nur eine Person an. In der Wohnstätte. Ein älterer Herr, der sich kurioserweise nicht für die Funkanlage interessierte, sondern gedankenverloren eine Ablage betrachtete, auf der Toilettenartikel platziert waren. Diese hatten sie beim Ausräumen des Gewölbes nahezu unversehrt vorgefunden.

Simone und Frank warteten geduldig darauf, dass der Besucher sich umwandte, doch er machte keine Anstalten, sich zu bewegen.

Nach gefühlten zehn Minuten sagte Simone: *„Bonjour, Monsieur.* Können wir Ihnen vielleicht helfen?"

Nun wandte sich der Besucher um. Sie erkannten sofort, dass er tief bewegt war.

„Moment mal", sagte Simone. „Sie sind nicht …?"

„Entschuldigen Sie, dass ich zu spät gekommen bin. Der Taxifahrer wollte mich offenbar zu einem Weingut bringen, wo er Prozente kassiert, und hat so getan, als habe er sich verirrt." Der Alte streckte die Hand aus. „Michel Lamoureux. Der Sohn von Miriam Thal."

„Oh, mein Gott." Simone ergriff seine Hand und klammerte sich mit der anderen an Frank. Ihr war plötzlich, als müsste sie laut losheulen. Mit Mühe brachte sie hervor: „Ich bin so froh, Sie zu sehen."

„Und der Herr da …" Lamoureux zeigte auf Frank.

„Mein Ehemann." Simone klopfte an Frank herum, als müsste sie seine Kleidung von Staub befreien.

„Der Enkel von …"

„Genau", sagte Frank und schüttelte ihm ebenfalls die Hand. „Der Enkel von Leutnant Horst Jaeger. Schön, Sie zu sehen."

Der Blick des Alten blieb lange auf Frank haften. Dann zeigte er auf die Toilettenartikel. „Unglaublich", sagte Lamoureux. „Sehen Sie diese kleine Parfumflasche?"

Er zeigte auf eine winzige, viereckige Flasche ohne Etikett.

„Chanel No. 5", sagte Lamoureux. „Das Lieblingsparfum meiner Mutter. Ein Luxusartikel. Gab es schon damals, aber sie konnte es sich natürlich nicht leisten. Eines Tages, vor dem Krieg, besuchte sie in Tours eine Parfumerie und bekam dieses Probefläschchen geschenkt. Sie hat das Parfum nie verwendet, nur manchmal daran gerochen, wenn sie einen schönen Moment erleben wollte. Erst als sie in Kanada zu arbeiten begann und allmählich immer besser verdiente, hatte sie genug Geld auch für solche Dinge. Von diesem Probefläschchen hier hat sie mir oft erzählt. Wahrscheinlich, um sich zu rechtfertigen, warum sie so ein teures Parfum kaufte. Sie war ja immer eine sehr sparsame Frau. Während ihrer Zeit in Frankreich war dieses Fläschchen ihr einziger Luxus. Sie hat es gehütet wie einen Schatz. Das Etikett hatte sie runtergekratzt, aus Angst, jemand könne darauf aufmerksam werden." Er schüttelte den Kopf. „Unglaublich, dass dieses Fläschchen all die Jahre überstanden hat."

Auch Lamoureux hatte Mühe, seine Emotionen unter Kontrolle zu bringen. Darum hatte er wohl vorgezogen, über das Parfum seiner Mutter zu sprechen, und nicht über das, was sie hier erleben musste. Doch diese Gedanken holten ihn am Ende ein.

„Ich möchte euch etwas sagen."

Simone und Frank standen fest umklammert wie in Erwartung einer Sturmbö.

Lamoureux räusperte sich, bevor er mit brüchiger Stimme sagte: „Das ist ein Geschenk, euch so zu sehen. Meine Mutter wollte ja nie wieder einen Fuß auf französischen Boden setzen. Aber ich kann euch versichern – wenn sie jetzt an meiner Stelle wäre, mit euch beiden vor Augen, sie wäre eine glückliche Person."

ENDE